Zonder genade

Renate Dorrestein

Zonder genade

2001
Uitgeverij Contact
Amsterdam/Antwerpen

Tweede druk
© 2001 Renate Dorrestein
Omslagontwerp: Gérard Konings/Via Vermeulen
Omslagillustratie: silhouetten gemaakt door 75B naar
foto's van Ari Versluis, Ellie Uitenbroek en Isis
Vaandrager voor de tentoonstelling Jong in het
Historisch Museum Rotterdam

ISBN 90 254 1542 3
D/2001/0108/676
NUGI 300

www.boekenwereld.com

Voor Frans, voor nu,
en voor Elisabeth en Barbara, voor later

Inhoud

Deel I

In De Put

Wat Jem altijd zei
11

Wat Franka verloor
37

Wat Phinus verzwijgt
62

Wat geld volgens Phinus vermag
84

Wat het lot voor elkaar krijgt
103

Deel II

Memory

Wat Franka concludeert
129

Wat de dader bewoog
154

Deel III

Ga Terug Naar Af

Wat Phinus achterlaat
187

Wat Sanne wil
210

Wat Phinus bereikt
231

Deel I

In De Put

Wat Jem altijd zei

'Papa!' zei Jem. 'Wees nou even serieus. Hoeveel vingers steek ik op?'

'Elf?' zei hij. 'Heus jochie, ik zie niks.'

Jem liep om hem heen en trok de knoop van de blinddoek nog een keer extra aan. Zijn blote voeten kletsten over de keukenvloer. Er klonk het sissen van een fles frisdrank die geopend werd. Geklater in een glas.

Het was zondagochtend, zeven uur. Zelfs geblinddoekt wist je dat buiten de tuin in volle bloei stond en dat het zonlicht nu al vonkte in de velgen van het kinderfietsje dat in het gras was neergesmeten, naast een omgekeerde emmer en een tennisbal. Het was hoogzomer. Er hing die speciale stilte die zich alleen maar voordoet als vrijwel alle volwassenen nog slapen. Nog even en het praten, analyseren en bedisselen zou weer aanvangen, er zouden besluiten vallen, kwesties die geen uitstel verdroegen, zouden worden aangesneden, plannen gemaakt, taken verdeeld. Maar nu nog niet.

Met een klap belandden er twee glazen op tafel, en Phinus draaide zijn gezicht in de richting waar hij Jem vermoedde. Hij vroeg: 'Heb je onthouden wat je in welk glas hebt gedaan?'

'Ja, Cola in Bert en Pepsi in Ernie.'

'Okay, ik zit klaar.' Hij strekte zijn rechterhand uit.

Maar meteen sloten Jems vingers zich om zijn pols. 'Wacht. Wat zetten we erop? Vanmiddag naar het zwembad?'

'Alweer?'

'Ja, en dan niet meteen het water uit. Je moet tien keer helemaal op en neer. Anders leer je het nooit, en dan verdrink je op een dag.'

'Jemmie, we hebben bij ons thuis niet de gewoonte om in zeven sloten tegelijk te lopen. Bovendien kan je moeder reddend zwemmen als de beste.'

'Mama krijgt jou nooit op de kant.'

'Mama wel.'

Jem liet het onderwerp varen. 'Proef dan!'

Hij reikte naar de glazen en gedurende een kort, desoriënterend moment bewogen zijn handen door het luchtledige. Toen klampten ze de tafelrand vast, als een wallenkant. Zondagochtend, tien over zeven, en ineens had hij een onthutsend besef van de natuurlijke loop der dingen: Jem zou hem eens verliezen, Jem zou, vanzelfsprekend, zowel hem als Franka overleven. Waar en bij wie kon je om genoeg tijd vragen om een kind veilig groot te brengen? Maar wanneer waren ze groot? Als ze niet langer gebitten van sinaasappelschillen maakten of als ze…

'Je durft niet!' riep Jem.

'Ik zit me te concentreren.'

Jem gierde het uit. 'Ik ga tot drie tellen, hoor.'

Zondagochtend, twaalf over zeven. Hij pakte een glas. Koolzuur bubbelde tegen zijn neus. Hij zette het glas neer, greep het andere. Nog veel meer bellen. Laffe bellen. Suffe bellen. Een beetje vettig, ook.

Naast hem ademde Jem met korte pufjes van opwinding.

Enthousiast wordend dronk hij beurtelings uit beide glazen. Zoeter? Minder zoet? Het smaakverschil was miniem. Het onderscheid zat 'm vooral in de prik. 'Ha!' zei hij. 'Zal ik jou eens wat vertellen?' Hij ging rechtop zitten. 'Deze bubbel is de pittigste. Explosief maar toch ook strak, een bubbel met persoonlijkheid, gedistingeerd en goed gedefinieerd, daar is over nagedacht. Terwijl deze' – hij vond het andere glas – 'veel muffer is, een uitgebluste ouwelullenbubbel zonder sex-appeal. Jem, m'n jongen: ik zet er alles op dat de eerste Cola is en de tweede Pepsi.'

'O! Je hebt stiekem gekeken!' Jem wierp zich met roffelende vuisten op hem.

Phinus liet zich gewillig slaan, terwijl hij de blinddoek naar beneden trok. 'Bert! Ik heb gewonnen!'

Achter hem klonk Franka's slaperige stem. 'Zo, mannen. Wat voeren jullie in je schild?'

'Gewoon een spelletje,' zei hij, zich omdraaiend.

Ze stond in de deuropening van de keuken, knipperend met haar ogen, in een oud shirt van hem, dat tot halverwege haar dijen reikte. Hun blikken kruisten elkaar, en zij glimlachte even. Ze vroeg aan Jem: 'En, heeft Phinus je ingemaakt?'

'Nou jij, mama! Je moet raden waar een ouwelullenbubbel in zit, in Pepsi of in Cola. Doe je ogen dicht.'

'Een kind kan de was doen.' Phinus stond op en gaf haar een kus op het verwarde haar. Toen liep hij naar de koelkast en haalde er eieren, spek en boter uit. Hij zette alvast een koekenpan op het vuur en begon, zachtjes fluitend, sinaasappels te halveren.

'Wat is een ouwelullenbubbel?' vroeg Franka.

'Die is niet sexy!' riep Jem uit.

'Heel goed,' zei Phinus voldaan. Onderscheidingsvermogen, dat was waar het om ging, in het leven. Snel perste hij de sinaasappels uit. Van de laatste keerde hij de schil binnenstebuiten en pakte toen, inwendig grinnikend, een mes.

'Niet sexy?' zei Franka. Ze was tegenover Jem aan tafel gaan zitten. Brede banen stoffig zonlicht vielen door de zelden gelapte ramen over hen neer. 'En wat is volgens jou dan wel sexy, expert van me? Blote billen?'

Ernstig zei Jem: 'Nee, als hun haar zo zit.' Hij maakte een golvend gebaar.

'Ja, dat is leuk.'

Met zijn sinaasappelgebit stond Phinus nu vlak achter hen, klaar om ze de slappe lach te bezorgen.

Franka vroeg: 'En wat zouden ze sexy vinden aan jou?' Toen keek ze over haar schouder. 'Wat hik je, Phinus? Wil je een slokje cola?'

Het moet komen door de rode Coca-Cola-truck die net passeerde. De geringste aanleiding is al genoeg, de onschuldigste aanblik, het meest alledaagse voorwerp. De wereld is een mijnenveld geworden: herinneringen liggen overal in de hinderlaag, klaar om te voorschijn te springen. Zijn handen verkrampen om het stuur.

'Wat een zucht,' zegt Franka naast hem. Ze raakt zijn knie aan. 'Moet ik het stuur van je overnemen?'

'Nee hoor.' Hij kijkt in zijn spiegel. Het is niet druk op de weg.

'Laten we zo maar even stoppen bij het café op de Afsluitdijk.'

Hij legt een hand op de hare en geeft er een kneepje in.

Ze passeren de sluizen. Tientallen kilometers dijk strekken zich voor hen uit, dwars door de zee, de zee die geeft en neemt, zoals bezongen in diverse ballades. Het is vrijdagmiddag. Het is bijna Pasen.

Op de parkeerplaats waait het zo hard dat ze, ieder aan hun eigen kant, een korte worsteling met het autoportier hebben. Op het gladde trappetje naar het café pakt Phinus Franka bij de arm. Haar lichte regenjas fladdert om haar benen, zijn haar staat recht overeind: in de weerspiegeling van de glazen deur zien zij eruit als elk ander verwaaid echtpaar.

Binnen hangen aan alle muren – en zelfs boven de counter met gevulde koeken, saucijzenbroodjes en chocomel – ingelijste zwart-witfoto's waarop mannen, besnord en in oliepak, heroïsch bezig zijn de elementen te bedwingen. 'Een volk dat leeft, bouwt aan zijn toekomst.' Voor en na ieder weekendje Terschelling of Vlieland hebben ze hier even gepauzeerd, in dit onooglijke koffiehuisje nauwelijks groter dan een schoenendoos, om naar deze foto's te kijken, naar de vastberaden baggeraars en bouwers, die tegen hun kinderen hebben kunnen zeggen: 'Ik heb de zee mores geleerd, ik heb oevers verbonden, verre provinciën ontsloten en het ontstaan van nieuw land mogelijk gemaakt. Ik heb orde geschapen uit chaos.'

Franka is gaan zitten aan een tafeltje bij het raam waarachter het IJsselmeer fonkelt in de voorjaarszon.

Snel loopt hij met een dienblad langs de huzarenslaatjes, de voorverpakte sandwiches en de aankondiging 'Broodje warme beenham met saus'. Hij bestelt een cappuccino en een espresso.

'Wat voor saus zouden ze bij beenham geven?' vraagt hij als hij de koffie voor Franka neerzet.

'Mosterd, denk je niet?' Ze klinkt moe.

'Dan zeiden ze wel mosterd.'

'Heb je soms honger?'

'Nee, jij? Misschien bedoelen ze...'

Ze buigt zich voorover. Mild, bijna geamuseerd, zegt ze: 'Waarom ga je het niet even vragen?' Ze heeft haar kin in haar handen laten zakken.

Hij kijkt naar de vuurrode striemen op haar vingertoppen. Wat als ze op een keer haar nagels heeft opgegeten? Zal ze onvermoeibaar doorknagen, nacht na slapeloze nacht, eerst aan haar vingers, dan aan de beentjes in haar handen? Zal ze doorgaan, via haar polsen naar haar ellebogen, naar haar schouders, totdat ze haar lege armen niet meer voelt omdat ze dan eenvoudig geen armen meer heeft?

Ze staat op. 'Even naar de wc.' Haar blik verlaat de zijne niet en haar wenkbrauwen komen omhoog. 'Waarom kijk je zo?'

'Ik bedenk me opeens hoeveel ik van je hou.'

Ze lacht. 'Zo groot en toch zo sentimenteel.'

Terwijl ze zich omdraait, trekt ze het rokje van haar gele mantelpakje recht. Ze heeft duidelijk haar best gedaan voor dit uitje: geen joggingpak, geen lubberende sweater. Ergens in het vooronder van haar bewustzijn of in haar kleerkast heeft ze dit kledingstuk gevonden en gedacht: Phinus ziet me daar graag in.

De rok spant om haar billen. Ze is dikker geworden, een goed teken. Nu moet ze alleen nog zien te slapen.

Zelf is hij altijd een gezonde slaper geweest. Hij is onder zeil zodra hij zijn kussen ziet. Voor hem geen urenlang getwijfel tussen lorazepam, dalmadorm (15 of 30 mg?) of een dubbele whisky ('Wat heb ik gisteren nou ook alweer genomen, Phinus?'). Slapelozen beweren dat er een groot verschil is tussen wakker liggen om één en om vijf uur, tussen niet kunnen inslapen en niet kunnen doorslapen, tussen het effect van warme melk en dat van kruidenthee. Ze zetten midden in de nacht de televisie aan of ze turen landerig naar de maan, de sterren en de planeten. Ze lezen een dossier dat toch gelezen moest worden. Ze porren in de koude as van de open haard. Ze wachten op verlossing, soms berustend, soms in wanhoop. Ze kennen een deel van het leven waarvan de slapers geen weet hebben. Ze kennen de nacht, die acht uren van het etmaal die zo eenzaam, verschrikkelijk en tot gekte stemmend zijn, en waarin alle raderen van schuld en schaamte zo feilloos in elkaar haken dat de mens erop is gebouwd daaraan te mogen ontsnappen: na zestien uur van activiteit vertraagt de hartslag, de lichaamstemperatuur daalt, je moet op je kaken bijten om een geeuw te onderdrukken, het denken begint haperingen te vertonen. Nog even en je bewustzijn ontglipt je en je gaat het veilige koninkrijk der slapenden binnen, op je sloffen, als het ware.

Maar zo niet langer Franka. Die doet al zes maanden geen oog meer dicht. Ze is compleet versleten. Ze ziet sterretjes, zegt ze soms. Ze is nog maar amper Franka Vermeer, ze is hoofdzakelijk een uitgeputte massa cellen, pezen en eiwitten die hunkeren naar bewusteloosheid. Maar ze durft haar ogen niet te sluiten, want zodra ze zich overgeeft aan de slaap, is ze terug in het mortuarium, in die verschrikkelijke nacht zonder einde.

Bij de afslag naar Harlingen wordt hij ineens door twijfel bekropen. Misschien had hij toch een huisje op Terschelling moeten huren. Ze hadden dan zoals gewoonlijk naar Oosterend kunnen fietsen en mosselen kunnen zoeken op het wad. Maar hij wilde nu juist een plek zonder herinneringen. Eens iets heel anders dan wat ze vroeger altijd deden.

'Hadden we hier niet moeten afslaan?' vraagt Franka terwijl ze zich omdraait naar het bord met de veerpont.

'Nee hoor.'

Ze leunt weer achterover.

'Je raadt nooit waar we heen gaan. Het begint met een A.'

Over de rand van haar zonnebril werpt ze hem een toegeeflijke blik toe. 'We kunnen ook ik-zie-ik-zie-wat-jij-niet-ziet doen. Of de namen van de zeven dwergen opzeggen. Maar die ken jij alleen. Weet je nog hoe je altijd met...'

'Ja,' zegt hij snel. Zijn boord kleeft opeens om zijn hals. 'Pak de kaart even voor me, wil je. Ik moet ergens de N355 oppikken.'

Ze slaat de kaart open en bestudeert hem. 'O, die komt straks pas. Moeten we daar in de buurt zijn?'

'Nee, nou zeg ik niets meer. Nou blijft het een verrassing ook.' Tersluiks voelt hij in zijn binnenzak even naar het gidsje van de Alliance Gastronomique. Een herberg in een landelijk Gronings gehucht, dat klinkt eenvoudig genoeg. Maar het zevengangendiner op de avond van aankomst, dat bij het arrangement is inbegrepen? Ze zal het gevoel hebben dat de verworpenen der aarde haar bij elke hap verwijtend aanstaren. Misschien kan hij nog even snel iets regelen met de keuken. *Drie gangen is het maximum. Mijn vrouw is niet zo'n grote eetster, ziet u.*

'Hé, kijk uit! Phinus! Niet inhalen!'

Meteen staat hij op zijn rem. De auto slingert, de banden gieren. Een werveling van kleur en geluid scheurt rakelings voorbij.

Een moment is het stil. Dan zegt ze, met een stem die schril is van schrik: 'Als ik achter het stuur had gezeten, waren we eraan geweest.'

De adrenaline maakt hem triomfantelijk. 'Je man heeft gelukkig goede reflexen. Het was niks, Franka.'

'Was dat nou een spookrijder?'

Koops, denkt hij automatisch, het was een redjirkoops. Het klinkt als de naam van een blaasinstrument van een allang uitgestorven volk, een oeroud instrument dat al door mensenlippen werd beroerd toen de mensen nog staarten hadden, en het kwaad nog niet op de wereld was. De redjirkoops was beroemd om zijn zuivere toon. Wie eenmaal een goed bespeelde redjirkoops had gehoord, kende het verschil tussen tranen van vreugde, tranen van spijt, en tranen van verdriet.

'Het was gewoon een zot,' zegt hij. 'Nog een uurtje, dan zijn we er. Doe je ogen even dicht, meisje. Een tukje zal je goed doen.'

Boven het comfortabele bed waarin Phinus Vermeer elke ochtend ontwaakt, het bed waarin hij op zondagochtend de weekbladen en weekendbijlagen leest en waarin hij, in betere tijden, ontelbare keren met Franka de liefde heeft bedreven, hangt een reproductie van een neoklassiek schilderij van sir Lawrence Alma-Tadema. Jonge maagden in geplooide gewaden dansen gracieus op een marmeren vloer, de lange haren los. Een aantal van hen bespeelt een blaasinstrument of beroert de tamboerijn.

Het is een beeld dat hem, iedere dag opnieuw, bij het openen van zijn ogen, bevestigt in zijn opvattingen over de diepste drijfveren van de mens. Vertier en vermaak zijn een behoefte van alle tijden en alle leeftijden, van alle rangen en standen, zodra tenminste aan de eerste levensnoodzaken is voldaan. In zijn toespraakje op de nieuwjaarsborrel van Jumbo mag hij graag gewagen van *homo ludens*. De mens, zegt hij, wil in de kern van zijn wezen louter spelen.

('Mijn vader,' zei Jem altijd, 'zit op zijn werk de hele dag te ganzenborden en te dominoën, en daar wordt hij nog voor betaald ook.')

Dat *homo ludens* momenteel, in het begin van de eenentwintigste eeuw, steeds passievere vormen van vermaak zou nastreven, wil er bij Phinus niet in. Hij gelooft onvoorwaardelijk in diens sportieve, speelse en onderzoekende natuur. Met succes heeft hij nog niet zo lang geleden een nieuwe lijn spellen voor volwassenen geïntroduceerd, onder de naam After Dinner Games. Door het spelmoment expliciet in de titel op te nemen, geef je mensen net die impuls om niet bij een televisiequiz te gaan hangen, maar gezellig met elkaar aan tafel te blijven zitten met een spelletje.

Franka vond het allemaal maar hopeloos ouderwets en bevoogdend. Na een lange, zware dag is haar idee van ontspanning languit op de bank met een B-film, en een royale schaal popcorn binnen handbereik, en niet een spel waarbij je moet raden waarom een specht geen hoofdpijn krijgt of hoe het komt dat het zeewater zout is. Franka is achtendertig geworden zonder het antwoord op dergelijke vragen te kennen, en ook nu heeft zij geen enkele behoefte om van een geplastificeerd kaartje af te lezen hoe het zit met de specht of het zeewater, en haar pion op basis daarvan al dan niet een vakje voorwaarts te schuiven. Merci beaucoup.

Het heeft hem altijd geamuseerd getrouwd te zijn met iemand die niet koud of warm wordt van 'in de put' of 'driemaal woordwaarde', iemand die nooit van haar leven op een dobbelsteen zal spugen om een zes af te dwingen, iemand die geen loper van een toren kan onderscheiden en die nog nooit haar duim heeft verstuikt in een poging Rubiks kubus op te lossen, dat mirakel van puzzelperfectie: miljoenen mogelijkheden, één juiste oplossing... Als dat niet om van te watertanden is. Alleen al die volmaakte vormgeving, met de vrolijke Mondriaan-kleuren, en dan de doordachte techniek, *jezus!*, het vrijwel onhoorbare klikken van de kogellagertjes in de zevenentwintig kleine kubusjes waaruit dit godsgeschenk voor de puzzelaar is opgebouwd. Maar Franka trekt de grens bij de eendimensioniale legplaat. Uit heel zijn kolossale spelletjesassortiment is dit het enige dat haar kan bekoren: de klassieke legpuzzel. Ze wordt er kalm van, zegt ze. Het is zo heerlijk hersenloos.

Hersenloos.

Franka ten voeten uit. Wanneer anderen soms uit beleefdheid lachen – daverend, in zijn geval – om grappen waar ze eigenlijk niets aan vinden, kijkt zij fronsend voor zich uit. Als zij lacht, is het van ganser harte; anders lacht ze domweg niet. Hij kent niemand die zo onverstoorbaar zichzelf is. Hij heeft een vrouw met lef en substantie. En zij puzzelt graag.

Zodra de nieuwe puzzelcatalogus uit is, streept ze daarin haar voorkeuren aan en geeft ze hem de lijst, met een vanzelfsprekend gebaar. Meestal rijdt hij de volgende dag al naar de fabriek in Noord-Holland. Eigenhandig haalt hij de dozen uit het magazijn en tekent ze af. Het windt hem op dat zijn laconieke, onafhankelijke Franka op dit moment onder haar werk aan hem denkt: heeft hij ze vanavond al bij zich, of wordt het morgen? Het doet hem plezier om bij thuiskomst met een effen gezicht te zeggen: 'Zal ik vanavond maar bijtijds koken?' en te zien hoe zij op haar lippen bijt om haar vraag binnen te houden.

Ze komt bij hem in de keuken zitten. Ze schenkt twee borrels in en informeert langs haar neus weg: 'Hebben we nog speciale plannen?'

'Wacht even, ik moet de saus in de gaten houden.'

Ze wacht, al weet ze dat hij met zijn ogen dicht nog een volmaakte saus maakt of een geslaagde 1-2-3-4-cake bakt. Ze wacht, en speelt het spel mee.

Hij knipt wat verse lavas over de saus. Hij is in de weer met de pepermolen, met een snufje van dit en een toefje van dat en tot slot een klontje boter: de zorgende mens in optima forma. *Homo curans*, zogezegd. 'Hoe ruikt het?'

'Geweldig. Eigenlijk is het me natuurlijk alleen maar te doen om je stoofpotten en je pasteien,' zegt ze uitgestreken.

'En verder niets?'

Maar Franka laat zich niet kennen. Ze schenkt de glazen nog een keer vol. Ze weet allang genoeg. Ze leest hem als een open boek, of eigenlijk, knapper nog: als de gebruiksaanwijzing van Stratego of Touché, verstopt in de binnenkant van het deksel, in het kleinst denkbare lettertje, van het meest grijze grijs.

De keuken waar Phinus dagelijks zijn ovenschotels en saucijsjes bereidt, bevindt zich in een oud huis in Amsterdam. Ze kochten het toen Jem net zeven was geworden en ze zich, na een grondige inwerkperiode, een hecht gezin achtten. Het huis is niet mooi of karakteristiek oud, het is voornamelijk oud in de zin van lek en gebrek.

Ze begonnen met het slopen van de voorwereldlijke badkamer. Ze lieten een nieuwe boiler ophangen, ze haalden stucadoors, loodgieters, tegelzetters, granito-deskundigen en elektriciens over de vloer. Ze werkten zich van etage naar etage. Ze kibbelden en ze hadden de slappe lach. Ze waren een goed team. Niet elk huwelijk is bestand tegen een verbouwing, tegen de eindeloze hoeveelheid beslissingen, de rompslomp, de ongemakken en de aanhoudende terreur van radio's op stand 12. Phinus was chef schuimbekken, Franka was chef schouders ophalen. Aldus gingen zij het karwei te lijf, hand in hand, schouder aan schouder.

Alleen kreeg Jem in die periode last van nachtmerries. Hij scheeuwde het regelmatig uit in zijn slaap. Franka zei dat het kwam doordat zijn bed nu eens hier stond en dan weer daar, hij zou vanzelf bedaren als het huis eenmaal klaar was. 'Kinderen zijn zo behoudend, echte conservatievelingen.'

Wanneer hij midden in de nacht opstond uit lakens die knisperden van het gruis, dacht Phinus aan de krokodillen die in zijn kindertijd onder zijn bed hadden gelegen: een krokodil was een ernstig probleem. In de gang, waar nog geen enkel lichtknopje het deed, herinnerde hij zich hoe hij destijds had geprobeerd het monster te transformeren tot een kameel, dat dwaze, bijna mythologische beest dat in al z'n verbindingen moest knikken om een mens op zijn rug toe te laten. Met als toegevoegde waarde dat een kameel niet onder je bed paste.

Jem zat met opgetrokken knieën boven op de dekens. Hij had wallen onder de ogen van vermoeidheid.

'Even kijken,' zei Phinus. Hij bukte zich. Zijn lange armen maaiden onder het bed. 'Geen krokodil meer te bekennen! Schoon!'

Jem keek hem zonder enige uitdrukking aan. Enigszins medelijdend zei hij ten slotte: 'Natuurlijk zit daar geen krokodil. Maar het spookt hier.'

'Spoken?' Zijn voeten waren ijskoud, hij had pantoffels moeten aantrekken. 'Hier? Waar dan?'

'Overal. Waar je maar kijkt.'

'Ook als je zo kijkt?' Hij tilde Jem van het bed en hees hem op zijn schouders.

'Ja' klonk het van boven bedrukt.

'Wel potverdrie. En zo dan?' Hij trok Jem voorover aan zijn pyjamajasje, liet hem langs zijn borst naar beneden duikelen en greep hem bij de enkels. De jongen gilde het uit van verrassing. 'Nou, wat zie je zo?'

'Ik zie alles ondersteboven!'

Met een zwaai slingerde Phinus hem op het bed. 'Precies!' zei hij hijgend. 'Dat heet: de zaak van de andere kant bekijken, oftewel de zaak omkeren. En als je een spook omkeert, wat krijg je dan? Denk eens na. S-p-oo-k, maar dan andersom?'

Jem ging fronsend rechtop zitten. 'Koops,' zei hij met grote inspanning.

'Koops?' zei Phinus. 'Nooit van gehoord. Koopsen bestaan volgens mij niet.'

Jem begon onzeker te lachen. 'Maar papa...'

'Opgelost,' zei Phinus. 'We gaan lekker slapen. En als het echt niet lukt' – hij dempte zijn stem – 'dan denk je maar aan de vriendelijke leemak, die zachtjes op zijn glimmende hoefjes door de woestijn loopt om te kijken of hij ergens iemand moet helpen.'

'Leemak?' zei Jem. Hij kroop onder de dekens.

'Ja,' fluisterde Phinus. 'Als je bang bent, is er altijd al een leemak op zoek naar je.'

'Hoe zien die eruit?' vroeg Jem, terwijl zijn ogen dichtvielen.

'Ze hebben heel zachte lippen. Dieren zijn onze vrienden. Nooit vergeten, hoor.' Hij stopte het bed in. Maar hij was al te laat voor een kus: Jem sliep, hij was op weg naar een droom die niemand ooit zou kennen.

Het eindresultaat van de verbouwing – toen het geld op was – was niet volmaakt. Toch houdt Franka, *typerend!*, van het huis ondanks de gebreken, misschien zelfs juist vanwege alles wat er niet perfect aan is. Hijzelf moet daarvoor harder zijn best doen. Het kost hem moeite de kapotte tegeltjes in de gang met rust te laten of een paar lelijke leidingen niet alsnog weg te laten timmeren. Hij maakt nog steeds weleens een schetsje op de achterkant van een envelop. Maar de gedachte aan opnieuw alles overhoop, aan gruis en stof, weerhoudt hem.

('Mijn vader,' zei Jem altijd, 'gaat net zo tekeer als John Cleese uit *Fawlty Towers* wanneer hij ergens bende ziet.' Zijn puberstem sloeg over. 'Lachen, man!')

Gelukkig valt met behulp van kleurrijke accenten

en met een uitgekiende opstelling van het vrolijke samenraapsel van meubilair de aandacht goed af te leiden van de zwakkere plekken. De gasten kijken heus niet achter de façade, zeker niet als er zelfgemaakte sushi's op het menu staan.

O, de gasten! De echo van hun gepraat en gelach hangt nog in de hoge kamers. Wat was er toch altijd veel te vieren. Mooie rapporten, trouwdagen, de aankomst van de nieuwe haring: Franka en hij maakten overal graag een feestje van. Over een tafel vol flessen en schalen konden ze elkaar vergenoegd aankijken, verbonden in hun gemeenschappelijke succes.

Nu worden er geen partijen en etentjes meer gegeven. Die tijd is voorbij. Toch is het huis doorgaans nog steeds druk bevolkt, met een constant va-et-vient van Franka's pupillen. Drugsverslaafden en schooldrop-outs, analfabete, nukkige meisjes zonder toekomst en lefgozertjes met te veel verleden: kinderen die de dossiers van het maatschappelijk werk vullen. Soms zitten ze aan zijn eigen eettafel als hij thuiskomt. Stakkers tegen wie hij nooit kan zeggen: 'Ik woon hier, dus zou je even willen oprotten.' Op de raarste momenten van de dag lopen hier vaag uit hun ogen kijkende griezels rond, met wie geen normaal gesprek te voeren valt. In zijn eigen huis kan hij geen ring of horloge laten slingeren zonder dat een of andere jeugdige delinquent er zijn tengels naar uitstrekt. Overal staan volle asbakken te stinken. En 's nachts gaat de telefoon, of staat er weer een diender op de stoep omdat een van de zorgenkinderen zich in de nesten heeft gewerkt.

Toch was hij vroeger trots op Franka's beroepsmatige inzet, haar toewijding, haar compromisloze keuzes. Hij begrijpt zelf niet waarom haar bewonderenswaardige capaciteiten, net als haar deerniswekkende klandizie, hem de laatste tijd opeens een zekere weerzin inboezemen. Maar hij begrijpt hoe dan ook weinig meer, van wat dan ook.

Ongemerkt is hij harder gaan rijden en hij neemt gas terug. De volgende afslag moet naar Aduard leiden, een vlek in het Groningse platteland, de streek van strokarton en aardappelmeel, van borgen, uit zeeklei gebakken kloostermoppen, wierden, hamrikken, opstrekkende heerden en reusachtige boerderijen van het kop-hals-romptype: hij heeft zich uiteraard terdege gedocumenteerd.

Het landschap ligt er nors en ongastvrij bij, doorsneden door kaarsrechte kanalen. Akkers met strak geëgde voren tot zover het oog reikt, niets dan haakse hoeken, en op de dijken houden de populieren streng afstand van elkaar. Kraaien zitten furieus in de klei te pikken. Hun felle ogen volgen hem terwijl hij barse kerkdorpen passeert die als kralen aan een snoer aan de weg zijn geregen. Eerlijk gezegd had hij iets lieflijkers verwacht, rijker gestoffeerd, rustieker.

Naast hem soest Franka, haar handen in de schoot gevouwen, haar hoofd opzij gezakt, zijn vrouw die tegenwoordig overal in hazenslaapjes valt, behalve thuis in bed, waar al haar demonen haar tussen de plooien van de lakens opwachten.

Hij denkt: Als we nou eerst maar weer eens gewoon samen, als we nou eerst, als we nou gewoon weer eens plezier hebben samen, dat is het, dan komt de rest vanzelf. Zorgvuldig zet hij zijn richtingaanwijzer aan, sorteert voor en slaat dan af. De weg voert onder een viaduct door. De steunberen zijn beklad met graffiti. Ze lijken wel in het beton gekerfd. Alsof het de contouren zijn van wezens die zich met geweld een schuilhol in de harde materie hebben verschaft, die zich met knarsende tanden tegen de dikke wanden hebben gesmeten. En die zich, wanneer het straks donker is, daaruit weer zullen losmaken, zoals iedere nacht, om door de stille straten te dolen en hun klauwen uit te strekken naar alles wat ademt. Ze belichamen een voorstadium van de mens, uit een tijd toen de mens zich nog uit het slijm moest oprichten.

Onwillekeurig kijkt hij snel even opzij, naar Franka.

Hoe merk je het als een gezamenlijk bastion inwendig onzichtbare scheuren begint te vertonen? Nou ja, scheuren? Hij moet niet altijd zo overdrijven. Het botert gewoon even niet. De inspiratie is tijdelijk zoek. Dat kan de beste overkomen. En geen zin in seks, dat is ook geen halszaak, op zich. Als zij straks, in die romantische herberg, nu maar niet iets van hem verwacht. Hij steekt een vinger in de strop van zijn das en trekt hem wat losser. *Godindehemel.* Was ze nog maar te porren voor een puzzel. Maar sinds ze niet meer slaapt, heeft ze geen fut over voor de Mont Blanc van 122 x 85 cm in vijfduizend stukjes. Ze ziet de stukjes dubbel, zegt ze.

Hij heeft altijd aangenomen dat het verglijden van de tijd in hun huwelijk zou worden gemarkeerd door het feit dat ze samen geleidelijk zouden afzakken naar de Oostenrijkse Alpen in duizend stukken, naar een Vincent van Gogh in vijfhonderd. Allebei een leesbril, een loep in de hand. Een speciale tafel voor de puzzel, dicht bij het raam. In zeventig stukken had je altijd nog een leuke Sneeuwwitje, een aandoenlijke pony met een veulen, of vier jonge hondjes in een wasmand. Dikkie Dik konden ze zelfs op hun negentigste nog doen: twintig stukjes.

Misschien is de charme van dit gezamenlijke genoegen wel het bijna clandestiene karakter ervan. Het is beslist niet iets om bij je vrienden aan de grote klok te hangen. Het is zo onschuldig dat het welhaast onoorbaar is. We zeggen lekker niks, het is jij en ik tegen de rest van de wereld. Groot zijn moeten we al de hele dag. Andere stellen kopen teddyberen voor elkaar, dat is nog stukken geschifter.

Het is hem opeens niet meer duidelijk hoe ze nu samen oud moeten worden, zonder het houvast van het vertrouwde ritueel: eerst de randen en de hoeken leggen, en dan het puzzelbeeld invullen door met liefdevolle aandacht uit de details een samenhangend vergezicht te voorschijn te toveren, als een belofte dat alles uiteindelijk op z'n pootjes terechtkomt als je er samen rustig voor gaat zitten. Dus probeert hij haar regelmatig te verleiden: met een cartooneske landkaart van de Verenigde Staten in vijfduizend stukken, een stilleven met rozen in drieduizend. Ongeopend belanden de dozen in een kast. Soms glijden er een paar van de stapel als hij de deur opent, op zoek naar een schaar of een pen. Een lawine van dozen: omineus symbool voor alles wat er in zijn leven verschoven is? Maar het kan natuurlijk best dat Franka, als hij weg is, als vanouds een puzzel pakt en er een vredige avond mee doorbengt, haar kousenvoeten om de spijlen van haar stoel geslagen. Hij probeert zich in te prenten in welke volgorde de dozen zijn opgestapeld. Maar werpt hij na een avond overwerken of een uitgelopen zakendiner een blik achter de kastdeur, dan twijfelt hij meteen aan zijn geheugen. Het zijn maar puzzels, denkt hij dan. Het zijn geen tekenen aan de wand, het zijn gewoon dozen met stukjes karton erin.

Toch had ze een week geleden plotseling enthousiast gereageerd op het Lago Maggiore uit de nieuwe collectie. 'Niet te doen met al dat blauw, zeg!'

Zijn hart ging als een heimachine tekeer toen ze de doos meteen op tafel had leeggestort. 'Jij de lucht, ik het water?' vroeg ze terwijl ze de stukjes met haar kapotgekauwde vingertoppen op kleur begon te rangschikken.

'Ik haal er even iets te drinken bij,' zei hij. In de keuken snoot hij zijn neus.

'Champagne?' zei ze toen hij met de fles en de glazen weer binnenkwam.

'Hij zit op het randje van zijn UVD. Hij moet op.'

Ze lachte kort.

Terwijl hij inschonk, bestudeerde ze met een geconcentreerd gezicht de afbeelding van de puzzel op het deksel. Misschien zag ze dwars door het Lago Maggiore heen Phinus opdoemen en dacht ze vol waardering: Dit is het werk van mijn man. 'Kijk nou naar dit deel hier,' zei ze. 'Dat wordt ingewikkeld.'

Hij nam het deksel van haar aan. 'Ja, lastig.' Toen bestierf de glimlach op zijn lippen. 'Hè nee toch? Moet je dit zien! Het logo is gespiegeld!'

'Wat geeft dat nou?'

'Dat had iemand van de productie moeten opmerken!'

'Ach Phinus,' zei ze haast medelijdend: jij zondagskind met je luxeproblemen. Jij met je futiele zorgen over pionnetjes of kartonnage.

Hij slikte zijn verontwaardiging in. Nu niet de stemming bederven, na zo lang uitgekeken te hebben naar een avond als deze. Uitnodigend hief hij zijn glas.

Ze nam een slok uit het hare, achteloos, zonder hem aan te zien. In het glas zat een barst.

'Wat ik weleens zou willen,' zei hij in een opwelling, terwijl hij een puzzelstukje pakte, 'is een nieuw servies.' Sierlijke glazen die bij elkaar pasten, kopjes met oren eraan, een sauskom op een voetje, borden zonder schilferende randen. Ordelijk gerangschikt in een afgesloten kast, buiten het bereik van junks, klepkruiken en halvegaren.

'Blijf van mijn water af,' zei ze.

'Dat is mijn berg.'

Ze trok het stukje uit zijn vingers, bekeek het even en gaf het hem toen terug. 'Wat zei je nou over een servies? We hebben alles toch?'

'Ja, van de Hema!' Plotseling was hij, onverklaarbaar, zo kwaad dat zijn handen beefden.

'Wat mankeert daaraan? Prima spullen en niet duur.'

'Ik wil alleen maar eens iets anders om uit te drinken dan die lompe mokken van jou.'

Ze keek hem een ogenblik aan en boog zich vervolgens weer over het Lago Maggiore. 'We gaan geen overbodige spullen kopen, hoor. Dat vind ik zoiets patserigs.'

De zenuwtrekking in zijn linkerwang speelde op. Amper onderdrukte hij de neiging de champagnefles op de rand van de tafel stuk te slaan, de tafel met het gebutste blad, op het kleurige derdewereldkleed, op de blanke grenen vloer met de stoffige plinten en de stapels kranten en rondslingerende bankafschriften en een vuurrode sok, wel allemachtig, *hoe vaak moet ik het je nog vertellen: leg de sokken paarsgewijs plat op elkaar, rek ze even aan weerskanten op, rol er een bolletje van, sla de boorden om en weer terug*, en naast de sok een verdorde kamerplant op een met kalkaanslag bedekt Hema-schoteltje. Chaos en bende omringden hem dag in dag uit, gedachteloos veroorzaakte rotzooi vulde dit huis met z'n lekke goten, z'n defecte leidingen, z'n tegels met barsten erin, wij malen namelijk niet om een beetje rotzooi, wij hebben hogere doelen dan de zielepoten die zich druk maken of een logo netjes op een product staat, wij minachten zorg en aandacht voor de materie, en daarom leven we hier als zwijnen... *Hoe vaak moet ik het je nog zeggen: haal de vuilniszak uit de emmer voordat hij helemaal vol is, schud hem even, druk dan eerst de lucht eruit, ik zei: EERST DE LUCHT ERUIT, en pas dan het sluitinkje eromheen, drie keer de pootjes om elkaar draaien en terugslaan en nu nog eens drie keer...*

'Wat heb je?' vroeg ze. 'Je kijkt zo wild. Hier, dit hoekje is van jou.' Ze schoof hem een stukje toe. 'Je zoekt toch geen ruzie, net nu we hier zo gezellig zitten?'

'Ruzie? Ik ben de meest vredelievende man op aarde! Hoe lang loop ik je nu al niet te ontzien?'

Kalm zei ze: 'Je weet precies hoe lang. Maar ik heb er nooit om gevraagd ontzien te worden, hoor.'

'Nou wordt-ie helemaal mooi! Ik mag Jems spullen niet eens van je opruimen.' Meteen kon hij zich wel voor het hoofd slaan. Maar de onmacht maakte hem alleen maar kwader. Struikelend over zijn woorden bracht hij uit: 'Hoe lang ben je eigenlijk nog van plan je benen te breken over zijn skateboard? En hoe lang houden we zijn fiets nog als een relikwie in de…' Zijn stem stokte, want onverhoeds zag hij voor zich hoe hij Jem had leren fietsen, en daaroverheen tuimelde een nog vroegere herinnering: het kleine knulletje in het kinderzitje voor op zijn fiets, de knuistjes tussen de zijne om het stuur geklemd, *jij stuurt, hè Jem?* – en zijn hele lichaam herinnerde zich weer de snelle, trefzekere opeenvolging van handelingen die vereist waren om een opgewonden spartelend kind in het stoeltje te wurmen, de voetjes op de uitgeklapte steunen te zetten, het jasje naar beneden te trekken, en bij dit beeld ontstond, krachtig en autonoom, in zijn rechterbeen de impuls voor de vertrouwde zwaai over de fietsstang, en hij moest zijn voet uit alle macht op de grond drukken.

Franka riep uit: 'Ik bewaar zijn spullen zo lang als ik wil.'

De spieren in zijn kuit trilden van de inspanning. Als hij nu niet oppaste, zou zijn been zijn eigen gang gaan, met een splijtende ellende als gevolg, want zodra dit been de motoriek van het vaderschap op de centrale regelkamer had heroverd, zou elke molecuul in zijn lichaam ogenblikkelijk achter dat been aan marcheren, en zijn neus zou zich de frisse geur van kinderzweet herinneren, en zijn vingers zouden weer weten hoe je kiezels uit een geschaafde knie moest peuteren, en hij zou zijn hart weer voelen wankelen tussen trots en defensie op naar krijt geurende ouderavonden, en alles, alles, alles zou hem weer deelachtig worden: de eerste haperende woordjes, onthutsend snel gevolgd door de eerste zwemles, de eerste schaatsles, en slechts één ademtocht later door de eerste scheerles: *van je wang af beginnen, kijk dan,*

zo, let nou op, hoe vaak moet ik je nu nog vertellen, over-
al zijn regels voor, en die zijn er niet voor niets, wees toch
niet zo eigenwijs, bij je wang beginnen!

'Je hoort me niet eens,' schreeuwde Franka. Ze was overeind gekomen. 'Je bent alleen met jezelf bezig.'

Sidderend van de zelfbeheersing keek hij haar aan. *Jems moeder.* Hij zei: 'En jij niet, zeker?'

En, wat doe je zoal na een ruzie? Mokken? Drenzen? Elkaar negeren, al dan niet demonstratief? Onverzettelijk doormalen over het eigen gelijk? Graaf je je in, dat is in z'n algemeenheid de vraag, of begraaf je de strijdbijl, lijm je de zaak, kus je het af, lach je erom en sleep je de lieve vrede terug in huis?

Vooruit, gekrenkt gemoed, bedaar nu, en maak een gebaar dat zal verzoenen en dat de rust en de harmonie herstelt. Dat is wijzer dan een poging tot uitpraten. Want wie zwijgt, kan zich niet verspreken, of dingen uit zijn mond horen vallen die hij dadelijk betreurt. Is, na een echtelijke ontploffing, een gezamenlijk uitje niet een uitstekende remedie tegen narommelende negatieve emoties? Weer eens uitgebreid tijd en aandacht hebben voor elkaar, in een frisse omgeving?

En ze zei nog ja ook, zijn ongrijpbare, onbegrijpelijke vrouw – *echt, ze zei ja!* – toen hij, dampend van verwachting en goede wil, op de proppen kwam met zijn idee voor een weekend buiten de stad.

En dus rijden zij tweeën nu in de invallende avond Aduard binnen, op zoek naar de gerenommeerde herberg Onder de Linden, die in de gids van de Alliance Gastronomique wordt aanbevolen met de woorden:

'Genieten van rust, schoonheid en culinaire verwennerij.'

Saai en rechtschapen rolt de uitgestorven dorpsstraat voorbij. De luttele winkels zijn al gesloten en elk moment kunnen de lantaarns aanfloepen. Vlak voor de brug over het kanaal blijkt de bebouwde kom alweer te eindigen. Phinus stopt in de berm. Hij haalt het gidsje uit zijn binnenzak, zoekt het nummer van de herberg op en toetst het in op zijn gsm. Met zijn vingers trommelend op het stuur wacht hij op de verbinding. Er gebeurt niets. Hij neemt het toestel uit de houder om het opnieuw te proberen. Geen kiestoon. 'Nou dat weer,' mompelt hij. Is het onding nu alweer kapot? De zinloze bedrijvigheid van het hele bestaan, kaduke dingen herstellen opdat ze opnieuw stuk kunnen gaan.

'Wat zei je?' vraagt Franka, wakker schrikkend. Ze schudt het hoofd en kijkt slaapdronken om zich heen.

Hij klikt het toestel weer vast. 'Even de weg vragen.'

Hij stapt uit, de rug stijf van het lange zitten. Buiten is het fris. Hij knoopt zijn jasje dicht en steekt de handen diep in zijn broekzakken. Aan de linkerkant van de weg bevindt zich De Lantaren, zo te zien een soort jeugdhonk. Als hij op het schamele gebouwtje wil afstevenen, ontwaart hij even verderop, op de brug, plotseling twee mensen. 'Goeienavond,' roept hij.

De gestalten draaien zich om. Het zijn meisjes. Beiden dragen een wijd opbloezend bomberjack, het haar van de een is tot halverwege de schedel opgeschoren, de ander heeft een piercing in haar neus. Traag kauwen ze op kauwgom, terwijl hij naderbij komt.

Dit zijn geen pronte boerenmeiden die in het laatste daglicht bij het water nog iets bespreken over het melken van de koeien of turfsteken, dit zijn vleesgeworden graffiti, het zijn jongeren die bij galmende parkeergarages en slecht verlichte fietstunneltjes horen. Omstandig schraapt hij zijn keel. 'Goeienavond. Ik zoek de…'

De grootste van de twee, die met de piercing, onderbreekt hem met een ontevreden trek op haar gezicht, nog net waarneembaar in de schemering. 'Daar.' Ze wijst.

'De herberg Onder de Linden,' verduidelijkt hij.

'Dat zeg ik toch. Dáár.'

Twijfelend kijkt hij over zijn schouder naar de dorpsstraat. Dan valt zijn oog op het rijtje leilinden voor een magnifiek oud pand. Als iemand hier de weg vraagt, is het natuurlijk altijd naar Onder de Linden. Wat zou een mens anders in dit gat komen doen? 'Bedankt,' zegt hij.

'Waarvoor?' vraagt de grote lijzig.

'Voor jullie hulp.'

De kleine met het geschoren haar neemt hem met heldere ogen op. Ze zegt: 'Misschien gaat u vanavond wel dood, meneer.'

'Een prettige avond nog,' zegt hij, in verwarring gebracht. Hij haast zich terug naar de auto terwijl hij zijn hand op zijn wang drukt waar die vermaledijde zenuw de horlepiep danst. Hij verstond haar natuurlijk niet goed. Hij moet niet overal koopsen zien.

'En?' vraagt Franka als hij weer instapt.

'We zijn er.' Hij draait de auto en zet koers naar de herberg, minder dan zeshonderd meter terug.

'Mooi. Jij zult er wel doorheen zitten, na die lange rit. We bestellen meteen een borrel voor je.'

Wat Franka verloor

Hij parkeert de auto naast de herberg in het grind. De stilte is onwerkelijk. In Amsterdam is er zelfs in het holst van de nacht altijd wel ergens een lach die luid rinkelend op de tramrails valt. En ben je eens in de natuur, dan hoor je, even geruststellend, onophoudelijk het ruisen van de branding of de boomtoppen. Hier, daarentegen, geen enkel geluid.

Tersluiks voelt hij onder zijn oksels. Hij heeft de indruk dat hij zichzelf kan ruiken, maar zijn overhemd is droog.

Als hij de auto heeft afgesloten, staat Franka de omgeving in zich op te nemen. Onder de Linden is gevestigd in een fraai gerestaureerd monument. Op het beschutte terras staan kleine buxussen in grote potten. Er is een hof met geschoren haagjes en daarachter een moestuin.

'Wat leuk!' roept ze uit. 'Hoe kom je aan dit adres?'

'Ja? Vind je het echt wat?'

Ze geeft hem een arm. 'Zult,' zegt ze liefdevol. 'Probeer maar eens iemand te vinden die hier niet van zou opkijken.'

In de hal branden waskaarsen in glazen bokalen. De plavuizenvloer glanst dof. In de gang heft een kolossaal boeket zijn raffia strikken naar hen op: Welkom in de wereld van gesteven tafellinnen, van gerookte zalm met mierikswortel en een gefrituurde auberginekrul ernaast, de wereld van batterijen tafelzilver en fonkelend kristal. Nu al ziet Phinus het discrete doorschenken van de in lange witte voorschoten gehulde obers voor zich, en morgenochtend het ontbijt met zes broodsoorten, vers fruit, eieren naar wens bereid, en een rondje roomboter onder een kleine stolp van aardewerk, terwijl Aduards zonlicht gul door het venster naar binnen stroomt.

Waarom zouden Franka en hij niet weer eens mogen genieten?

De gastvrouw komt hen in de gang tegemoet. Hoffelijk informeert zij naar de reis, misschien willen ze eerst even bijkomen met een aperitief en daarna de kamer bekijken?

In de bar met de balken zoldering brandt de open haard. Ze installeren zich bij het vuur en bestellen witte wijn.

'Heb jij dat nou ook,' zegt hij, 'dat er in sommige situaties van die uitgesproken woorden bij je opkomen? Ik bedoel, je gaat hier niet zitten, nee, je nestelt je bij de haard. Nestelen. Krankzinnig woord. Maar volkomen toepasselijk. Of knerpen! Sneeuw knerpt. Wat knerpt er verder? Niks toch? Fenomenaal.'

'Sleutels knerpen soms. In het slot.'

'Nee, die knarsen.'

'Misschien kan hier ook het raadsel van de ham en de saus worden opgelost,' zegt ze terwijl ze haar glas pakt. 'God, wat ben ik gaar.'

'Je zult straks heerlijk slapen. Het is hier doodstil.'

Ze beweegt haar hoofd alsof ze een insect verjaagt.

Gespannen slaat hij haar gade. 'Zal ik een borrelhapje bestellen?'

'Ik zeg het wel als ik iets wil.'

'Okay. Okay. Wil je een krant?' Hij gebaart naar de lectuur die op de toog ligt.

Ze glimlacht. 'Ja, inderdaad.'

'Wat lach je nou?'

'Niks, Phinus.' Ze staat op om het *Nieuwsblad van het Noorden* te pakken. 'Jij ook een stuk?'

Hij neemt het economiekatern van haar aan. 'Je vindt het toch wel gezellig, hè?'

Ze slaat de krant open. 'Dit is helemaal mijn idee van uit-zijn. Lekker met jou ergens wat drinken en samen de krant lezen.'

Half gerustgesteld wijdt hij zich aan de beursberichten. Af en toe kijkt hij even naar Franka's kortgeknipte blonde kruin. Ze is geabsorbeerd in een artikel. Het haardvuur knapt. Hij strekt zijn benen, hij neemt een slok wijn, zich langzaam overleverend aan een weldadig gevoel van ontspanning. Zijn blik dwaalt af, naar buiten, waar achter de buxussen kolen en kruiden in het gelid staan. Hij denkt: Het is hier net als vroeger. En voor het eerst in zes maanden springt zijn hart even op, want het land van vroeger is vrij van het schuldgevoel dat hem tegenwoordig vermorzelt, vrij van spijt, vrij van schaamte.

Samen met de tantes in de groentetuin, kaplaarzen onder hun zomerjurk. Tante Irmgard altijd ietwat knorrig over de vorderingen der gewassen, tante Leonoor uitgelaten bij het zien van ieder nieuw slablad, Phinus op kleine laarsjes toekijkend: zo planten wij worteltjes, zie je wel, en zo aardappelen, en denk eraan dat je nooit je pootaardappelen opeet, altijd een kist achterhouden, weggestopt in de schuur, want als je zonder zit... Stil alsjeblieft, jaag het kind nou geen angst aan.

Op een dag wenkte tante Leonoor hem stralend, op haar knieën tussen de rijen groenten, haar nagels zwart van de aarde: 'Kijk, hier kom jij vandaan.'

In het hart van de kool die ze aanwees, zag hij een rups zitten.

Dus eerst was je een rups, dan werd je een baby, een baby had hij weleens gezien, en daarna werd je wees.

Maar wezen, zei tante Irmgard, waren gewoon kinderen net als alle andere kinderen! Ja, behalve dat ze geen ouders hadden dan. Niet mieren over details.

Zeg, bezorg hem nou geen schrik, Irmgard!

Het was zo geruststellend hen vredig te horen kibbelen. Even geruststellend als de geur van hun brede lichamen, of het voldongen geluid van hun tred. Zoals de tantes roken, zoals zij liepen, dat wiste elke twijfel uit: zij achtten zich zeker van hun plaats onder de zon, de zon die zou verbleken als tante Irmgard niet meer bitste, die zou uitdoven als tante Leonoor niet meer jubelde, die uit de hemel naar beneden zou kukelen als zij niet langer samen sliepen in het grote bed dat kreunde en kermde onder hun gewicht.

Ze lazen de boeken van Rudolf Steiner en Mellie Uyldert. Ze wisten dat een appel levenskracht schenkt, dat citroenmelisse maagstoornissen verlicht, en dat men vlierhout niet mag verbranden (men snijde er liever wichelroeden van). Maar ze hadden ook verstand van wereldse zaken. Midden in de nacht zaten ze voor de televisie om Cassius Clay te zien boksen. Ze hadden allebei een Solex en een helm. Ze dronken Campari uit een longdrinkglas (Leonoor) en jonge jenever uit een klein kelkje (Irmgard) en ze maakten felroze en hardgele dipsauzen uit zakjes. Voor Phinus was er Exota.

Gedrieën bemanden ze het postagentschap op het dorpsplein. Ze stempelden enveloppen, telden geld uit en wogen pakjes die van hun weegschaal naar de andere kant van de wereld zouden vliegen, waar de kinderen op hun hoofd liepen en de Exota in een straal van beneden naar boven in de glazen werd geschonken. Je had er struisvogels en vogelspinnen als struisvogeleieren zo groot, en natuurlijk ook kangoeroes. Die bewaarden hun baby in een zakje op hun buik om hem niet kwijt te raken.

Phinus had er een op zijn kamertje, van vilt, die Kanga heette, net zoals in Winnie de Poeh. Hij stopte regelmatig een rups in Kanga's buidel. Het was waarschijnlijk gewoon een kwestie van volhouden.

's Ochtends na het ontbijt hielp hij de tantes bij het sorteren van de brieven en de pakjes. Zij staken vingerhoedjes van geribbeld rubber op hun duim en wijsvinger en bladerden razendsnel door de stapels die hij uit de postzakken haalde, ze waren niet bij te houden, ze maakten er een wedstrijdje van, snuivend van plezier. Ondertussen praatten ze over de inhoud van de brieven: weer een belastingaanslag voor die-en-die, eindelijk een brief van de geëmigreerde zoon van arme Marie Jansen, en kijk nou, de tandartsrekening voor het nieuwe gebit van haar van om de hoek. Ze lachten als hij een poststuk naar zijn ogen bracht, hunkerend om het raadsel ervan net zo gemakkelijk te doorgronden als zij. 'Als je eenmaal kunt lezen,' beloofden ze. Maar hij geloofde hen niet, want ze lazen de brieven helemaal niet, ze maakten ze niet eens open, ze keken alleen maar even naar de envelop.

Ze vertelden hem nog wel meer sprookjes. Over zijn naam bijvoorbeeld. De namen van alle mensen stonden in een boek waar een engel met een gouden speld in prikte vlak voordat je uit de kool kwam, beweerden ze. Een tweede engel schreef die naam met vermiljoene inkt op een kaartje, en een derde vloog er vlug mee naar de moestuin en bond het met een koordje om je grote teen, zodat de mensen wisten hoe je heette. Echt waar, Phinus, erewoord, wíj kunnen je niet vertellen waarom je Phinus bent genoemd, o, al die waaroms, het is de leeftijd. We kunnen je heus niet meer vertellen dan je al weet. We draaien toch nooit om de dingen heen? We zeggen altijd precies hoe het zit. Dat je mooi kunt tekenen, dat klopt toch ook?

Zijn tekeningen hingen allemaal aan de muur. Daarop waren de tantes zo groot als giraffen. Ze torenden uit boven het jongetje met de gele kaplaarsjes. Hij reikte een boeketje korenbloemen omhoog. Of hij rende achter hen aan met zijn vorkjes van handen uitgestrekt.

's Avonds zaten ze op de rand van zijn bed en speelden Ik-heb-een-huisje-op-de-maan met hem, of ze filosofeerden over het leven. 'Als wees wen je je misschien gemakkelijk aan om in de gebiedende wijs te leven,' zei tante Irmgard peinzend. 'Wees dankbaar! Wees gezeglijk! Maar daar hopen we jou nooit op te betrappen. Jij hoeft onze liefde niet te verdienen.'

'Een wees,' wist tante Leonoor, 'heeft soms de neiging zijn jeugd over te slaan en die pas veel later in te halen. Een wees leeft in de toekomst, omdat hij verlangt naar een leven zoals dat van alle andere mensen. Maak die fout niet, schat. Je moet nu onbezorgd jong zijn.'

Dat advies had hij in zijn oren geknoopt. En het was hem alles bij elkaar aardig gelukt.

Om hem heen klinkt geroezemoes. De bar heeft zich met gasten gevuld. Een wat ouder echtpaar, een groep vrienden, twee vrouwen die duidelijk iets te vieren hebben. Men is niet formeel maar wel verzorgd gekleed. En zo te horen is iedereen uit de randstad afkomstig. Dat heb je nu altijd met dit soort adressen. Enige zorg maakt zich van hem meester: ze zullen toch geen bekenden tegen het lijf lopen? Met het paasweekend voor de boeg kan menigeen op hetzelfde idee zijn gekomen. Ongerust verschuift hij op zijn stoel. Hij wil Franka voor zichzelf. Alles zal weer goed komen als hij haar eindelijk eens helemaal alleen voor zichzelf heeft.

'Ober,' zegt hij, om haar aandacht te trekken.

Ze laat de krant zakken, kijkt op haar horloge. 'Zouden we niet liever gaan eten? Ik heb best trek.'

'Maar wil je dan niet eerst de bagage uit de auto halen, en naar boven, we hebben onze kamer nog niet eens gezien, en even opfrissen misschien?'

Met snelle gebaren vouwt ze de krant op. 'Ach joh, ik hoef me niet te verkleden, ik heb niets bij me dat er netter uitziet dan dit.'

Hij voelt of zijn das goed zit. 'Dan gaan we aan tafel.'

In haar mantelpakje loopt ze voor hem uit naar de eetzaal, enigszins onzeker op haar hoge hakken. Gedienstige handen parkeren hen aan een onberispelijk gedekte tafel (bleekgeel damast op een groen onderlaken) en een ober schiet toe met geurig brood en een amuse van heilbot. Op ontspannen toon zegt ze, terwijl ze haar servet pakt: 'Dit hadden we al eens veel eerder moeten doen.'

'En ik dacht nog wel dat jij...'

Vorsend kijkt ze hem aan. 'Dat ik er nog niet aan toe was, soms?'

'Kunnen we het nou nooit eens over iets anders hebben?' Hij moet kuchen om de drift in zijn stem te verhullen. 'Ik vroeg me alleen maar af of je het hier niet te chic zou vinden. Je bent soms zo'n Spartaan, jij.'

De sommelier komt tussenbeide met de vraag of ze de wijnkaart willen.

'Wat adviseert u ons?' zegt Phinus herademend, en meteen weer onthutst, want wilde hij nu juist niet ongestoord alleen zijn met zijn vrouw? Hoe kan hij, hoe, als telkens, wat zal er worden van dit uitstapje, als dit, of erger nog: als dat, of als niet?

Om te beginnen een mooie rosé, uiteraard. En dan wellicht een witte bordeaux. Die kan mee tot en met de derde gang. Voor bij het hoofdgerecht vervolgens een...

'Lieve hemel,' zegt Franka, 'wat bent u allemaal met ons van plan?'

'Een lichte rode,' zegt Phinus plompverloren. 'Wat voor beaujolais hebt u?' Hij grimast van inspanning.

'Je tic,' zegt ze hem gedempt en zonder enige nadruk. Dan wendt ze zich tot de sommelier. 'Geeft u de kaart toch maar even.'

Franka Vermeer, vrouw van de wereld.

'Wat is er?' vraagt ze zodra ze weer alleen zijn.

'Ik denk aan alle cholesterol die ons te wachten staat.'

'Phinus.' Ze neemt een stukje brood en druppelt er

olijfolie op. 'Wat ben je tegenwoordig toch een hypochonder! Zo ken ik je helemaal niet. Je zit al te trekkebekken bij de gedachte dat...'

'Nee, nee, ik...'

'Jawel, je zweet ervan!'

Hij legt zijn handen plat op tafel. 'Zeg het maar: je vindt dat ik stink.'

'Hoe kom je daar nu weer bij!'

Onbeheerst rukt hij de panden van zijn jasje open en buigt zich naar haar toe.

'Wie van u beiden?' vraagt de sommelier met de wijnkaart in de hand.

Phinus heeft zich dadelijk weer in bedwang. 'Zal ik even kijken?'

'En mogen we om te beginnen een grote fles Spa blauw?' vraagt Franka.

'San Pellegrino ook goed?'

'Liever een Ramlösa dan,' zegt hij. Net wil hij de kaart raadplegen, als er in de periferie van zijn blikveld iets beweegt. Een vlek komt naderbij, een stem roept uitbundig: 'Phinus! Jij ook hier!'

'Dag Katja,' zegt hij doodop.

'Wat gezellig!'

Hij komt overeind. Katja koopt in voor Intertoys, Katja is een heel grote (en Katja en hij zijn jaren geleden in Neurenberg, tijdens de jaarlijkse speelgoedbeurs, ooit bijna samen in bed beland, maar het kwam er niet van omdat hij, letterlijk op de rand van het hotelbed, door wroeging werd overmand. Er lag een koningsblauwe sprei op dat bed, Franka's lievelingskleur. Katja's roodgelakte teennagels konden er niet tegenop, en hij had verontschuldigend zijn hand door haar haren gehaald, verbijsterend harde haren trouwens, een soort helm van stro, en zich alles bij elkaar nogal lullig gevoeld).

'En dit is mijn man Mark,' zegt ze. 'Weet je wel, Mark, Phinus werkt bij Jumbo.'

'Franka,' stelt Phinus voor.

Nu staan ze met z'n vieren enigszins houterig om de tafel. Mark bestudeert zijn voeten, Franka de lambrisering.

'Jullie Yali is echt een hit geworden,' zegt Katja enthousiast. 'En ik wilde er niet aan! Wat een giller, hè?'

Hij probeert uit alle macht Yali voor zich te zien en daarmee terug te keren naar zijn oude zelf. Yali! Yali is goed geweest voor de Speelgoed Van Het Jaar Prijs. Een vernuftig spelbord in de vorm van een balans, met aan weerskanten knikkers. Opdracht voor de spelers: zo snel mogelijk aan de overkant zien te komen zonder het evenwicht te verstoren. IEDERE ZET IS EEN SPEL MET DE ZWAARTEKRACHT. Aan de technische realisatie was TNO te pas gekomen, het was beslist geen sinecure geweest. Hij had ervan genoten. In zijn branche zat je niet elke dag tegenover superslimme ingenieurs. 'Komen jullie erbij zitten?' vraagt hij.

Katja kijkt haar man aan.

Opgewarmd vervolgt Phinus: 'Die jongen die Yali heeft bedacht, komt volgende week met een nieuw spel. Dat is er een om in de gaten te houden. Dankzij hem is de hele revival van unplugged games op gang gekomen.' Hij schuift de stoel naast de zijne voor Katja naar achteren.

Ogenblikkelijk materialiseert er zich een ober om de tafelschikking aan te passen. Ook arriveert de rosé.

Wanneer iedereen zit, vraagt Franka: 'Dus Phinus en jij zijn min of meer collega's?'

'Zoiets!' zegt Katja uitgelaten. Onder de tafel drukt ze haar knie tegen de zijne.

Franka glimlacht. Is ze verheugd over de uitbreiding van het gezelschap, opgelucht verlost te zijn van het vooruitzicht van een hele avond alleen met Phinus? Hij voelt zijn stemming kelderen.

Het gesprek gaat over de unieke lokatie waar ze zich bevinden, over andere juweeltjes van restaurants die her en der diep in de provincie verscholen liggen, over vakantieplannen voor de zomer, over Marks werkzaamheden in de ICT-sector.

'Dat hebben onze kinderen van hem,' zegt Katja. 'Het computer-gen, bedoel ik. Hebben jullie eigenlijk ook...'

'... het menu?' zegt Phinus. 'Ja, allicht. Dat voorgerecht, een taartje van witlof, knolselderij en zwezerik, is een heel aparte combinatie.'

'Maar Franka, vertel jij nou eens, wat doe jij?' vraagt Mark.

'O, maatschappelijk werk.' Er is een blos over haar wangen gekropen. Ze neemt een sigaret uit het pakje dat Mark haar voorhoudt. 'Onder jongeren.' Ze buigt zich naar de kaars die op tafel staat en zuigt het vlammetje op.

'Schat,' zegt Phinus, 'je rookt niet.'

'Dat had ik nou nooit achter Phinus gezocht,' zegt Katja. 'Neem me niet kwalijk, hoor' – ze wendt zich tot hem – 'maar jij leek me altijd meer het luchthartige type. Iemand om getrouwd te zijn met een Dolly Dot.'

'Zoiets heet tegenwoordig een Spice Girl,' zegt Mark.

'Nou ja.' Opgewekt kijkt Katja van de een naar de ander. 'Wat maakt het uit? Achter iedere man staat een teleurgestelde vrouw, zeg ik altijd. Vind je ook niet, Franka?'

Geroutineerd blaast Franka de rook uit. 'Zo, dus jij vindt Phinus luchthartig?'

'Ja, enorm!' giert Katja.

'Maar we hadden het over je werk,' zegt Mark tegen Franka. 'Begrijp ik het goed en zit jij de hele dag tussen van die kwaad kijkende hangjongeren met capuchons?'

'Ach, iemand moet ze in het rechte spoor zien te houden. Als iedereen er liever de handen vanaf trekt…'

'Ze zijn verwend, gemakzuchtig en egoïstisch, dat is wat er mis met ze is,' somt Mark op.

'Behalve die van ons, natuurlijk,' zegt Katja tevreden. 'En die van jullie, waarschijnlijk. Het is toch allemaal gewoon een kwestie van opvoeding? Niet dat Mark ooit thuis is om daaraan wat bij te dragen. Maar laten we nu eerst eens even drinken op dit gezellige toeval.' Ze tilt haar glas op. 'Santé, jongens. Blijven jullie hier ook overnachten? Dan zouden we morgen met z'n vieren naar het museum in Groningen kunnen. Of hadden jullie andere plannen?' Onder de tafel drukt ze haar knie opnieuw innig tegen het been van Phinus.

Hij is in feite geen man voor avontuurtjes. Het leven, met al z'n voetangels en klemmen, is hem al enerverend genoeg zonder bedrog en clandestiene afspraken, net zoals één vrouw gelukkig maken al ruimschoots voldoende inspanning van hem vergt. Alleen al de aandacht die zij doorlopend verdient, gewoon omdat ze zijn Frankie is. De dagelijkse zorg voor haar comfort. Vergeet je plu niet, meisje. Zit je daar niet op de tocht? Ik kan het nog voor je ruilen, hoor. Zal ik je nog eens opscheppen?

Maar het zit dieper, bij hem. Toen hij haar veertien jaar geleden zijn jawoord gaf, beloofde hij haar weloverwogen het mooiste van zichzelf, namelijk zijn trouw. Op een daad zo doordacht – want zo veelomvattend – komt men niet zomaar terug. Daarvoor is meer benodigd dan tien vuurrood gelakte teennagels, een paar glazen drank en het morsige toeval.

Welke omstandigheden ontrouw wel bevorderen, weet hij pas sinds een paar weken. Hij weet het sinds die middag dat... *Vergeet het.*

Op hun trouwdag beloofde hij Franka dat hij voortaan een van de fundamenten onder haar bestaan zou zijn. En nog jaren nadien kon hij elke alledaagse ergernis meteen in de kiem smoren door terug te denken aan dat moment waarop hij ja tegen haar zei: hoe vastberaden en ernstig hij toen was, en hoe gelukkig, daardoor. Hij was niet meer louter van zichzelf, hij was nu ook iemands man, een idee zo exotisch en opwindend dat hij er niet over uit kon. Gedurende hun hele huwelijksreis in Parijs hoopte hij dat zij het een keer hardop zou uitspreken. Tegen een ober: 'Nee, nee, dat is voor mijn man.' Tegen een taxichauffeur: 'Mijn man komt zo.'

Wat een geweldig, fenomenaal instituut was het huwelijk! Hij had opeens een glimmende sticker op zijn voorhoofd: Ik ben van Franka. Ik ben haar man. *Jij bent degene met wie mijn lot is verbonden, in voor- en tegenspoed. Samen kunnen wij alles aan.*

Je kon het zien op de trouwfoto's. Hier stond een

man met een missie. Naast hem Franka, met iets ironisch in haar oogopslag: een beetje dimmen, Phinus. Of misschien gold haar spot zichzelf, en dacht ze: Nu ben ik toch voor de bijl gegaan, de weduwe die had gezworen dat het voor haar nooit meer hoefde. Aan haar hand haar kleine Jem, blij en onbekommerd voor zich uit kijkend met een speelgoedbeest tegen zijn buik gedrukt. Een heel gezin in één klap. Met z'n drieën bij elkaar, tot de dood hen zou scheiden.

Wat slechts drie jaar later al bijna gebeurde. Midden in de zomer was het, dat bij uitstek onbezorgde seizoen. Ze waren net bezig hun koffers te pakken voor de vakantie, toen ze de uitslag van een medisch routineonderzoekje ontvingen.

Ze pakten weer uit. Ze propten een paar T-shirts, een badjas en wat ondergoed in een tas, en bestelden een taxi. Er zijn van die ritjes die je van je levensdagen niet meer vergeet. Je eigen buurt, je eigen stad, de plantsoenen die je duizend keer bent gepasseerd, alles, tot en met de madelieven in de berm, ziet er opeens onbekend uit, zo beeft de grond onder je voeten.

Na de operatie werd Franka naar de intensive care gebracht. Phinus moest de bedden ingespannen afspeuren voordat hij haar herkende, tussen de identieke roerloze gestalten met een slangetje in de neus, omringd door intimiderende, piepende apparaten. Haar gezicht bleek, haar lippen gebarsten.

'Liefje,' zei hij ontdaan.

'Het gaat wel,' fluisterde ze.

'Ik ben bij je.'

Ze bewoog haar hoofd heen en weer op het kussen.

'Het is goed gegaan, zeggen ze. Alles is schoon.

Over tien dagen ben je weer thuis. Laten we blij zijn dat dit op tijd aan het licht is gekomen. Straks ben je weer helemaal de oude.'

Ze sloot haar ogen. Ze mompelde: 'Hoe kun je dat nou zeggen?'

'Frankie,' begon hij, *ik heb je de afgelopen vieren-twintig uur al honderd keer begraven, ik dacht je we-duwnaar te zijn, ik heb bij wijze van spreken al zwarte kleren voor Jem gekocht, ik heb de lach op zijn gezichtje zien besterven en geweten dat we nooit, nooit meer zorge-loos of gelukkig zouden zijn, ik nam hem op mijn schou-ders en hield hem stevig bij zijn voetjes vast toen we op de begraafplaats achter jouw kist aan liepen, temidden van onze vrienden en vriendinnen met gezichten strak en wel-haast onherkenbaar van verdriet, Franka, Franka, wat doe je ons aan, hoe leg ik dit uit aan iemand van nog geen vijf jaar oud, wat moet ik, wat moet ik beginnen, als jij er niet meer bent, als jij 's nachts niet meer je billen tegen mijn maag aandrukt, waar ben je dan, waar ben je dan?*

Met haar ogen dicht fluisterde ze: 'Het ging zo vlug allemaal, zo... het is net alsof ik mijn baarmoeder in het winkelcentrum heb verloren, of in de trein, of als geld dat uit mijn portemonnee is gewaaid, zo plotse-ling, het ene moment was ik nog compleet, en na dat stomme uitstrijkje...'

Phinus hield haar hand vast en probeerde zich haar voor te stellen in een *winkelcentrum*, waar zij liep te *winkelen*, tussen vrouwen met kinderwagens en jen-gelende peuters aan de hand, en bij het besef dat zij daar nu nooit zou lopen met een buggy met hun bei-der kind erin voelde hij zich opeens zozeer van zijn toekomst bestolen dat hij van het bed moest opstaan om zijn verslagenheid te verbergen.

In zijn angst haar te verliezen had hij nog geen seconde bij deze kant van de zaak stilgestaan. Ze hadden gedacht alle tijd te hebben, en ze hadden Jem niet met te veel veranderingen tegelijk willen opzadelen. Wat kon hij nu doen? Op handen en voeten alle winkelcentra van Nederland doorzoeken? Hijgend rondkruipen tussen de neergegooide sigarettenpeuken en kassabonnetjes, terwijl de muzak in zijn oren drensde, zijn broekspijpen oude kauwgom verzamelden en de weeë geur van croissants en patat van alle kanten opsteeg? Alleen een godstabernakelse sloddervos zoals Franka – *hoe vaak moet ik het je nog vertellen?* – kon zoiets overkomen.

Hij kon geen enkel gebaar verzinnen om haar te troosten.

De volgende dag trof hij haar bed leeg aan. Volgens de verpleegster die hij op de gang tegen het lijf liep, stond ze al uren onder de douche. 'Dat is vrij gebruikelijk, dus schrikt u er maar niet van, meneer Vermeer.' In gedachten zag hij haar, omwolkt door stoom, onder het neerkletterende hete water in elkaar gedoken op een tegelvloer zitten, het plastic bandje van de operatiekamer nog om haar pols, het haar tegen haar schedel gepleisterd, eenzaam rouwend. Hij nam de lift naar beneden, kocht bij de bloemenstal in de hal een bos rozen en legde die boven op het opgeslagen bed, dankbaar dat hij haar niet onder ogen hoefde te komen.

Hij haalde Jem op bij de oppas en reed met hem terug naar Scheveningen.

In plaats van Aléria met zijn Romeinse tempel en de gorges de spelunca in het kloofdal van de Aitone was het een hotelletje in Scheveningen geworden om

Jem tenminste nog enige afleiding te bezorgen, en toch niet te ver van het ziekenhuis verwijderd te zijn.

'Wanneer is mama nou beter?' vroeg het kind vanaf de achterbank.

'Weet je wat,' zei Phinus, 'je mag haar vanavond opbellen. Dan kan ze het je allemaal zelf vertellen. Goed?'

In de achteruitkijkspiegel keek hij naar Jems vollemaansgezicht. Neem hem maar niet mee, had Franka gezegd. Hij zou er alleen maar van schrikken haar zo ziek te zien.

Jem zoog op zijn duim, terwijl hij met de andere hand zijn oor vasthield. Ineens liet hij beide handen zakken. Met heldere stem begon hij luidkeels te zingen: 'Er loopt een koe op aarde, er is een koe-oe op aarde, er is een koe, een koe, een koeoe op aaaaaarde!' Hij zuchtte diep. 'Dat zag ik net uit het raam, papa.'

'Wat zie je nog meer?'

'De weg.'

'En op de weg?'

'Auto's.'

'En verder?' Phinus tastte naar achteren, vond een smal enkeltje, kneep erin.

'Ik zie de zon!'

'Waar dan?'

'Daar! Bij die wolk.'

'Welke?' Het regende.

Het regende die hele week zo onophoudelijk dat er grote plassen op de vlonders van de Scheveningse strandpaviljoens stonden. Op de terrassen waren de parasols dichtgeklapt en vanwege de rukwinden met dik touw vastgesnoerd. Bij Zeezicht, waar je onbeperkt mosselen en spareribs kon eten, brandden onder de gestreepte luifels roodgloeiende verwarmingselementen. Op de uitgestorven boulevard verzopen de geraniums in de betonnen plantenbakken, de trampolines werden niet gebruikt, de carrousel stond meestal stil, en op het natte strand waren de ligstoelen en zonnebanken onder zeildoek opgeslagen.

Maar omdat het nu eenmaal vakantie was, trokken Phinus en Jem er toch elke dag op uit. In het zand bouwden ze bolwerken die de zee vervolgens verzwolg. Ze prikten met stokken in kwallen terwijl hun ogen traanden van de wind en het opwaaiende zand zich in hun neusgaten nestelde. Met de handen op de rug en voorovergebogen als schaatsers tornden ze langs strandtenten met namen als La Playa, Summertime, Blue Lagoon of El Dorado. U kunt hier pinnen + chippen, poffertjes met echte roomboter, toiletten 50 ct, wilkommen, Kees is open, verboden voor honden, ja wij willen de mosselpan.

In Sea Life, het grote aquarium met zijn scheve glazen pui, maakten ze kennis met de zeeanjelier, de langoeste en de klipklipvis. Ze kwamen te weten dat een schol dertig jaar oud kan worden, dat een zandkorrel meer dan 250 miljoen deeltjes bevat, en dat 21 procent van Nederland op de zee is gewonnen. In een verzonken open bassin, waar ze van bovenaf in konden kijken, kriebelden ze luie roggen over hun buik. 'Gelieve alleen de roggen en de zeesterren te aaien,' waarschuwde een bord aan de muur. 'Alle andere dieren, ook de haaien, beschadigen bij aanraking.' De haaien waren klein en weinig vervaarlijk. Maar het was een onrustbarend idee dat je ze per ongeluk zou kunnen beschadigen, alleen maar door ze aan te raken. Als haaien al niet eens tegen een stootje konden, waar kon je dan wel op rekenen?

Aan het eind van iedere middag, voordat ze een pannenkoek gingen eten, met een Fristi voor Jem en een biertje voor Phinus, kochten ze in de kiosk bij de ingang van de pier voor Franka een kaart met 'Groeten uit Scheveningen' erop. Er waren ook gedroogde krabben te koop, sleutelhangers in de vorm van een vuurtoren, flesjes met een piepkleine driemaster erin en mandjes met gekleurde schelpen. Jem raakte er niet op uitgekeken. Hij had vijf zanderige guldens te besteden, maar hij kon niet besluiten waaraan. Telkens als ze in het winkeltje waren, verdween zijn knuistje in de zak van zijn windjack om zijn vakantiegeld te voorschijn te halen en het dan toch maar weer op te bergen. 'Kiezen is zo moeilijk,' zei hij verslagen.

'Ja,' zei Phinus. 'Want als je eenmaal iets hebt gekozen, zit je eraan vast.' Hij was moe. Moe van de regen, moe van het onafgebroken vertier dat hij moest bieden, moe van het heen en weer rijden naar het ziekenhuis, met de vaste omweg naar Jems oppas. Hij voelde zich de laatste dagen zelfs te afgemat om zich te scheren, en iedere avond als hij Jem had ingestopt en hem een halve pagina *Pluk van de Petteflet* had voorgelezen, stortte hij op bed in elkaar, ongewassen. Hij sliep en hij sliep, wel twaalf uur per etmaal. De meegebrachte boeken bleven ongelezen, het scryptogram uit *NRC* werd niet opgelost.

's Ochtends moest Jem hem wakker maken door in zijn neus te knijpen of door hem onder zijn voetzolen te kietelen. Telkens was het Phinus te moede alsof hij aan zijn haren uit troebel, stilstaand water omhoog werd gesleurd. Eenmaal aan de oppervlakte kon hij het niet opbrengen zijn kop onder de kraan te houden of een schoon overhemd aan te trekken.

Geen wonder dat de vrouw die in de kiosk achter de toonbank stond, hem met toenemende argwaan opnam. Met samengeknepen lippen rekende ze zijn dagelijkse kaart af, en keek onderwijl vol afkeuring naar Jem, zijn vlasblonde haar stijf van het zout en een korst van opgedroogd snot op zijn bovenlip.

'Kom Jem, we gaan,' riep hij.

'Ik wil deze!' Spuugbelletjes blazend van opwinding kwam Jem van achter een schap toegesneld. In zijn uitgestrekte hand hield hij een rode plastic diadeem met gele zeesterretjes. 'Het is een króóntje, papa.'

Phinus bekeek het prul. 'Weet je het zeker?'

'Ja,' zei Jem, terwijl hij heftig knikte.

'Ga maar gauw betalen, dan.'

En prins Jem klom op zijn schimmel en galoppeerde naar de kassa, van top tot teen glanzend, het koningskind uit het donkere, gevaarlijke woud.

'Dat is voor meisjes,' zei de verkoopster laatdunkend. 'Dat is een diadéém.'

Geschrokken keek Jem om naar Phinus.

'Nou en?' zei Phinus.

'Daar kunt u dat jong toch niet mee laten lopen!'

'En waarom niet?'

De vrouw sloeg haar ogen ten hemel. 'Dat is een diadeem. Voor meisjes.'

'Wie zegt dat?'

'Dat weet iedereen toch.'

Jem was al opgehouden zijn geld uit te tellen. Zijn kleine, door zand en wind roodgeschuurde handen wriemelden aan de rand van de toonbank, schuchter, alsof hij bang was het hout pijn te doen.

Phinus' knieën knikten van onmacht. 'Trut,' stotterde hij. Hij graaide het haartooitje uit de hand van de vrouw, greep Jem bij zijn capuchon en duwde hem voor zich uit naar buiten.

Dikke regendruppels sloegen hen op de boulevard in het gezicht. Vanaf de pier klonk het gerinkel en geratel van gokautomaten. Op het strand scheerde een meeuw langs de palen met de kleurige herkenningstekens voor peuters: een aardbei, een paddestoel, een vlinder, een zeepaardje. *Niet vergeten hoor: we zitten bij het banaantje.*

'Hier,' zei hij tegen Jem, die met gebogen hoofd naast hem stond. 'Zet je kroon maar gauw op.'

Jem schokschouderde.

'Vooruit! Je wilde hem toch hebben?' Hij liet zich op zijn hurken zakken en prikte de diadeem ongeduldig in het blonde haar. 'Hartstikke mooi!'

Jems ogen vulden zich met tranen.

'Knollebol van me. Het is een geweldige kroon. Heus waar. Die heb je prima uitgekozen.'

'Nietes!'

'Nou niet zaniken,' viel hij uit. 'Alleen maar omdat die ouwe heks...'

'Is dat een heks?' Onzeker bevoelde Jem de diadeem.

'Dat zag je zelf toch ook wel? En nou naar de draaimolen, jij. Ga maar eens vlug een mooi, dapper paard uitkiezen.'

Met afhangende schouders sjokte het kind naar de carrousel met de krullerig beschilderde houten paarden die langs vergulde stokken langzaam stegen en daalden. Hij draaide zich om en maakte een toeter van zijn handen. Zorgelijk riep hij: 'Was het precies vijf gulden?'

'Ik heb het wisselgeld,' loog Phinus luidkeels. 'Je hebt nog een rijksdaalder over.'

Er verscheen een voorzichtig lachje op Jems ronde kleutergezicht. Toen klom hij, moeizaam puffend, op een paard met een blauw halster en sloeg zijn armen om de nek. De carrousel kwam in beweging. Bij elke tinkelende draai zwaaide het jongetje naar Phinus. 'Hier zit ik! Hier!'

'Ik zie je!' schreeuwde hij aanmoedigend terug terwijl de regen in zijn kraag droop. Hij zwaaide met beide handen boven zijn hoofd.

'Je wacht op mij, hè papa?'

Opeens was hij zich er messcherp van bewust dat hij, zodra Jem uit het zicht was gedraaid, doodleuk kon wegwandelen. Wat voor Franka voor de rest van haar leven een onomkeerbaar feit was, hoefde dat voor hem niet te zijn. Hij had nog een keus. Hij kon nog steeds de droom verwezenlijken die al stamde uit de tijd dat hij rupsen in Kanga's buidel stopte. Had hij er ooit aan getwijfeld dat hij kinderen zou krijgen? Een complete wal van kinderen had hij om zich heen willen opwerpen, kinderen van zijn eigen vlees en bloed.

'Pap?' schreeuwde Jem. Hij hing scheef over de flank van zijn paard om Phinus niet uit het gezicht te verliezen, wachtend op een reactie. Jem die zijn eigen vader nooit had gekend omdat Franka nog maar net zwanger was geweest toen haar eerste man bij een verkeersongeluk om het leven kwam. Jem die van kleins af aan wist dat hij zó'n bijzonder jongetje was ('Echt waar, zoiets is heel speciaal') dat hij twee papa's had. Een dode en een levende: eentje om aan te denken, eentje om bij op schoot te zitten. Jem die net als Phinus zelf, nog voordat hij zijn veters kon strikken, had geleerd het leven te nemen zoals het kwam en niet krenterig te zijn met zijn vertrouwen.

'Ja hoor,' riep Phinus, niet wetend of het hem werd ingegeven door dankbaarheid of door het begin van berusting, 'ja hoor Jem, ik wacht hier op je. Ik ben hier, heus waar.'

'Wat,' vraagt Mark tijdens het voorgerecht, 'maakt een spel nou eigenlijk tot een goed spel? Heb jij daar een theorie over, Phinus?'

Phinus legt zijn vork neer, enigszins verbouwereerd. Het is soms moeilijk te geloven dat anderen je serieus nemen als je speelt voor de kost. 'Een goed spel verrast,' zegt hij, 'maar het mag niet te véél op geluk en toeval berusten. De spelers willen hun eigen handigheid of vernuft ook beloond zien.' Hij lacht verlegen, maar hij begint enthousiast te worden. 'Een ideaal spel is dan ook een spel dat niet louter op één bepaalde manier kan worden gewonnen. Alleen moet je de regels ervan wel in een paar woorden kunnen uitleggen. Neem nou schaken. Dat zou je vandaag de dag met geen mogelijkheid meer op de markt kunnen zetten, zoiets ingewikkelds, elk stuk met zijn eigen wetmatigheden. Zelfs Monopoly redt het alleen nog maar dankzij de overlevering door de ene ingewijde generatie aan de volgende.'

Katja zet haar gezicht in een minzame plooi. Ze drukt haar servet tegen de lippen, kijkt even naar het linnen en zegt dan: 'Dat komt door de STER, jongen. Je moet tegenwoordig in dertig seconden kunnen overbrengen hoe iets werkt.'

'Dat weet ik ook wel,' zegt Phinus, 'maar als je nou

kijkt naar het bordspel bij de Azteken, dat omstreeks...'

'Wacht even, wacht even,' maant Mark. Hij grijnst slim. 'Net had je het over "op de markt zetten". Een spel is dus goed als het verkoopbaar is?' Uitdagend trekt hij zijn wenkbrauwen op. 'En om verkoopbaar te zijn moet het zo simpel mogelijk worden gehouden?'

De spieren in zijn nek spannen zich. Maar Franka's hand daalt op de zijne neer voordat hij heeft kunnen antwoorden. 'En wat, Mark, is er mis met simpelheid? In de beperking toont zich de meester.'

'Nu hoor je het eens van een ander,' roept Katja uit.

'Wat een indrukwekkende bijval, van iemand die over Barbiepoppen en Skippyballen gaat,' zegt Mark. Onaangedaan snijdt hij een stukje van zijn in rozemarijn en honing gemarineerde lam af.

Katja schatert het uit. 'Je zou het niet zeggen als je hem zo ziet zitten met die jus op zijn kin, maar hij is evenzogoed net tot divisiedirecteur benoemd. Precies wat ik altijd zeg, Franka: achter iedere geslaagde man staat een hoogstverbaasde vrouw!'

Franka kijkt naar haar sla. Haar gêne is voelbaar.

'Iemand nog wijn?' vraagt Mark. 'Waar hadden we het over? O ja, over het ideale spel.'

'Van een goed spel leert de speler iets,' stottert Phinus. 'Het is niet zomaar...'

'Ja, maar dat geldt voor het hele leven.'

'Het leermoment!' zegt Katja. 'Let op, nu komt het leermoment op de proppen. En, wat hebben jullie de laatste tijd zoal geleerd? Ik voor mij, ik begin er niet meer aan, hoor. Het leermoment vergt mij te veel narigheid. Hoe er uit een ramp toch nog iets moois geboren wordt. Daar heeft een mens op onze leeftijd toch helemaal geen zin meer in?' Ze legt haar hand op Phinus' mouw.

Hij moet opeens vechten tegen de paniek. In het wilde weg zegt hij: 'Punt voor jou, Katja', en schudt dan haar hand af door te veinzen dat zijn servet op de grond is gevallen.

'Ze zeggen dat ellende mensen verenigt,' gaat Katja koppig voort. 'En dat tegenslag je verhouding verinnigt. Maar bij ons thuis merk ik daar nooit iets van.'

'Katja is meer iemand voor een mooi-weerhuwelijk,' licht Mark toe.

De claustrofobie heeft het toppunt bereikt. Phinus komt overeind. Bijna maait hij zijn stoel omver. 'Sorry, even...' Hij weet nog net de ober te ontwijken die met het hoofdgerecht nadert.

Op de wc gooit hij, hijgend, handenvol koud water in zijn gezicht, ontredderd over zijn eigen ontreddering. Waar is de plot van het bestaan gebleven, een lijn die soms weliswaar verraste, maar die je met enig vernuft en handigheid altijd weer kon bijstellen? En waarom, bovenal, waarom práát iedereen onophoudelijk? Over van alles en nog wat, je zegt het maar, je kunt het zo gek niet verzinnen of het is een onderwerp van gesprek. Hoeveel gesprekken heeft hij nog voor de boeg? *Goede* gesprekken, bij voorkeur. Dolmakend, gekmakend, nooit eindigend geklep en geleuter, luchtverplaatsingen zonder weerga, *uitwisselingen*.

Als hij in de spiegel kijkt, ziet hij een wildeman van wie hij schrikt.

Wat Phinus verzwijgt

Door de calvados bij de koffie wordt het toch nog bijna middernacht eer ze van tafel opstaan. Katja kust hen beiden driemaal welterusten, terwijl Mark toekijkt met een gezicht alsof hij nog nooit zoiets lachwekkends heeft meegemaakt.

Samen met Franka gaat Phinus naar buiten, de pittige nachtlucht in, om de bagage uit de auto te halen. Als ze onder de sterreloze voorjaarshemel over de parkeerplaats lopen, is iedere kiezelsteen onder hun voetzolen te horen. 'Hoor je het nu zelf?' vraagt zij na een moment plagend. 'Ook grind knerpt.' Ze lacht. 'Zeg, maar wat een engnek, vond je niet, die Mark?'

De saamhorigheid verwarmt zijn hart, en hij stelt voor: 'Zullen we nog even een stukje langs het kanaal lopen? Frisse lucht is goed voor de nachtrust, zeggen ze.'

'Best. Maar geen wonder dat Katja jou wel ziet zitten, met thuis zo'n man.'

'Het kanaal is linksaf, schat. Zwalk niet zo.'

'Al die drank ook. Ze zat de hele tijd aan je te frunniken.'

'O ja, echt? Trouwens, zal ik dat witloftaartje thuis ook eens proberen? Het geheim is volgens mij wat citroensap door de farce.' Hij loodst haar de parkeerplaats af en duwt haar de juiste kant op. Slechts achter een enkel raam in de dorpsstraat brandt nog licht.

'Wat ben je toch een braverik.' Ze giechelt, slaat dan haar hand voor haar mond.

'Een braverik?' Hij blijft staan. Aan haar vinger ziet hij de trouwring blinken. *Mevrouw Vermeer.*

'Wat ken je jezelf slecht, Phinus. Maar loop nou door, want ik krijg het koud. We hadden onze jassen moeten meenemen.'

Ze passeren De Lantaren waaruit, gedempt, stampende muziek klinkt en steken de brug over. Aan de overkant is het duister, er is geen verlichting. Bleek steekt een zandpad af langs de kaarsrechte oever.

'Ik vind het wel aardig hoor, om te merken dat mijn man bij andere vrouwen in de smaak valt,' zegt ze na enkele minuten. Aanhalig leunt ze tegen hem aan, tegen die sul van haar, die trouwe hond, die niet eens tot bedrog in staat is, al zou hij het willen. Wat is ze zeker van haar zaak. Haar vertrouwen in hem is zo ongeveer het laatste dat er tussen hen rest. Hij zou gek zijn als hij het vermorzelde.

'Loop je nou te mokken?' informeert ze onbevangen. 'Mag ik je soms niet braaf noemen? Dat is nou juist zo leuk aan jou! Zo aantrekkelijk en toch zo oppassend.' Ze giechelt weer.

'Hou eens op,' zegt hij gesmoord.

'Maar ik vind braafheid een deugd, heus!'

Om er een eind aan te maken valt hij uit: 'Dus eigenlijk verveel je je gewoon te pletter bij mij!'

'Hè, wie zegt dat nou? Doe niet zo kinderachtig.'

'En nou weer kinderachtig.' Hij trekt zijn hoofd tussen zijn schouders en beent voor haar uit over het donkere pad.

'Phinus, wees toch niet zo snel aangebrand!'

Het zand is rul en zwaar onder zijn voeten. Naast hem kabbelt het inktzwarte water tegen de oever. Pas op, lispelt het waarschuwend, pas op, je bent met mevrouw Vermeer helemaal naar deze door God vergeten uithoek gegaan om weer wat nader tot elkaar te komen, nader, nader, nader tot elkaar, dus doe nu maar je best en laat haar haar illusies, laat ze, laat ze intact. Waarom, waarom zou je nu opeens toegeven aan het verlangen schoon schip te maken, uitgerekend nu, na al die weken? Alleen maar omdat ze je een beetje provoceert? Denk eraan, soms bestaat intimiteit louter bij de gratie van oneerlijkheid. Als je van haar houdt, zwijg dan, draai dan, lieg dan, desnoods. Want het was niet zomaar een slippertje, Phinus. Zomaar-slippertjes op een net geplaatste grafsteen bestaan niet. Dat zal ook Franka beseffen. Ze zal geen rust hebben voordat ze het naadje van de kous weet. En dan zul je haar alles moeten vertellen, dan zul je bij het begin moeten beginnen. Bij Jem.

Het is alsof alle alcohol op slag is verdampt. Het volle gewicht van wat hij op zijn geweten heeft, snijdt hem de adem af. Wat doet, vergeleken met zijn werkelijke schuld, dat ene moment van ontrouw er nog toe? Dat was alleen maar een… een… *een bijproduct.* In het nauw gedreven staat hij stil.

Ze haalt hem in. Van haar vrolijkheid is niets meer over. 'Wat heb je nou ineens?'

Ontwijkend zegt hij: 'Ik ben zo paniekerig, de laatste tijd.' Meteen heeft hij spijt van die woorden.

Met een frons neemt ze hem op. In de verte gakt een eend slaperig. 'Je doet het jezelf aan,' zegt ze ten slotte met vlakke stem. 'Doordat je uit alle macht wilt doorleven alsof er niets aan de hand is.'

'Ik zie het anders. Wat gebeurd is, is gebeurd. Wij moeten verder.'

'We zijn ons kind kwijt, Phinus!'

In zak en as heft hij zijn handen. 'Nog één keer dan. Je kunt van mij niet verwachten, je kúnt, in alle redelijkheid, eenvoudig níet verwachten dat dat voor mij hetzelfde is als voor jou.'

'Dat is toch gewoon een uitvlucht!' Ze geeft hem een stomp tegen zijn borst. En nog een. 'Erger nog, het is een leugen! Weet je wel dat je iedere nacht in je slaap ligt te tandenknarsen? Waarom zeg je niet gewoon dat je hem mist? Ik mis hem ook! En het wordt elke dag erger!' Met schokkerige gebaren stapelt ze haar vuisten op elkaar alsof ze olleke-bolleke speelt. 'Iedere dag mis ik hem meer! Iedere dag!'

'Wees er dan ook niet continu mee bezig.'

'Maar dat wil ik juist! Ik wil hem niet vergeten! Waarom wil jij hem uit alle macht vergeten? Je zou het liefst doen alsof hij nooit heeft bestaan. Net ook weer, aan tafel! Niet dat ik zo nodig met wildvreemden over Jem wil praten, maar…'

'En daardoor ben je nu een wrak, Franka, een zombie! Laat het los.'

'Ik vraag je wat! Waarom…'

'Je doet geen oog meer dicht en je…'

Met gebalde vuisten staat ze tegenover hem op de oever. 'Ja, hoe kan ik nou slapen als ik telkens over hem droom? Dat hij de keuken in loopt, of zijn tas in de gang gooit, al die gewone dingen, dat ik tegen hem zeg dat hij moet opschieten met zijn huiswerk, of dat we samen popcorn maken, in de pan met de wolkjes, en dat ik muziek uit zijn kamer hoor komen, en dat hij zit te lachen om Mr Bean, of...'

'Hou op jezelf in alle staten te werken!'

'... en als ik dan wakker word...' Eindelijk zwijgt ze. Ze trekt haar kraagje dicht.

Een windvlaag doet hem even ineenkrimpen. Waarom toch wordt zij zo door het noodlot op de hielen gezeten? Nog geen veertig is ze, en ze heeft al verliezen achter de rug waarvoor doorgaans een oorlog nodig is. Stond het soms in de palm van haar hand geschreven dat zij ook Jem voortijdig zou verliezen, zelfs zonder Phinus' toedoen? Maar zou dat hem vrijpleiten?

'Praten over je verlies, met je eigen man, dat is toch het minste dat je zou mogen verwachten!' zegt ze bitter.

'Als het aan jou lag, hadden we het nooit meer over iets anders.'

'Ik wou dat ik het begreep. Dat ik snapte waarom dit is gebeurd.'

Met geknepen stem brengt hij uit: 'Je weet best waarom! Omdat hij nu eenmaal zo stom was om op het verkeerde moment op de verkeerde plaats te zijn!'

Ze stapt achteruit over het gras. 'Omdat hij zo stóm was?'

'Ja, wie laat zich nou dóódschieten? Alle driehonderd anderen zijn ongedeerd uit die disco gekomen.'

Haar verwrongen gezicht verzacht. 'Dus je bent kwaad op hem! Dat bewijst toch alleen maar hoeveel je van hem hield.' Hoopvol kijkt ze hem aan.

Zo stond ze vroeger ook met Jem bij het tuinhek, elke avond als hij naar huis kwam gefietst. Jem die opgetogen 'Da!' riep: 'Daar is mijn papa!' Jem die zijn armpjes naar hem uitstrekte, brabbelend over dit en dat, trekkend aan zijn das, kraaiend. Jem die zich later, als hij Phinus onder aan de trap zag staan, zonder een woord van waarschuwing voorover stortte, zijn armen in. Jem die ooit op school een negen kreeg voor zijn spreekbeurt over Spellen Door De Eeuwen Heen ('Kijk Jem, we beginnen bij de Azteken.'), een spreekbeurt waarin al die Eeuwen waren geculmineerd in het feit dat Jem Vermeer – ogen min zeven; gewicht vijfendertig kilogram; kind van één mama en twee papa's; onvermoeibaar indiener van Petities Tegen Het Stierengevecht en andere zaken die het belang van Het Dier dienden zoals het bestrijden van de Jaarlijkse Zwijnenjacht van het Koninklijk Huis, Geachte Majestijd – dat Jem Vermeer, tussen al zijn andere bedrijven door, kind aan huis was bij Jumbo, waar ze Halma maakten, 'en Stratego, en Mens-erger-je-niet, en Mikado, en het Dierenkwartet, hoor, en Backgammon en Script-O-Gram'. Een voor een had hij de spelletjes laten zien.

Na afloop had zo'n rotjong uit zijn klas op het schoolplein treiterig gezegd: 'Wat nou Halma, sukkel. Je hebt geeneens een Game Boy!'

'Jem heeft geen Game Boy! Jem heeft geen Game Boy!'

Ze hadden de grote Albert Heijn-tas uit zijn handen getrokken en alle dozen dwars over het plein geschopt, net zo lang tot de verpakkingen kapot waren en de tegels bezaaid lagen met stukgetrapte pionnetjes en gescheurd karton.

'Ik denk dat ze jaloers op je waren, apie,' zei Phinus zo rustig mogelijk, terwijl hij een beker chocolademelk voor het huilende kind maakte. 'Je geeft ze allemaal het nakijken. Je haalt op je sloffen een negen voor een prachtige spreekbeurt. En dat niet alleen. Je zit in het testpanel van Jumbo, maar liefst. Jij bent een van de mensen die bepalen welke nieuwe spelletjes er in de winkel komen.'

'Dat wil ik niet meer,' zei Jem. In elkaar gedoken aan de keukentafel hikte hij nog wat na.

'Maar we kunnen toch niet zonder jou, bij het testen?'

'Er zitten alleen maar nerds in het panel.'

'Nerds van negen bestaan helemaal niet.'

'Jawel. Ik wil een Game Boy, papa.'

'Maar van een Game Boy word je een autistische etter, dat heb je vandaag zelf gezien. Bliep, bliep, bliep! Jezus, Jem! Wil je dat? En vierkante ogen krijgen, en van die rare duimen? Alleen maar omdat zo'n stelletje rotzakken...' Moest hij op school gaan praten? Erop wijzen dat daar negenjarige ploerten rondliepen die andermans onschuld bedierven? En ook nog een tas vol spliksplinternieuwe spellen aan gort trapten! Of zou hij Jems positie alleen maar ondermijnen? Kijk eens aan, daar hebben we meneer Vermeer, die werkt bij Halma, is het niet? Ja, en bij het Dierenkwartet, vanzelfsprekend.

'We gaan,' zei hij. 'Kom op, pak je jas.'

Twintig minuten later stonden ze bij Bart Smit in de rij voor de kassa. Jem zou knikken in zijn duimen krijgen en daas uit zijn ogen gaan kijken, maar hij zou niet langer de grootste sufferd van het schoolplein zijn. Temidden van het kleurige speelgoed en de jengelende kinderen dacht Phinus geschokt: We hebben ons laten verslaan. We hebben de grote bek laten winnen. De tantes zouden het vroeger eenvoudig niet hebben laten gebeuren. Die zouden op de Solex zijn gestapt, die zouden de etters een toontje lager hebben laten zingen. Je mocht wat hen betreft best een bengel zijn, maar er waren grenzen, en dit ging warempel te ver.

Om zijn neerslachtigheid de kop in te drukken probeerde hij er maar een grapje van te maken. Hij trok Jem aan zijn mouw. 'Hé joh, je zegt het wel als je eigenlijk liever hebt dat ik ergens anders ga werken, hè?'

Jem keek verrast op. 'Als jij het daar nou leuk vindt, papa!' Hij dempte zijn stem. 'Dan zeg ik het voortaan gewoon tegen niemand meer.' Hij schoof zijn kleine warme hand in die van Phinus en trok hem mee, weer een stapje dichter naar het doel: de kassa, waar zijn droom door papa vervuld zou worden, papa die wel honderd gulden in zijn portemonnee had, en een pinpas, hoor, en anders wel een creditcard.

'Zeg het dan gewoon!' Franka's stem, hoog van spanning, draagt ver over het kanaal bij Aduard. De lucht boven haar is massief zwart. Ze pakt hem bij zijn revers. Ofschoon een kop kleiner, schudt ze hem door elkaar.

Stijf ondergaat hij haar gerammel.

Ze laat hem los. 'Je hield ontzettend veel van hem.' Haar lippen trillen.

De wind doet het water rimpelen. Het kanaal ruikt gronderig, een geur die doet denken aan een verregende kampeervakantie, aan kleren die niet meer willen drogen, aan een van het vocht opengebarsten pak Brinta op het grondzeil. Ze hadden Jem, een peuter nog, plastic boterhamzakjes om zijn voetjes gebon-

den. Ze hadden... 'Hou op!' brult hij. 'Hou in 's hemelsnaam op!'

'Stel je niet aan,' zegt ze bruusk. 'Je stikt alleen maar
van nijd omdat je niet kunt accepteren dat je niet
overal controle over hebt. Jij denkt altijd maar dat alles in de hand te houden is! Dat er overal vaste spelregels voor zijn, en dat als je je daar nu maar aan
houdt...'

Praten, praten, praten, het gaat maar door, totdat je
erbij neervalt. Zou de dag soms niet meer volgen op
de nacht als iedereen voortaan zijn kop hield? Zou de
horizon verticaal gaan staan? Zouden de zeeën op-
drogen? De vogels kieuwen krijgen? De mens begint
en eindigt zonder taal, zonder tekst en uitleg. Waarom moet er tussentijds dan zoveel geleuterd worden,
met welk oogmerk, in godsnaam? 'Ik heb er genoeg
van, hoor je me?' schreeuwt hij. 'Ik sta niet meer voor
mezelf in als jij maar doorgaat met dit, dit gezwatel.'

Ze kijkt hem aan, de ogen samengeknepen van woede. 'Hoe kan ik mijn leven nou delen met iemand die
mijn gevoelens zo minacht? Hoe lang denk je dat ik
daar nog zin in heb?' Dan draait ze zich om en loopt
van hem weg.

Even houdt hij zijn adem in, als mevrouw Vermeer
zich met vastberaden stappen van hem verwijdert.
Van hem, de ellendeling die zonder dat zij het weet
verantwoordelijk is voor al haar verdriet. Alleen bij
het kille water steekt hij de handen in de zakken.
Kleumerig trekt hij zijn schouders op. Met de punt
van zijn schoen schopt hij tegen een graspol.

Eén moment laat de maan zich even zien, om dan
meteen weer achter de bewolking te verdwijnen. Er
pinkt maar een enkele ster aan de hemel, als een een-

zame uitkijkpost, van waaruit het opperwezen zijn schepselen in het oog houdt. Maar wie hulp van hem wil, weet wel beter. Het opperwezen schittert hoofdzakelijk door zijn fenomenale afzijdigheid, je kijkt tevergeefs omhoog.

Wat moet hij beginnen? Een kuil in de grond graven, zoals de barbier van koning Midas deed, en zijn geheim in de geduldige aarde fluisteren, om het dan vlug toe te dekken? Maar de biezen zouden het doorfluisteren aan de wind en de wind zou het van oost naar west blazen, van noord naar zuid, eerst als een briesje, maar allengs aanzwellend tot een storm, een fluitende orkaan, een wanhopig loeiende bekentenis, hoorbaar tot in alle uithoeken van de wereld: 'Het is mijn schuld. Het is mijn schuld!'

Franka's silhouet is al bijna niet meer te ontwaren op het donkere pad. Binnen een paar minuten zal ze terug zijn in het dorp. Onwillekeurig kijkt hij even naar de overkant van het kanaal, waar heel Aduard inmiddels moet slapen. Maar nee. Twee gestalten komen in de verte de brug op geslenterd, duidelijk zichtbaar onder de straatverlichting. Zodra ze plaatsnemen bij de brugleuning, herkent hij ze. *Misschien gaat u vanavond wel dood, meneer.*

Die twee komen natuurlijk uit De Lantaren, zo'n oord waar iedereen tot in elke zenuwcel vol zit met xtc, waar iedereen zich avond aan avond een stuk in de kraag zuipt op hersenverstompende housemuziek. Zo'n oord waar het als een verzetje wordt beschouwd als iemand op de dansvloer ineens met een wapen begint te zwaaien. Gebeurt er tenminste wat.

Misschien had Jem nog een kans gehad als hij had

beseft dat er griezels bestonden voor wie je moest uit-kijken. Maar hoe had hij daarachter moeten komen? Als kleuter had hij minderjarige hoertjes als oppas ge-had ('Geef ze vertrouwen, en je geeft ze een toe-komst.') en later had zijn mama glimlachend toege-keken hoe haar zoon aan de keukentafel leerde bamzaaien van fietsendieven die stijf stonden van de methadon ('Als iedereen er de handen vanaf trekt!'). Zou Jem nog hebben geleefd als hem voldoende on-derscheidingsvermogen was bijgebracht, in plaats van een naïef vertrouwen in zelfs de meest criminele on-derkruipsels? *Godverdomme, Franka!*

Hij tuurt in het donker. Ze is al bijna aan het eind van het jaagpad.

Op de brug stoot het tweetal elkaar aan: ook zij heb-ben haar opgemerkt.

'Franka!' roept hij, ineens bevangen. Hij zet het op een sukkeldrafje.

De meiden draaien hun hoofd in zijn richting.

'Franka! Pas op! Wacht op me!'

Ze kijkt om en bijna struikelt ze daardoor. Ze klau-tert nu via de berm de brug op. Het nauwe rokje en de hoge hakken maken het haar niet gemakkelijk.

De meiden hebben zich midden op de brug gepos-teerd, Franka kan niet meer om hen heen. De grote heeft haar arm door die van de kleine gestoken. Hun zwarte jacks glimmen in het licht van de lantaarns, en het halfkale hoofd van de kleinste schimt luguber op.

Ziet Franka het gevaar niet? Ziet ze alleen maar een paar meisjes zoals ze die elke dag op haar werk te-genkomt? Of is ze slechts in de ban van één enkele gedachte: wegwezen van Phinus?

Dat zou dan niets nieuws zijn. Hij memoreert het zelf vaak en graag, met een zekere trots, op feesten en verjaardagen. 'O, ze heeft haar uiterste best gedaan om me af te poeieren, hoor,' vertelt hij aan wie het maar wil horen: laat het geweten zijn dat deze verhouding, dit huwelijk, zijn werk is geweest. Zijn project. Laat het geweten zijn dat hij Franka, die bij iedereen bekendstaat als een vrouw van stavast, zover heeft gekregen dat ze voor hem door de knieën ging. Franka, mooie, originele Franka, die iedere vrijer kon krijgen.

Hij zag haar voor het eerst in het park, tijdens zijn lunchpauze. Ook toen was het bijna Pasen, het feest van de wederopstanding, maar doordat Pasen dat jaar laat viel, was het al bijna zomers warm. Het frisse groen van de kastanjes en de heesters was al helemaal uitgebot, en er hing in de stad een koortsachtige sfeer van verwachting. Op alle uren van de dag en de nacht zaten de terrasjes vol. Mensen praatten met schelle stem, ze morsten drank en ze lachten om niets. Iedereen keek met ogen als zoeklichten uit naar iemand anders.

De enige die ongevoelig leek voor de opgeschroefde stemming, was de jonge blonde vrouw die hij op een dag, vanaf het bankje waar hij altijd zijn broodjes opat, aan de rand van de vijver zag zitten, samen met een klein kind. Met rustige aandacht sorteerde ze in het gras stokjes en steentjes, die het jongetje daarna ingespannen in een serie plastic bekertjes van verschillende kleuren deed. Het was nog maar een dreumes. Hij moest zich, toen het spel ten einde was en ze huiswaarts keerden, bij het lopen vasthouden aan de stangen van zijn buggy.

De volgende dag waren ze er weer. De bekertjes

werden met zand gevuld, zorgvuldig afgestreken en omgekeerd. *Juist, zandtaartjes.* Ze zaten er op hun knieën bij, het kleine jongetje en zijn moeder, allebei evenzeer in het spel verdiept. Volwassenen die zo konden spelen, waren zeldzaam. Phinus keek gefascineerd toe.

Nu werd een handvol steentjes naar de waterkant gebracht – voorzichtig, goed mama's hand vasthouden – en in de vijver gekieperd. Ze zonken. De stokjes gingen erachteraan – die blijven drijven, zie je wel? – en hij stond op, met zijn krant, liep naar hen toe en zei, terwijl hij zich op zijn hurken liet zakken: 'Een bootje van papier is ook een goeie.'

De moeder keek hem aan, verbaasd. Het gespikkelde licht dat door de bladeren van de wilg aan de waterkant viel, lag als confetti op haar wangen.

'Kijk, zo doe je dat,' zei hij snel, terwijl hij een pagina uit de krant trok, hem omsloeg en de vouw secuur aanduwde. 'Altijd even goed met je nagel erlangs,' legde hij het jongetje uit, 'anders valt het meteen weer uit elkaar.'

Het kind was nog te klein om te praten. Woordeloos maar vol interesse keek het toe.

'Het wordt een muts,' zei de vrouw vrolijk. 'Kijk maar, Jem, een muts voor op je bolletje.'

'Volgens de regels is dit een boot,' zei Phinus. 'Maar het staat iedereen natuurlijk vrij er het zijne of het hare in te zien.'

'O, gelukkig.' Er was geen spoor van spot in haar stem.

Gedrieën lieten ze het bootje te water en duwden het met een stok van de oever. Het was licht genoeg om enkele minuten te blijven drijven.

Toen het was gezonken, zei zij: 'Van een muts heb je toch langer plezier.'

'Niets heeft het eeuwige leven.'

Er kwam een wrange trek op haar gezicht. 'Het wordt tijd voor Jems slaapje.'

Toen ze de volgende dag samen met het jongetje haar plaats bij de vijver innam, bleek nergens uit dat ze Phinus' aanwezigheid op het bankje opmerkte. Het ritueel van steentjes en stokjes zoeken nam weer een aanvang. Zand werd bij elkaar geschraapt en in de bekertjes geschept. Phinus' handen jeukten. Behoedzaam kwam hij overeind. 'Je kunt voor zandtaartjes beter iets ondiepers nemen, dan worden ze steviger,' zei hij.

'Jij hebt wel overal verstand van, zeg.'

'Luister, ik wil me natuurlijk niet opdringen, maar...'

'Nou, dat is dan verstandig van je,' zei ze bedaard. 'Want ik heb pas anderhalf jaar geleden mijn man verloren, en ik ben nog lang niet toe aan iets nieuws, ook niet aan een tussendoortje. Verdoe je tijd dus maar niet aan mij.'

Onthutst door deze aanpak wist hij even niets te zeggen. Ze was hem te vlug af, in meer dan één opzicht.

'Maar dank je wel voor het advies,' besloot ze met een verzoenende stembuiging die deed vermoeden dat ze zich wel vaker vreemde kerels van het lijf moest houden. 'Als we zandtaartjes willen bakken, zal ik beslist onze pindabakjes meenemen. Alleen zijn dit geen taartjes. Dit zijn bergen, met ridders en draken erop. Zie je? Die kiezels zijn de ridders.'

's Middags sloeg hij er in de bibliotheek Elisabeth

Kübler-Ross op na. Een jaar volstond voor de ver-
werking van een sterfgeval. Vijf welomschreven stappen. Hij was plotseling opgetogen. De gedachte dat
deze vrouw, Jems moeder, in hem iemand had gezien
die naar haar gunst dong, was even verbijsterend als
opwindend. Hij had niets anders gedaan dan zichzelf
zijn.

Hij ging terug naar het park en wachtte zijn kans
af.

Na een halfjaar van intensieve belegering huurden ze
samen een huis met een tuin, met een zandbak voor
Jem.

Het werd, zei Franka, nu wel zo ongeveer tijd haar
ouders te verwittigen, en haar schoonouders. Haar
opa's en oma's, haar ooms en tantes, haar neven en
nichten hoorden het dan geheid vanzelf. Haar broers
daarentegen zou ze zelf bellen, en haar zwager, haar
twee schoonzusjes en hun partners ook.

Zij was, hoe moest je het noemen, zij was onderdeel
van een heel sterrenstelsel. Van een complete Melk-
weg! Alles hield elkaar bijeen, cirkelend volgens vast-
staande patronen, en bloedbanden stippelden ge-
compliceerde lijnen door het heelal waarin Franka
zich samen met haar Jem bevond. In deze enorme
constellatie waren zij beiden zo nietig als spelden-
knoppen.

In zijn eigen universum was hij nooit een van de ve-
len geweest. Het was een van de eerste verrassende
inzichten die ze hem bezorgde.

De tantes, die weg van haar waren, beaamden het.
'Een béétje wees is nu eenmaal een ras-egoïst. En een
klamper,' zeiden ze vertederd terwijl ze in de tuin

muntthee serveerden, bekend om z'n versterkende werking. Drink op, meisje, je zult het nog nodig hebben. Ach Phinus, laat haar je oude kamertje even zien! Je opklapbed staat er nog, met Kanga erin. Gek dat het kind op z'n beesten was! En z'n tekeningen, Franka, jeminee, allemaal hebben we ze bewaard, onder in het dressoir waar hij soms in kroop toen hij nog klein was. Dat was zijn hut. Uren zat hij in zijn hut, met het deurtje op een kier.

Boven klapte Franka meteen het smalle bed neer. De versleten riempjes die de dekens om de matras snoerden, roken nog precies zoals toen. 'Was je eenzaam?' vroeg ze terwijl ze zich boven op hem uitstrekte.

Onder aan de trap riep tante Irmgard luid: 'Jongelui! Geen misbruik maken van de situatie!'

'Frankaaa!' schreeuwt hij. Op een draf legt hij de laatste meters van het jaagpad af en zwenkt dan de brug op. 'Franka, wacht!'

Ze geeft geen krimp. Haar hakken tikken driftig op het plaveisel. Er is geen ander geluid te horen. Even verderop, aan de overkant, is het dorp in stilte gedompeld. Uit De Lantaren klinkt geen muziek meer. Hoe laat zal het zijn? Eén uur? Halftwee? Later? Wanneer sluit zo'n gelegenheid, hier op het platteland? Wanneer kotst zo'n pand de laatste verhitte bezoekers uit, de lange, saaie nacht in?

Hij strekt zijn nek om te zien wat de meiden in hun schild voeren. Maar Franka's gestalte blokkeert het zicht. En precies op dat moment floept de straatverlichting uit.

De adrenaline bonkt in zijn oren. Franka's voetstappen verdwijnen erin, net zoals het donker haar smalle gestalte heeft opgeslokt. Secondenlang voelt hij zich de enige mens op de gehele wereld. Een wereld die traag maar onafwendbaar draait, zonder reden, zonder bedoeling, louter omdat zij volgens de wetten van het universum nu eenmaal draait, zolang er althans nog wethouders zijn zoals die van Aduard, van die groene betweters die een politiek correct energiebeleid voeren en die nooit nodeloos het milieu belasten. Blindelings klost hij voort over het oneffen asfalt van de brug.

Naast hem doemt een donkere vorm op, en hij schrikt. Het is het bedieningshuis van de brug maar. Geleidelijk ziet hij Franka weer, als een lichte vlek loopt ze voor hem. Hij zit haar nu zo dicht op de hielen dat hij haar parfum zou kunnen ruiken, achter haar aan waaierend als een geurige wimpel, als zij tenminste parfum gebruikte. Hij is haar zo nabij dat hij zijn vingers in haar haren zou kunnen haken, als ze lang haar had gehad. Als ze iemand anders was geweest, zo'n vrouw uit de damesbladen, had hij haar nu al ingehaald.

Plotseling klinkt vlak voor hem een gesmoorde kreet. De vlek die zijn Franka is, schrompelt ineen: ze valt. Twee gestalten buigen zich over haar heen.

Met een schreeuw legt hij de tergende laatste meters af. Hij graait, hij grijpt naar de nylon jacks, hij krijgt er een bij de kraag beet. Hijgend sleurt hij de kleinste overeind, pakt haar bij kop en kont en smijt haar met al zijn kracht tegen de grond. Haar lichaam is nog niet met een bons geland of hij heeft de grote al bij de kladden. Hij houdt haar bij de voorkant van haar jack vast en stompt haar met zijn andere hand in het gezicht. Haar hoofd beweegt als dat van een lappenpop heen en weer. Als ze begint te gillen, ramt hij zijn vuist tegen haar mond. *Geen gejammer, geen klachten, geen verwijten, geen vragen meer. KOP DICHT!*

'Hou op! Hou op!' schreeuwt Franka.

Verdwaasd laat hij zijn hand zakken en richt zijn blik op haar. Ze probeert op te krabbelen. Haar rokje is tot aan haar billen opgeschort, er lopen tranen over haar gezicht, en hij denkt: Rustig maar, hier is je man. Op hetzelfde ogenblik klapt hij dubbel, in zijn kruis getroffen door een knie. Even wordt het hem zwart voor de ogen. Dan ziet hij een langwerpig glanzend voorwerp op zich gericht.

Zijn belaagster wijkt achteruit, haar arm gestrekt. Het is de grote. Bloed gutst uit haar mond en haar ene oog is kapotgeslagen.

In een beweging die al zijn botten doet kraken, sleurt hij de kleine van de grond en houdt haar slappe lichaam als een schild voor zich. De grote maakt geen aanstalten haar wapen te laten zakken. Ze schreeuwt iets, en het volgende moment ziet hij niets meer terwijl het tegelijkertijd is alsof zijn gezicht uit elkaar spat. Hij werpt zijn menselijk schild van zich af om met beide handen naar zijn hoofd te grijpen.

Franka gilt het uit.

Waarom komt niemand hun te hulp? Draaien de burgers van Aduard zich nog maar eens om als ze horen dat er een knokpartij op de brug is, bang om zelf kleerscheuren op te lopen? Pas dan beseft hij dat hij geen enkele pijn voelt aan zijn gezicht. Met prikkende ogen kijkt hij naar zijn handen. Ze glinsteren. Maar niet van het bloed. Het is groene haarverf.

De kleinste ligt bewegingloos voor hem op de

grond, precies op de stippellijn die het wegdek in twee helften verdeelt. Stijfjes stapt hij over haar heen. In zijn ooghoek registreert hij de aanwezigheid van de grotere, maar ze heeft zich op veilige afstand bij de brugleuning teruggetrokken, gespannen van het ene been op het andere hippend.

Franka zit doodstil, in elkaar gekrompen, op het plaveisel.

Hij buigt zich over haar heen, terwijl de verf langs zijn wangen druipt. 'Ben je gewond? Heb je pijn? Kun je opstaan?'

Ze stribbelt tegen als hij haar overeind trekt. Zodra ze staat, slaakt ze een kreet.

'Wat? Je been?'

'Rechts,' mompelt ze. Ze probeert zich uit zijn greep los te wringen. 'Ik dacht dat je...' Ze rilt. Ze moet een shock hebben. Pal voor haar ogen werd ook hij nu nog bijna neergeschoten.

'Ja, dat dacht ik ook. Dat ze een wapen had.' Hij moet naar adem snakken. 'Maar het is niks. Alles is goed. Stil maar. Ik haal de auto.' Omstandig helpt hij haar weer in een zittende houding, het bezeerde been gestrekt. De brug ruikt naar verse teer. Onder hen murmelt het water.

'Kan je wel, tegen een paar meisjes!' schreeuwt de grote opeens. Ze is wat dichterbij gekomen. Ze houdt een hand tegen haar bloederige oog gedrukt, maar verder wekt ze niet de indruk te lijden onder haar verwondingen. Het besef dat er meer dan een pak slaag nodig is om dit soort schepsels een lesje te leren, bezorgt hem een huivering. 'Jullie vroegen erom.'

'We deden niks! Je riep zelf dat ze moest stilstaan, zeikerd!' snerpt ze.

'Nou, bedankt voor de hulp dan,' zegt hij. Zijn stem klinkt hem iel in de oren, bepaald niet zo sarcastisch als hij bedoelde. Steun zoekend kijkt hij naar Franka. Ze lijkt hem niet gehoord te hebben. Zo wit als een doek masseert ze haar slapen, zonder haar blik af te wenden van het meisje dat voorover op het wegdek ligt.

'Hoe krijg ik Mel nou thuis? Op m'n nek, zeker?' grauwt de grote.

Nu kijken ze alledrie naar de roerloze gestalte. Om zich een houding te geven steekt Phinus de handen in zijn broekzakken.

'En als ze dood is?' Het lijkt haast alsof ze het met welbehagen vraagt. 'Mooi dat jij dan de bak in draait.' Met zijwaartse stappen begeeft ze zich naar haar bewegingloze vriendin. Ze port haar met een voet tussen de ribben.

'Laat dat,' zegt hij, misselijk van afgrijzen.

Ze maakt een snorkend geluid. 'Je hebt een probleem, eikel.'

Uit alle macht probeert hij zich te concentreren, maar de paniek slaat een schacht in zijn hoofd waardoor alle gedachten ordeloos naar beneden tuimelen. Deed Franka nu maar wat. Dit is verdorie haar terrein. Zij hoeft maar met haar vingers te knippen en blagen zoals deze springen voor haar in de houding. Abrupt zegt hij: 'Ik ga mijn auto halen.'

'En dan?'

Hij heeft geen idee. Hij maakt een gebaar met zijn hoofd. 'Mee, jij.'

'Mooi niet.' Ze stapt achteruit en trapt op het busje haarverf, dat rinkelend in beweging komt en over de rand van de brug schiet. Er klinkt een zachte plons.

'Ik laat je hier niet achter met mijn vrouw.'

Een grijns splijt haar bloedkorst: dit is blijkbaar een vorm van erkenning die haar behaagt. In haar gescheurde neusvleugel bungelt de piercing.

Hij draait zich om naar Franka. 'Ik ben over twee minuten terug.'

'En dan?' vraagt ook zij, opeens alert.

Hoe moet hij dat weten? Waarom zou hij verantwoordelijk zijn voor het oplossen van alle problemen ter wereld? Hij vecht tegen de aandrang zich languit op de grond te werpen en met handen en voeten te roffelen. In plaats daarvan haalt hij zijn zakdoek te voorschijn, veegt de verf van zijn gezicht, trekt dan zijn jasje uit en slaat het om haar schouders. 'Tot zo.' Zijn eigen woorden, zo alledaags, maken dat hij zich weer even meester over de situatie voelt. Gebiedend wenkt hij naar de grote. 'Loop jij maar voorop. Zodat ik je kan zien.'

Zonder een woord zet ze zich in beweging, traag, alsof ze alle tijd van de wereld heeft. Onder het jack zijn haar dijen massief.

In ganzenmars lopen ze het dorp in. Nergens valt enig teken van leven te bespeuren. Ook bij Onder de Linden zijn alle lichten uit. In de herberg is alle geordende bedrijvigheid voorbij, de fornuizen zijn allang gedoofd, het personeel is naar huis en de gasten liggen op hun zevengangenmenu en de friandises bij de koffie de slaap der verzadigden te slapen. Het zal nog uren duren voordat er weer activiteit op gang komt: de geruststellende rituelen van opstaan en scheren en douchen in de gastenkamers, de logistiek van eieren koken, brood snijden, sap persen in de blinkende keuken. Elke handeling even systematisch en voorspelbaar. Het is hem te moede alsof hij uit het paradijs van de dagelijkse orde is geworpen, de woestenij in, waar ieder houvast ontbreekt, en zijn handen trillen als hij de auto openmaakt.

Hij laat zich achter het stuur zakken. Het gooi- en smijtwerk heeft zijn rug geforceerd en het valt hem niet mee een enigszins comfortabele houding te vinden. Hij steekt de sleutel in het contact. Het dashboard licht op. Volgens de klok is het 2:15 uur. De cd-speler klikt aan, en de eerste sobere maten van de *Matthäus-Passion* klinken. 'Kommt, ihr Töchter, helft mir klagen,' smeekt het Choir of King's College uit Cambridge.

'Heb je niks beters?' vraagt het meisje lijzig. Ze installeert zich naast hem, haar voeten op het handschoenenvakje.

'Het is Goede Vrijdag,' zegt hij werktuiglijk.

'Wat je goed noemt.' Ze hijst zich wat overeind, reikt naar de zonneklep en klapt die neer. Ze vloekt binnensmonds terwijl ze zichzelf in het spiegeltje bekijkt. Dan zakt ze weer achterover. 'Nou, waar wachten we nog op?'

'Erbarm Dich unser, o Jesu,' zingen de engelachtige stemmen.

Ingespannen zet hij de auto in z'n achteruit. Met armen van lood draait hij aan het stuur en manoeuvreert over het grind de parkeerplaats af.

'Gassen maar,' zegt zijn passagier.

Wat geld volgens Phinus vermag

Hij heeft visioenen van Franka op de brug: tanden door haar lip, een gat in het hoofd, een fietsketting om haar nek. En overal bloed. Er zijn maar een paar minuten gepasseerd, maar het is alsof er jaren zijn verstreken, jaren vol gevaren waartegen hij haar niet heeft kunnen beschermen. Als in zo'n benauwde droom waarin de tijd maar voortraast, terwijl je verward en buiten adem vecht tegen schimmige obstakels en je, steeds radelozer, beseft dat je te laat zult komen, definitief te laat, wat je ook doet.

Pas als de slagbomen van de brug opdoemen, merkt hij dat hij het hele eind – een paar honderd meter – in de eerste versnelling heeft gereden.

Hij negeert het meisje naast zich, dat stuk vleesgeworden graffiti, hij trekt de handrem aan, werpt het portier open en springt de auto uit. Achter hem blijft de motor rustig pruttelen, en de zangstemmen uit Cambridge rijzen en dalen: tekenen van beschaving, in scherp contrast met het platteland om hem heen. Het meedogenloze zwarte gat van de nachtelijke hemel. De overvloed aan zuurstof, die het hoofd doet duizelen. De stilte, zo compleet dat het ritselen van insecten hoorbaar is, evenals het zwenken van ontelbare vissenstaarten in de modder van het kanaal. Alles om hem heen is nu ongetwijfeld bezig elkaar met huid en haar op te vreten. Egels en marters komen gretig uit hun holen gekropen, de ogen glinsterend van de honger. Uilen spreiden geluidloos hun vleugels en dan, razendsnel, hun klauwen. Het is nacht: de natuur laat haar ware gezicht zien.

Het is Phinus te moede alsof hij tegen zijn wil wordt ingewijd in een geheim: dus daarom komt de slaap ons 's nachts verdoven: opdat we niet hoeven te weten wat er zich achter ons slaapkamerraam afspeelt: we slapen omdat de nacht ons er anders aan zou herinneren dat ook wij zonen en dochters van moeder natuur zijn: even onverschillig, even wreed en even harteloos als zij.

Franka zit nog midden op de brug, in dezelfde houding. In het licht van de koplampen ziet hij de ladders in haar panty en de mascarasporen op haar bleke wangen.

'Gaat het?' Hij legt zijn hand op haar gebogen nek en schuift zijn vingers onder de kraag van het pakje dat ze speciaal voor hem heeft aangetrokken. De fragiliteit van haar wervels. Er zou niets voor nodig zijn om ze als tandenstokers te laten knappen. 'Sla je arm maar om mijn schouder. Dan help ik je naar de auto.'

'En die meisjes?' Haar stem is toonloos.

Hij volgt haar blik. Even verderop buigt de grote zich juist over haar metgezellin. Ze praat op dringende fluistertoon tegen het tengere meisje, dat nu rechtop zit.

Daar zit het wicht, ongebroken. Onkruid vergaat niet. Ze zullen allemaal met de schrik vrijkomen. 'Stap nou maar in,' zegt hij tegen Franka.

Hinkend bereikt ze de auto, grijpt zich aan de passagierskant vast aan het portier en zegt dan: 'Waar zat je verstand, Phinus? Wat heb je in 's hemelsnaam aangericht?'

'Hoe bedoel je? Ze vielen ons aan!'

'Ja, met een busje verf!'

Hij kan zijn oren niet geloven, dit is de omgekeerde wereld. 'Kom, we gaan naar bed.'

'Je hebt een paar kinderen in elkaar geslagen en nu wil je ze ook nog aan hun lot overlaten? In het holst van de nacht, nota bene! Ga alsjeblieft vragen of ze hulp nodig hebben. Alsjeblieft.' Ze laat zich in de auto zakken.

Nerveus hurkt hij naast haar bij het open portier en zet de *Matthäus* uit. Meteen wordt hij de vraatzuchtige geluiden van de nacht weer gewaar. Hij pakt haar tasje van de vloer. 'Hier, neem nou maar vast een slaappil. Dan ga je zo meteen tenminste direct onder zeil. Anders ben je morgen geen mens.'

Nu kijkt ze hem eindelijk aan. Haar ogen liggen diep in de kassen, de groeven langs haar neus lijken scherper dan anders.

'Frankie, toe nou. Je ziet eruit als een geest.'

Nog steeds zegt ze niets, maar ze neemt haar tas van hem aan en haalt het doosje slaaptabletten eruit. Wezenloos blijft ze ermee in haar hand zitten, alsof ze weifelt: hoe laat is het, zal het zonder pil ook wel lukken? Talloze keren heeft hij dat laatste de afgelopen tijd zien gebeuren, midden onder een gesprek, tijdens het lezen van de krant, soms zelfs aan de telefoon. Alleen de slapelozen kunnen staande slapen. Hij zal haar misschien niet eens wakker krijgen als ze straks terug zijn bij Onder de Linden. Hij zal haar naar bed moeten dragen. En morgenochtend zal ze verfrist haar ogen opslaan en met een lachje zeggen: 'Wat heb ik me gisteravond toch allemaal in het hoofd gehaald!' Onder het gesteven beddengoed zal ze haar armen naar hem uitstrekken. Ze zal die blik in haar ogen krijgen, loom en doelbewust tegelijk. Ze zal haar been over zijn heupen slaan, haar borsten verlangend tegen hem aandrukken.

Hij sluit het portier en draait zich om.

De meisjes zitten naast elkaar op het wegdek, de grote languit, steunend op haar ellebogen, de kleine in kleermakerszit. Twee onthutsend jonge gezichten zijn naar hem opgeheven. De kleine met het opgeschoren haar smaalt: 'Volgens Astrid dacht u dat ik dood was. Dat was zeker wel even schrikken.'

Astrid, de grote, lacht snaterend.

'Ik kan jullie aangeven, denk erom, voor geweldpleging.'

'Wij jou ook, loser,' zegt Astrid. 'We liggen compleet aan barrels.'

'Jullie hebben mijn vrouw...'

'Ze liep ons zowat tegen de vlakte!' zegt de kleine fel.

Omslachtig haakt hij zijn duimen achter zijn broekband. 'Gek is dat. Net hoorde ik een heel ander verhaal. Zojuist zei je vriendin hier dat jullie zo behulpzaam waren om mijn vrouw tegen te houden omdat ik riep dat ze op me moest wachten.'

'Slaat u háár soms ook? Liep ze daarom zo hard van u weg dat ze ons niet eens zag staan?'

De ander blaast haar dikke wangen op. 'Of moet ze de hele tijd met je neuken?'

Haar toon maakt hem even sprakeloos. Na een stevig pak slaag nog zo'n grote bek. Nee, die zijn zelfs voor de duvel niet bang.

Met een schielijke beweging richt het kleintje zich op. Ze doet een stap in de richting van de brugleuning, haalt het niet en begint dan ter plekke over te geven. Het braaksel spat tegen zijn broekspijpen.

'Gatsamme, Melanie!' schreeuwt Astrid, terwijl ze achteruit springt.

De kleine kokhalst nog een keer, veegt met de rug van haar hand haar mond af en laat zich weer op de grond zakken.

Hij zoekt naar zijn zakdoek, terwijl hij eerst zijn ene en dan zijn andere voet uit het braaksel tilt. Heeft die Melanie een hersenschudding? Wat zal Franka zeggen? Moet er een ambulance komen? Maar betekent dat niet automatisch politie-inmenging? En hoe kan hij zich beroepen op noodweer, op zelfverdediging, als het meisje er zo tenger en nietig bij zit? Geen partij voor een vent van een meter vijfentachtig, met het postuur van de weldoorvoede zakenman. En die Astrid met haar toegetakelde rotkop is weliswaar een stevige meid, maar hoe oud zal ze helemaal zijn? Zestien? Of nog niet eens?

'Mel ziet er evenzogoed kut uit,' zegt ze op onheilspellende toon.

'Dat krijg je ervan als je te veel zuipt.'

Ze haalt haar mouw langs haar neus. 'Alcohol is voor dooien en bejaarden. Wij, wij drinken niet.'

Voor zijn geestesoog doemt de rij flessen op die hij vanavond heeft geledigd, plus de twee glazen calvados bij de koffie. Het woord van een beschonkene tegenover dat van twee gemolesteerde kinderen. Werktuiglijk veegt hij met zijn besmeurde zakdoek zijn broekspijpen en schoenen vol met groene verf. Hij loopt naar de brugleuning en gooit het vod in het water. *Kalmte!* Maar ook in Aduard moeten er slapelozezen zijn die midden in de nacht uit arren moede tot een ommetje besluiten. En ook hier kan onverwachts iemand langsrijden, na een verjaardag, een feestje. Elk moment kan er iemand voorbij komen die de situatie in één oogopslag verkeerd inschat.

Ze moeten van de brug af.

'Help haar eens in te stappen,' zegt hij.

'Waarom? We kijken wel link uit.'

Melanie heft haar hoofd. 'Wat moet-ie, As?'

'Ik bied jullie een lift aan.'

'Ga nou gauw.' Astrid slaat de armen over elkaar. 'Een lift? Zeker van een gast die vrouwen en kinderen mept.'

'Volgens mij begint het te regenen.' Op van de zenuwen steekt hij, voor de vorm, een hand uit, de palm omhoog.

'O, fuck.' Ze kijkt naar de zwarte lucht en dan naar haar vriendin, die zuchtend overeind komt en het achterportier opent.

Zodra ze zijn ingestapt, meldt ze: 'Het is over de brug naar rechts.'

'Stil een beetje! Mijn vrouw slaapt.' Hij kijkt opzij. Franka ademt diep en regelmatig.

Gedempt zegt Melanie: 'Gaat u over de brug eigenlijk maar rechtdoor.'

'Maar Mel…'

'Nee, echt…' Haar stem daalt nog verder.

'Dus, waar gaat de reis heen?' vraagt hij, met zijn voet vlak boven het gaspedaal. Op dat moment nadert er in zijn spiegel een paar koplampen, en meteen schakelt hij en geeft gas.

De weg aan de overkant van het kanaal is zo recht

als een kaars. Hier raak je niet gemakkelijk een achtervolger kwijt. Hij drukt het pedaal dieper in. Donkere boerderijen schieten voorbij. Een bosje berken. Een in de berm geparkeerde tractor. Een omgeploegde akker. Een bord met witte, onbeholpen letters: Aardappelen en brandhout te koop. Een paal waaraan een fietspomp bungelt.

Kilometer na kilometer, en nog steeds kleeft de achterligger aan zijn bumper. Achterin zitten de meisjes te fluisteren. In de verte nadert een T-splitsing. In zijn spiegel turend wacht hij tot het allerlaatste moment. Dan zwenkt hij naar links. De auto slingert. Hij moet abrupt vaart minderen om op de kronkelende B-weg niet uit de bocht te vliegen.

'Wat doet u nou?' vraagt Melanie klaaglijk. 'Ik ben spuugmisselijk.'

'O tering, ze moet weer kotsen.'

'Help haar dan even,' zegt hij. Hij stopt. 'Hier, bij de slootkant.'

Hij is ver genoeg van het dorp om die twee koopsen hier te kunnen dumpen. Het zal ze minstens een uur kosten om terug te lopen. En ondertussen rijdt hij met Franka terug naar huis. Ze moet naar de dokter, wie weet is haar been gebroken.

Achter hem klinkt geschuifel over de bekleding, het openen van het portier.

Zodra hij eenmaal met de noorderzon is vertrokken, kunnen ze hem niets meer maken. Ja, ze kunnen in Onder de Linden gaan informeren. Vermeer, de gewoonste naam van Nederland, dat is alles wat ze in de herberg van hem weten. En als ze daar hebben geconcludeerd dat de vogel is gevlogen, na een avond copieus eten en drinken, dan zullen ze zelfs denken dat hij een valse naam heeft opgegeven. Hun tassen liggen nog achterin, ze zijn niet eens in de hotelkamer geweest. *Spoor uitgewist!*

Half uit de auto hangend braakt Melanie in de berm. Dan zet ze zich weer in postuur en zegt onaangedaan: 'We kunnen weer.'

'Zouden jullie niet even de frisse lucht in gaan? Want anders...'

'Anders wat?' vraagt Astrid.

'Hij is bang dat ik straks op de bekleding kots,' zegt Melanie. 'Van zijn mooie Mercedes. SF–HS–57.'

Hij laat het stuur los. Zijn stem kraakt als hij zegt: 'Wat bedoel je daarmee?'

Ze trekt hem even aan zijn oor, alsof ze een stout kind terechtwijst.

Op hetzelfde ogenblik schiet Franka overeind. 'Waar zijn we?'

'Dag mevrouw,' zegt Melanie prompt met haar keurigste stem.

'O,' zegt Franka verward, zich omdraaiend. 'Sorry, maar ik kon mijn ogen niet openhouden. Ik ben bekaf.'

'Doet u ze maar gerust weer dicht, hoor,' zegt Melanie. 'Wij wijzen uw man wel de weg.'

Dommelig zegt Franka: 'Kan ik het aan jou overlaten, Phinus?' Ze leunt achterover. Bijna terstond levert ze zich weer over aan de slaap. Ze heeft blijkbaar toch een pil ingenomen.

Astrid kakelt: 'Phinus? Wat is dat nou voor naam!'

'Mag de verwarming aan, meneer Phinus? We vernikkelen zowat,' zegt Melanie.

Automatisch duwt hij het schuifje in de rode zone. De handeling doet hem weer beseffen dat zijn auto niet langer zijn voertuig naar de veilige anonimiteit is. Hij is in een val gelopen. Die twee hebben hem in de tang.

Het verlangen hun branie te verbrijzelen knijpt zijn keel dicht. Schorem, dat is het. Schorem voor wie niets op het spel staat, minderjarig als ze zijn. Niemand kan hen iets maken, ze mogen je vrouw aftuigen, ze kunnen je kind vermoorden... En bij die gedachte breekt het koude zweet hem uit: Jem in die vale broek, dat haveloze T-shirt, Jem zoals hij die avond op pad ging met zijn hele toekomst nog op zak als een glinsterend lint, Jem met de ernstige bruine ogen achter het beslagen brilletje, met de eeuwige honkbalpet met de klep naar achteren, Jem met de onuitroeibare idealen, Jem die een mierenlokdoosje al vergeleek met de gaskamers, *Jem, kom terug bij ons.*

Hier zit hij in één auto met een delegatie uit de onderwereld die Jem heeft verzwolgen, tweemaal de personificatie van het kwaad, *bij hem achterin.* Heeft het kwaad hem nu ook gevonden, of heeft hij zich laten vinden? Want was hij er misschien zelf, zonder het te beseffen, naar op zoek? Heeft hij immers niet een rekening te vereffenen? Wat let hem die harpijen bij de slootkant aan een paal te spiezen? Die snotneuzen die hoogstens een standje van de kinderrechter hoeven te vrezen, om vervolgens terecht te komen onder de vleugels van het maatschappelijk werk, bij de onnozele Franka's die staan te trappelen van ongeduld om ze te resocialiseren en die hen thuis uitnodigen om aan de keukentafel thee te drinken. Een lekker biscuitje erbij? Sigaretje, dan? Zeker een beroerde jeugd gehad?

Hij schrikt wanneer Astrid een klap tegen zijn stoel

geeft. 'Blijven we hier staan wortelschieten, Phinus?'

'Wat is hij stil opeens,' merkt Melanie op. 'Zit zeker zijn zonden te overdenken.' De zelfgenoegzaamheid druipt van haar stem. Ze weet dat hij niets tegen hen kan beginnen. Sterker nog, ze kunnen zonder moeite hard maken dat hij ze met geweld de auto heeft in gesleurd. Ze zullen zeggen: 'We hebben nog geprobeerd ons te verdedigen met een busje verf, maar hij ramde ons tot moes en wilde ons toen naar een verlaten plekje buiten het dorp brengen om ons daar te verkrachten.'

Okay,' zegt hij zacht, bevend van drift en van onmacht, 'zeg het maar. Wat is de bedoeling? Willen jullie geld?' Zijn tic speelt op, hij voelt zijn hele gezicht bewegen.

Het blijft een ogenblik stil op de achterbank. 'Geld? Maar waarvoor wilt u ons dan betalen?' vraagt Melanie op naïeve toon.

'Smartegeld.' Astrid begint te lachen, op die kwakende manier van haar.

'We accepteren geen creditcards,' zegt Melanie.

'Maar wel pinpassen met code,' giert Astrid.

Hij ontspant weer enigszins. Het zijn per slot maar kinderen, erop belust een slaatje uit de situatie te slaan. Hij tast naar zijn binnenzak. 'Cash ook goed?' vraagt hij kortaf. 'Hoeveel?'

Koning Midas is een ezel. Een ezel!

'Hoeveel?' vroeg hij aan Jem terwijl hij in de deuropening van de badkamer zijn portefeuille te voorschijn haalde. 'Wat is de entree? En weet je wat de drankjes er kosten?'

Jem haalde zijn schonkige schouders op. Zijn haar was nog nat van de douche. Hij stond met een handdoek om zijn heupen voor de spiegel. Er zaten vlokken tandpasta op zijn magere borstkas. 'Geen idee. Maar we kunnen ook naar het Eko-café gaan. Dan heb ik genoeg geld, van mijn krantenwijk.'

'Maar ze wil naar de disco. Naar, wat zei je nou, naar de Escape. Dat was het toch?'

Jem stak de tandenborstel weer in zijn mond. 'Pa, lazer nou even op. Ik ben al zo laat.'

'Wil je nou indruk op haar maken of niet?' Een lichte wanhoop nam bezit van hem, de wanhoop van het bijna dictatoriale verlangen die puber gelukkig te zien, de wanhoop ook van het besef dat je daar weinig aan kon bijdragen. Dat je altijd tekort zou schieten, hoeveel je ook gaf. 'Hier,' zei hij, terwijl hij bankbiljetten begon uit te tellen. 'Niks Eko-café. Disco. Escapen. En als het laat wordt, nemen jullie een taxi.'

'We gaan wel fietsen.'

'Ik vind fietsen niet safe.'

'Wel na vieren.' Jem dronk van de straal onder de kraan, spuugde in de wasbak. 'Je moet 's nachts niet tussen twee en vier op straat zijn.'

'Wat ben jij deskundig, opeens.'

'Man, dat weet toch iedereen.'

'Maar weten haar ouders dat ook? En mag ze zo krankzinnig laat thuiskomen?'

Even keek Jem hem ironisch aan. Toen begon hij de tekst op een potje gel te bestuderen. Van beneden riep Franka: 'Jongens! Koffie!'

Phinus stak de bankbiljetten tussen de handdoek om Jems lendenen. Vijftien, en nu al een halve kop groter dan hij. Maar een beetje meer massa in de breedte zou geen kwaad kunnen. Hij moest op zijn lippen bijten om een opmerking over gehaktballen binnen te houden. Van de week nog had Jem op de Huishoudbeurs met zo'n leptosoom stelletje gelijkgezinden demonstratief, pal voor een hotdogstand, toastjes met Tartex staan uitdelen in een T-shirt met de tekst 'Er zijn hamburgers en er zijn wereldburgers'.

'Hoe laat heb je afgesproken?'

'Tien uur.'

'Dan mag je wel opschieten. Waar woont ze?'

'Ze komt hierheen.' Jem schroefde de gel open en rook eraan, fronsend. 'Het moet toch op de verpakking staan, als het gegarandeerd dierproefvrij is?'

'Vroeger haalden wij onze meisjes thuis op.'

'Van hieruit zijn we dichter bij het centrum.'

'Daar gaat het niet om.' Hij probeerde zich niet op te winden.

'Jullie koffie wordt koud!' riep Franka.

Ontevreden over zichzelf ging hij naar beneden, waar zij onderuit gezakt voor de televisie zat. Het geluid was weggedraaid. 'Ik ben een prehistorische zak geworden,' zei hij tegen haar.

'Dat was je altijd al, hoor,' zei ze sussend, zonder haar ogen van het scherm af te wenden. 'Komt Jem ook nog naar beneden?'

Hij ging naast haar op de bank zitten en dronk zijn koffie op. 'Ik krijg dat gevreesde gevoel dat vroeger alles beter was.'

Ze legde een hand op zijn knie. 'Stil nou, ik zit te kijken.'

'Zet het geluid dan aan.'

Mild vroeg ze: 'Is het ook goed als ik het op mijn manier doe?'

Hij vouwde zijn handen in zijn nek, strekte zijn benen en *ontspande* zich uit alle macht. Wie zou er niet met hem willen ruilen? Jem was tenslotte een kind uit duizenden, als je zijn puberale buien van hem af trok. Goed, hij ruimde zijn kamer nooit op. Dat hoorde er blijkbaar bij. Net zoals pleuris dit, shit dat, ranzig, vaag, even chillen pa. De helft van de tijd wist je niet waar ze het over hadden. Maar Jem blowde niet of nauwelijks, hij had geen verkeerde vrienden, hij schold niet tegen zijn moeder, en hij spijbelde niet, behalve als hij naar de Huishoudbeurs moest. Maar dat mocht van Franka. 'Zolang hij een passie heeft,' zei zij altijd, 'maak ik me geen zorgen. Het gaat pas mis met ze als ze niets hebben dat hun kan schelen, niets dat hen raakt of inspireert.' En dat kon je van Jem inderdaad niet zeggen. Jem was iemand die ontsteld uit school thuiskwam als het gat in de ozonlaag of het wereldwaterprobleem was behandeld. Jem zat al van kleins af aan enthousiast met zijn werkstukken aan tafel, zijn viltstiften keurig in het gelid, en zei bezorgd tegen de in en uit zwervende morsige klanten van zijn moeder: 'Over vierenhalf biljoen jaar is de zon opgebrand, hoor. En dan is er geen leven meer op aarde.'

Een van de junks had hem eens wantrouwig gevraagd: 'Ben jij soms een elf, of zo?'

Phinus voelde zijn hart week worden. Je had ook kids die alleen maar bij McDonald's rondhingen en de hele dag op de computer zaten te chatten. Misschien moest je blij zijn dat zo'n joch niet ook nog eens de manieren van een heer had en dat hij het blijkbaar doodnormaal vond dat zijn allereerste afspraakje op dit moment naar hem toe fietste terwijl hij nog niet eens was aangekleed. Een mens kon immers ook te perfect zijn. 'En dat is natuurlijk niet cool,' zei hij hardop.

'Ssst!' deed Franka.

Op dat moment rinkelde de bel.

Hij stond op en wilde zijn jasje dichtknopen, maar hij had een trui aan. Hij wist het gebaar nog enige zin te geven door aan zijn maag te krabben. 'Zal ik maar opendoen?' vroeg hij ten overvloede.

'Jem!' riep Franka.

Er kwam geen antwoord van boven. In gedachten zag Phinus een stapel T-shirts voor zich, broeken, schoenen, allemaal in koortsachtige wanhoop afgekeurd. Hij repte zich naar de deur, joviale zinnen bedenkend en ze weer verwerpend. Hij deed het licht in de hal aan. Hij installeerde een glimlach op zijn gezicht. 'Hallo,' zei hij, terwijl hij de deur opentrok.

'Dag,' zei het meisje op de stoep.

Hij zag allereerst een schokkende hoeveelheid rood haar. Toen een piepklein jurkje met een pantermotief, waaruit roomblanke armen en benen staken. In haar ene hand hield ze een tasje, met de andere trok ze de haren uit haar gezicht. Haar volle lippen glansden. Werkelijk: verder verwijderd van het Dierenbevrijdingsfront kon iemand niet zijn. Haar kon je best een plakje leverworst aanbieden. 'Kom je even binnen?' zei Phinus beduusd. 'Jem is nog bezig, Jem is nog niet helemaal klaar, Jem komt eraan, bedoel ik.'

Nonchalant stapte ze over de drempel.

Toen hij haar de kamer binnenloodste, moest hij zich bedwingen om niet achter haar rug triomfantelijke gebaren naar Franka te maken. *Kijk nou! Die Jem!*

'Dag,' zei het meisje weer, even onverstoorbaar als daarnet.

'Ik zat net midden in *ER*, maar ik zal het meteen uitzetten,' zei Franka.

'O nee, daar kijkt mijn moeder ook altijd naar.' Ze plofte op de bank neer, een en al been. 'Dokter Benton is haar idool.'

'Dan heeft je moeder een goede smaak. Kijk die schat nou weer tobben.' Met de afstandsbediening wees Franka naar de televisie. 'Die man is zo serieus en toegewijd.'

'Maar niet erg relaxed.'

'Nee, dat gaat meestal niet samen, hè?'

Het meisje boog zich voorover. Hoofdschuddend zei ze: 'Stumper!'

'Lekker luchtje heb je op,' zei Franka.

Phinus vroeg zich af waarom hij nog midden in de woonkamer stond. Luid vroeg hij: 'Iemand wat drinken?'

'Hè ja,' zei Franka gezellig. 'Schenk jij ons in?'

Hij ging in de weer met flessen en glazen. Blijkbaar stelde je je tegenwoordig niet meer voor. En zodra je ergens een voet over de drempel had gezet, ging je gewoon voor de televisie liggen, alsof je thuis was. Hij was op een wonderlijke manier teleurgesteld.

'Hoi,' zei Jem, die de kamer in kwam in een vormeloze broek en een sleets T-shirt.

'Hé, Jem.' Het meisje lachte even naar hem, een kaarsrechte rij spierwitte tanden ontblotend.

Snel drukte Phinus hem twee glazen cola in de hand, voordat hij zou gaan staan schutteren of een kop als een boei zou krijgen. Aanmoedigend gaf hij hem een duwtje tegen de bovenarm.

'Zullen we dan maar sociaal doen?' vroeg Franka. Ze zette de televisie uit.

'Proost, jongelui,' zei Phinus. Hij ging er helemaal voor zitten om het ijs te breken. Toen viel zijn blik op Jems schoenen, enorme canvas gevaartes waarvan de veters los hingen. Hij trok zijn linkervoet op zijn knie, keek Jem doordringend aan en tikte onopvallend op zijn eigen schoen.

'Ze horen los, pa,' zei Jem.

'Dat kan niet waar zijn,' zei hij. 'Dan zaten er geen veters in.'

'Ik heb me gek gelachen om je mailtje,' zei het meisje tegen Jem.

'Ja, dat was wel vet, hè,' zei Jem bescheiden. Hij dronk van zijn cola.

Met tegenzin liet Phinus de veters varen. 'Nou, vertel eens. Waarvan kennen jullie elkaar? Van school?'

'Hou op, Phinus,' zei Franka. 'Straks vraag je haar nog wat haar vader doet.'

'Die is dierenarts,' zei het meisje geamuseerd. 'En mijn moeder ook.' Er was iets uitdagends in haar blik. *Geen partij voor onze Jem. Alles wat God verboden heeft, heeft zij al minstens drie keer gedaan.*

'Aha,' zei Phinus. 'Dat verklaart een hoop. Dus jullie hebben elkaar toch via het dier gevonden.'

'Toch?' vroeg Jem.

'Ach, een mens heeft van die theorieën.'

Jem rolde ostentatief met zijn ogen: Sorry hoor, zo doet mijn vader altijd, niet op reageren. Hij zette zijn glas op tafel en stond op. 'Gaan we?'

Met een bevallige draai van haar heupen kwam zijn vriendinnetje overeind en verschikte iets aan het oerwoud van haren.

'Jullie hebben toch wel licht op je fiets, hè?' vroeg

Phinus machteloos. 'En denk eraan, Jem brengt je vannacht thuis. Er wordt niet alleen in het donker gefietst.'

'Of anders blijf je hier slapen,' zei Franka.

'We zien wel,' zei Jem. Hij liep naar de deur, met zijn zwierende veters.

'Wat zit zijn haar leuk, hè?' zei Franka tegen het meisje. Ook zij was gaan staan en rekte zich nu even uit. *Iedereen hier in huis deed wel godvergeten ontspannen.* 'Kom,' zei ze, 'ik loop even met jullie mee. Dan weet ik tenminste zeker dat Jem niet toch nog op het laatste moment zijn honkbalpet opzet.'

'Dat mag niet van Sanne,' zei Jem. Hij gaf het meisje een por in haar zij, alsof zij geen seksbom was.

'Dan zijn we je veel dank verschuldigd, Sanne,' zei Franka.

'Graag gedaan.' Sanne giechelde, en liep achter Jem de kamer uit.

'Nou, veel plezier,' zei Phinus in het luchtledige. Uitgeblust leunde hij achterover. Het gelach en gepraat dat uit de hal klonk, was zout in de wonde. Frustratie joeg hem de tranen naar de ogen. Wat zouden ze eigenlijk op zijn kosten drinken in zo'n Escape? Cocktails? Coolers? En schuifelen, heette dat nog steeds zo?

Franka kwam vijf minuten later weer binnen, nog nalachend. 'Nou, die Sanne is me wel een nummer,' zei ze. 'Ach, maar wat kijk jij bedrukt!'

'Ik ben zo ongelukkig. Ik ben opeens zo vreselijk ongelukkig.'

'Hij wordt groot,' zei ze nuchter. Achter hem staand sloeg ze haar armen om zijn hals en drukte haar wang tegen de zijne.

'Ik had me er zo op verheugd om samen met hem zijn eerste biertje te drinken.'

'Ach Phinus, je loopt een paar rondes achter.'

'Ja. En nu is het te laat.'

Ze schoot in de lach. 'Wat een grafstem! Als het aan jou lag, was hij nog steeds dat kleine jongetje dat 's avonds in bed op een nachtkus lag te wachten.'

Hij zag de kinderkamer weer voor zich, nog zonder de posters van popmuzikanten en al die andere alarmerende tekenen die er tegenwoordig blijk van gaven dat Jem haast had op te groeien en de wereld in te gaan. Ooit had de kleine Jem zich daar omringd met pluchen knuffels. De tijd van Koala-pyjama's, verhaaltjes voor het slapengaan, vertrouwelijke gesprekken. 'Weet je nog, papa, die pop die ik voor mijn verjaardag van jou heb gekregen? Daar ga ik soms mee op zolder zitten, en dan wens ik hem levend.'

'Nou, dan ben ik maar blij dat ik je geen tijger heb gegeven.'

'Even serieus, papa! Het was één keer bijna gelukt, hoor.'

'En toen?'

'Toen mislukte het toch nog. Pap? Waarom heb ik geen broertjes of zusjes?'

'Phinus?' zei Franka vlak bij zijn oor. 'Wat denk je allemaal?'

Hij trok haar bij zich op schoot en drukte zijn gezicht in haar haren. Alle clichés waren altijd weer verbijsterend waar: de tijd was voorbij gevlogen. Jem kon zijn meisje in principe zelfs al zwanger maken. Jem zou een heel ander leven krijgen dan Phinus had gehad. Met eigen kinderen en kleinkinderen, met een lange, onuitputtelijke stoet objecten op wie hij zijn verlangen om te zorgen kon botvieren. Hij zou nooit Phinus' diepste angst kennen: dat hij als een losse, overbodige schakel door de tijd en de ruimte zweefde. Geen voorgeslacht, geen nageslacht. Geen doorgever van genen. Alleen in het onmetelijke universum, als een verkeerd gelanceerde raket. Een van die mensen die op straat op hun gsm het weerbericht bellen om de indruk te wekken dat zij ergens bij horen.

Hij klemde zijn armen om Franka heen. 'Blijf je altijd bij me?'

'Natuurlijk blijf ik bij je!' zei ze. 'Waarom zou je daar nu opeens aan twijfelen?'

Gerustgesteld dronk hij nog een half flesje wijn, keek naar een late televisiefilm en ging uiteindelijk naar bed met louter rozige gedachten: Franka die van hem hield, Jem vol idealen, iedereen gezond en recht van lijf en leden, en ook in materiële zin aan niets gebrek. Dit laatste bezorgde hem, terwijl hij zijn bedlampje uitknipte, een extra gevoel van voldoening. Franka zou het er natuurlijk niet mee eens zijn als ze wist hoeveel geld hij Jem had gegeven, maar moest die knul op zijn eerste avondje uit dan soms in het Eko-café appeldiksap gaan zitten drinken?

Een knisperend bankbiljet was het volwassen equivalent van de nachtkus van vroeger.

Tevreden draaide hij zich op zijn zij: hij had Jem de avond van zijn leven bezorgd.

Wat het lot voor elkaar krijgt

Op de achterbank beraadslagen de meisjes fluisterend. De regen roffelt monotoon op het dak van de auto. Phinus heeft geen idee hoe ver ze van de bewoonde wereld verwijderd zijn. Heel in de verte pinkt een lichtvlekje, vervormd door het water dat langs de autoruit biggelt: de verlichting van een tuinpad of een inrit, of het zolderkamertje van een boerderij. Er is zelfs geen maan om de smalle landweg te beschijnen.

Hij vraagt zich af of hij wel genoeg contant geld bij zich heeft. Hoeveel zullen ze durven te vragen? Straks moet hij nog naar een geldautomaat rijden ook, god weet waar. Hij schrikt op als Melanie haar stem verheft: 'Wij hoeven uw geld niet, hoor meneer Phinus.'

'Wij moeten geen bloedgeld,' doet ook Astrid een duit in het zakje.

Over zijn schouder kijkt hij hen aan. Ze wenden allebei hun gezicht af, alsof ze hem geen blik meer waardig keuren. Opgelaten schakelt hij in en begint langzaam te rijden, alsof hij ze daarmee kan afschudden.

'Het is niet eerlijk,' herneemt Melanie na een moment. 'Omdat u er na afloop een tientje op kunt leggen, denkt u dat u er maar op los kunt raggen. Dat noem ik nou klassejustitie.'

'Maar wij liggen evenzogoed aan poeier. Terwijl we morgen nog wel zouden uitgaan. Dat kunnen we nou schudden. Ik ga echt de stad niet in met m'n harses aan flarden.' Er klinken, onverwachts, tranen in Astrids stem.

'En As had speciaal een nieuwe outfit gekocht.'

'Bij de H&M! Het topje alleen was al negentienvijfennegentig! En dan die broek nog.' Ze buigt zich voorover. 'En op die broek had ik toevallig wel mijn hele leven gewacht, zeikbuil.'

'Vergeet je nieuwe lippenstip niet,' zegt Melanie.

'Van bij het Kruidvat.'

Hij ziet ze voor zich, gearmd, onverzettelijk winkelend, in hun hoedanigheid van meisjes van vijftien, zestien, met blozende wangen van het fietsen, de blik op scherp voor koopjes. En vervolgens thuis in een kamertje met een dakkapel druk in de weer met hun aankopen. Samen voor de spiegel. De koppen bij elkaar, in diepe bekommernis. Als je je haar nou eens anders doet? Een beetje verder afscheren, of hoe gaat dat tegenwoordig? 'Sorry,' zegt hij, in het plotselinge besef niets, niets, niets van hun leven te weten. Hij kent geen meisjes van die leeftijd. *Behalve Sanne dan.*

Er valt een korte stilte. 'Sorry!' sniert Astrid dan. 'Is dat alles?'

'Het is een begin,' zegt Melanie.

Als hij opzij kijkt, ziet hij dat haar hand als terloops op Franka's schouder rust. Haar nagels zijn met afgebladderde zwarte lak bedekt. 'Knap gezichtje, trouwens.'

'Ja,' zegt Astrid bitter. 'Zo gaaf als wat. Zij nog wel.'

Hij gunt zich geen tijd om na te denken. Terwijl de auto slingert, doet hij gejaagd zijn horloge af en steekt het over zijn schouder naar achteren. 'Hier dan. Pak aan. Dit kreeg ik van mijn vrouw toen we tien jaar getrouwd waren.'

'Het is geen Swatch,' zegt Astrid na een moment. 'Maar evenzogoed spuug ik er niet op.'

'Een ding?' vraagt Melanie in opperste verbazing. 'Vindt hij een ding het meest waardevolle dat hij bezit?'

'Het is niet zomaar een ding, het is een symbool voor alle tijd die we samen hebben doorgebracht.' Hij haat het als hij zo stottert, waarom zou hij trouwens stotteren, het is toch waar wat hij zegt?

'Tsss. Wat romantisch. En wat voor cadeautje gaf u haar toen? Een luxe lingeriesetje, wedden?'

'Getverdemme,' gruwt Astrid. 'Jarretels op zo'n ouwe taart.'

'Heeft ze die spulletjes nu aan?' Melanies hand zakt een fractie, alsof ze Franka's bloes wil losknopen.

'Het is jouw maat toch niet,' zegt Astrid. 'Die heeft minstens een C-cup. Of wou je het mee voor moederdag?'

Ternauwernood ontwijkt hij de rood-witte balk die in een bocht opdoemt. De banden slippen door het natte gras van de berm. Met moeite brengt hij de auto terug naar het midden van de weg.

'Phinus, kijk je uit?' mompelt Franka, half ontwakend.

Hij denkt: Ik probeer je verdomme te beschermen! Het bloed bonst in zijn hoofd. In slow motion ziet hij haar zijdelings naar buiten tuimelen, haar hoofd schampt tegen het plaveisel, haar armen maaien, ze blijft met haar hoge hak achter de stijl van het openhangende portier haken, *en hij kan de rem niet vinden, hij kan niet stoppen*, het portier slaat met een dreun dicht tegen haar been, bloed welt op uit haar vlees, en in paniek geeft hij steeds meer gas, Franka met zich mee sleurend totdat haar schedel uiteenspat op de weg en haar verwijten eruit lekken, zoals aardbeienjam uit een gebroken pot, en door de regen worden weggespoeld: 'Hoe kan ik mijn leven nog met je delen, Phinus, als je mijn gevoelens zo minacht?'

'Dat scheelde niks,' zegt Melanie ontstemd.

'Het was natuurlijk ook een vermoeiende avond, urenlang kanen…' Astrid klakt met haar tong. 'Ganzenlever, kaviaar, biefstuk…'

'Hou op, As, of ik ga weer over m'n nek.' Melanie steekt haar hoofd naar voren. 'Bent u ook zo chic uit geweest toen u tien jaar getrouwd was en dat horloge kreeg?'

'Nee,' zegt hij.

Franka's verwachtingsvolle gezicht toen ze hem het pakje gaf, 's ochtends in bed. De slaapkamergordijnen bolden zachtjes op in een vriendelijk briesje, alsof er een gordijns vermogen bestond geluk te belichamen. Geluk zo alledaags en gewoon dat je Phinus Vermeer moest heten ('Zo groot en toch zo sentimenteel') om er de tranen van in de ogen te krijgen: je met iemand verbonden te weten. Samen te ontwaken, onder Lawrence Alma-Tadema, met allebei kreukels in je wangen en een tot kalk versteend slijmspoor in je mondhoek, en dan *plezier te zien, oplichtend plezier op het gezicht naast je: goedemorgen, jij ook hier?* Die fenomenale zekerheid: ze is blij dat ik besta.

'Nu heb je nooit meer een excuus om te laat te komen op onze afspraakjes,' zei ze terwijl ze het cadeautje van onder haar kussen te voorschijn haalde.

Ze had erop geslapen, zoals een kind op een wens. Haar ogen sperden zich open van opwinding toen ze het hem overhandigde. *Voor mijn man, op wie ik altijd kan rekenen.*

Hij had het haar bezworen: nee, we maken er geen poeha van. Jem en ik bedenken wat hapjes, en jij gaat bij je moeder koffie drinken om ons niet voor de voeten te lopen.

Jem zat er met een uitgestreken gezicht bij, maar onder de tafel gaf hij Phinus een samenzweerderige schop. Voor iemand van elf was een gezamenlijk geheim spannender dan het circus. Ze waren al weken plannen aan het smeden. De taken waren verdeeld: Phinus was chef algemeen, Jem was chef keuken. Samen zouden ze het karwei piekfijn klaren, hand in hand, schouder aan schouder.

Om halfelf – Franka zat met haar moeder aan de décafé – was het in de keuken een drukte van jewelste. Er zat boter op Jems wangen, om zijn bezwete voorhoofd had hij een theedoek gebonden en hij droeg een gebloemd schort dat tot aan zijn enkels reikte. Op zijn tenen staand roerde hij in een kom op het aanrecht. Zenuwachtig vroeg hij: 'Is de oven wel heet genoeg voor de soesjes?'

'Als je nou eens één ding tegelijk doet,' zei Phinus met zijn aandacht er maar half bij: door het keukenraam was te zien hoe mannen in bezwete T-shirts in de tuin een blauw-witgestreepte luifel oprichtten. Anderen liepen heen en weer met gietijzeren tafeltjes en stoeltjes.

'Maar dan krijgen we het nooit allemaal af!'

'Wacht even. Ik hoor de bel.'

Het was de bloemist, met tien hortensia's in alle denkbare schakeringen roze en blauw. Phinus bracht de potten naar de tuin, waar hij staande werd gehouden door de geluidstechnicus, die wilde weten waar hij stroom vandaan moest halen. Daarna was er een conclaaf nodig met de verhuurder van het glas- en aardewerk, en ook arriveerde de slijter met de kisten champagne en de flessen jus d'orange. Franka's vriendinnen zouden straks lachend zeggen: 'Tja, Phinus heeft nu eenmaal grote handen en grote voeten.' En haar ooms en tantes, haar zwagers en schoonzusters, heel het familiale netwerk zou, tot in al z'n gelederen, weer eens met eigen ogen kunnen constateren hoezeer hun Franka het had getroffen met haar man, altijd even gul en liefdevol, geen moeite was hem te veel, nee, dat kon niet iedereen haar nazeggen.

Toen hij de keuken weer binnen kwam, had Jem de chocoladetaart met beverige slagroomklodders gegarneerd, de vruchtencake in scheve plakken gesneden en de flinterdunne sandwiches lukraak op schalen gelegd. 'De soesjes zijn klaar,' hijgde hij. 'We hoeven ze alleen nog maar te vullen.'

'Ik ben beretrots op je,' zei Phinus, geschrokken om zich heen kijkend. Hij bukte zich om een kus op de theedoek te geven. 'In m'n eentje had ik dit nooit voor elkaar gekregen. Zeg, zullen we nog wat waterkers tussen die boterhammetjes proppen?'

Jems bruine ogen werden groot. 'Heb ik het niet goed gedaan?'

'Ben je gek!'

Haastig begon Jem de sandwiches weer open te vouwen. Nog maar een paar dagen geleden had Franka ineens, met een peinzende blik, gezegd: 'Moet hij eigenlijk niet eens op judo? Of op hockey? In plaats van altijd maar met jou in de keuken te rommelen?'

'Later zal zijn meisje blij zijn met een man die zo handig is.'

'Jawel, maar andere vaders en zoons doen aan malebonding door naar voetbalwedstrijden te gaan.'

'Tja, en die van jou bakken samen scones.'

'Als hij het maar niet vooral doet om jou een plezier te doen.'

'Welnee. Hij vindt het machtig. Straks op de middelbare school gaat hij heus wel op een sportclub. Hij kan de rest van zijn leven nog een stoere bink zijn. Laat hem nu nog maar gezellig een beetje aan mijn schortenbanden hangen.' Jem op hockey of karate was een moeilijk voorstelbaar en tamelijk alarmerend idee. Te tenger en te fragiel, *net zoals ik, geloof me, ik weet waar ik het over heb, ik was vroeger net zo'n kind.*

Hij had de tantes de oren van het hoofd gezeurd. Iedereen zat op voetbal! Met een zucht hadden ze zijn verzoek ten slotte ingewilligd. Dure schoenen, een duur shirt, dure kniekousen. Berustend hadden ze iets gemompeld over 'gezonde jongens', waarbij ze een gezicht vol respect trokken.

De bal was hard, het veld onoverzichtelijk groot, en de trainer een beul. 'Vermeer!' riep hij. 'Trek die kop van je uit de bagger en sta op!' De andere gezonde jongens stonden er ongeduldig bij te stampvoeten. Ze droegen hun mouwen opgerold, zelfs als het vroor. Ze waren sneller dan het licht, gemener dan de duivel. Ze lieten geen kans voorbijgaan je te tackelen of je kleren te verstoppen als je onder de douche stond. Als de tantes niet voor een heel seizoen vooruit hadden betaald, was hij meteen gestopt. Hij durfde hun niets te vertellen over de verschrikkingen en de vernederingen van het voetbalveld. Elke woensdagmiddag ging hij er met een knoop in zijn maag heen, en kwam met stukgeschopte knieën weer thuis. 'Wat een robbedoes,' zei Leonoor bewonderend terwijl ze in de keuken zijn wonden met arnica bette. 'Een echte terriër,' zei Irmgard. 'Jij wilt vast wel een extra stuk worst in je soep.'

Ze waren zo trots als pauwen wanneer hij hun onder het eten de passes en penalty's uit zijn dromen beschreef. Op het versleten plastic tafelkleed met de lieveheersbeestjes stippelde hij iedere beweging tot in detail voor ze uit, met twee rieten onderzettertjes bij wijze van goals. 'Dáár moet-ie in, hoor, en díé moeten we verdedigen.' Ze namen voetstoots aan dat hij het winnende doelpunt had gescoord. Ze hoorden de toeschouwers juichen, ze zagen hoe hij door de rest van zijn elftal op de schouders werd genomen en in triomf werd rondgedragen. Ze zouden met hun soep en hun arnica pal achter hem blijven staan totdat hij in het eerste van Ajax zat. Met behulp van *Sport in beeld* spijkerden ze de leemtes in hun kennis bij, elke zondagavond. Pele was hun held. Phinus was Pele de tweede, de jongen met het leeuwenhart en het onverbiddelijke schot.

Het was niet zijn bedoeling om hen voor te liegen, of zelfs maar op te scheppen. Het was gewoon net zoiets als Ik-heb-een-huisje-op-de-maan dat ze, toen hij nog klein was, met hem speelden voor het slapengaan.

'Ik heb een huisje op de maan...'

'... en het is helemaal van goud!'

'Met schoorstenen van diamant!'

'En vergulde zonnebloemen in de tuin!'

'En een rood linnen kleed op tafel!' ('Zoals ik laatst in de stad zag,' voegde Leonoor er verlangend aan toe.)

'En in mijn huisje op de maan eet ik...'

'... lammetjespap met een zilveren lepel!'

'Nee, oliebollen van stuifmeel!'

'En gefrituurde stoelpoten en...'

'Bonbons.'

'En hansaplast en vim, o zeker!'

Op de rand van zijn bed lachten ze naar elkaar. Zijn tenen krulden van plezier bij het idee van wat er nu ging komen.

'Ik heb een huisje op de maan en daar woont...'

'... een maanmannetje?'

'Nee zeg! Maanmannetjes laten verschrikkelijke winden.'

'Een maanvrouwtje dan?'

'Alsjeblieft niet! Die domme blondjes! Nou? Wie is de enige die in mijn huisje op de maan mag wonen? Mijn huisje van goud en diamant, met het rode tafelkleed?'

Gierend dook hij onder zijn kussen.

'Waar is het kind gebleven?' baste Irmgard met veel vertoon van verbolgenheid. 'De gefrituurde stoelpoten staan dampend op tafel.'

Wat was het verschil tussen Ik-heb-een-huisje-op-de-maan en zijn triomfen op het voetbalveld? Maar waarom dan kostte het hem steeds meer moeite zijn verzinsels over corners en kopstoten op te dissen? De vlekkeloze strafschoppen werden een molensteen om zijn nek, maar hij kon niet meer terug uit de eredivisie: de tantes geloofden in hem. Wat betreurden ze het dat ze op woensdagmiddag moesten werken. Achter het loket hadden ze hun hoofd maar half bij het afstempelen van de post, ze keken verlangend uit naar de thuiskomst van hun kampioen. Zijn beker met melk-is-goed-voor-elk stond al uitnodigend voor hem klaar in de keuken. 'Jij bent een jongen met merg in zijn botten!' zeiden ze.

Zijn verhalen werden steeds fantastischer, zijn daden grootser. Als hij zou zeggen dat hij het in zijn eentje, geblinddoekt en met een vierkante bal, had moeten opnemen tegen een heel elftal van Peles, hadden ze het ook nog geloofd. Waar zat hun verstand? 'Stomme wijven!' zei hij hardop tegen zichzelf.

Op zijn verjaardag kreeg hij een boek over het Nederlands elftal cadeau, met foto's van zelfverzekerde mannetjesputters met enorme behaarde dijen. Hij droomde dat hij met hen onder de douche moest.

Hij probeerde kou te vatten door met zijn jack open naar school te fietsen. Maar de tantes deden stiekem vitamines in het eten, of anders was het wel doping. Arglistig hielden ze hem op de been, woensdag na woensdag. Ze gaven hem geen kans op ontsnapping. Als dikke spinnen hielden ze hem gevangen in het web van zijn bedrog en stuurden hem, zonder met hun ogen te knipperen, iedere week de hel van modder en schoppen en gesar in.

Totdat de trainer op een zaterdag in december opbelde om te zeggen dat Vermeer de meest hopeloze pupil was die hij ooit had meegemaakt, en hij had toch heel wat stekeblinde imbeciele invalide harken onder handen gehad. Het leven zou voor hem persoonlijk een stuk aangenamer zijn als hij werd verlost van dit zeldzame misbaksel.

'Hoe kan dat nou, liefje?' vroeg Leonoor bezeerd.

'Is het soms de kift? Moeten we de KNVB bellen?' vroeg Irmgard zonder een sprankje van haar gebruikelijke strijdlust: ze bood hem alleen maar een eervolle uitweg.

Met gebogen hoofd stond hij voor hen op de kokosloper in de gang, even beschaamd als opgelucht. 'Ik zal het terugbetalen, echt waar,' bracht hij uit.

De rest van de winter waste hij auto's en bracht hij op zijn fiets bestellingen voor de apotheker rond. Hij liet honden uit en haalde oud papier op. Soms verdiende hij in het weekend wel een rijksdaalder. Leonoor borg het geld zorgvuldig op in een blikje waarin boterbabbelaars hadden gezeten, Irmgard hield in een kasboekje nauwgezet de stand bij. Naarmate de rij kriebelige getallen langer werd, werd het buiten en binnen warmer en lichter. De ramen gingen open. Een vrolijk voorjaarswindje blies door het huis. En op de eerste dag van de paasvakantie haalden de tantes het kasboek te voorschijn, ze zetten hun bril op hun neus en ze telden de kolommen bij elkaar op.

'Het klopt tot op de laatste cent.' Over het randje van haar bril keek Irmgard hem goedkeurend aan. 'Jij kunt weer trots op jezelf zijn.'

'Hier,' zei Leonoor. Ze schoof het blikje naar hem toe en schoot in de lach om zijn verbaasde gezicht. 'Toe maar, je hebt het toch zelf verdiend?'

'Verwen het kind maar weer,' zei Irmgard, opgetogen dat er wat te kibbelen viel.

'Ach, we hadden het immers allang uitgegeven!'

'Hij mag er nieuwe schoenen voor kopen, dat is wat hij ermee mag doen.'

'En wat hij overhoudt, kan hij zelf houden,' zei Leonoor. Ze trok hem tegen haar brede boezem.

Met zijn gezicht tegen haar bloemetjesbloes gedrukt luisterde hij niet langer naar hun gekissebis. Een fles jenever voor tante Irmgard, een rood tafelkleed voor tante Leonoor. In gedachten reed hij al op zijn fiets met zijn geschenken terug naar huis, zo licht als een veertje, zo gelukkig als wat.

'Gaat u hier maar naar rechts,' zegt Melanie zakelijk. 'Ja, hier. En denk om uw richtingaanwijzer. Een ongeluk zit in een klein hoekje.'

'Zeg dat wel, Mel.' Astrid gaapt luidruchtig.

Hij buigt zich voorover om de condens van de voorruit te vegen. Al verbetert daardoor het zicht, te zien valt er niet veel. Leeg strekt de weg zich door de akkers uit, met de glinstering van alweer een slootje ernaast. Het is benauwd geworden in de auto, en hij draait zijn raampje op een kier. De binnenstromende nachtlucht is als een ontnuchterende koude hand in zijn nek. Hij denkt: Waarom rijd ik hier? Naast hem beweegt Franka in haar slaap, alsof zijn gedachte haar in de zij heeft gepord. Ze smakt met haar lippen, *wat doen we hier in godsnaam?*, ze zucht, en ademt dan weer diep en rustig verder.

'Wat kan die slapen,' verkondigt Astrid. 'Dat moet een dooie boel zijn, bij onze chauffeur thuis.'

'Ik vind het zo wel welletjes,' zegt hij. 'Waar zal ik jullie afzetten?'

'Maar Phinus, waar is je pet? Een beetje chauffeur heeft toch een pet? En hoe hou je contact met de centrale? Hoe weten ze waar je uithangt? Ik zie helemaal geen mobieltje.'

Pas nu merkt hij dat de houder van zijn gsm leeg is. Het toestel is weg! Die dikke klont moet het geratst hebben toen hij op de brug uitstapte. 'Hij is stuk,' zegt hij ingehouden. 'Je hebt er niets aan.'

'Zal wel.' In zijn spiegel ziet hij dat ze de telefoon te voorschijn haalt en op de knopjes begint te drukken. Er verschijnt een verontwaardigde uitdrukking op haar verfomfaaide gezicht. 'Krijg nou niks! Dat ding is zo dood als een pier!'

'Je moet een gegeven paard niet in de bek kijken,' snauwt Melanie. 'Horloges, telefoons, het kan niet op. Ik zit met lege handen en een barstende koppijn, en jij wordt puur versierd. Misschien heeft hij ook nog zo'n setje ondergoed voor jou bij zich.' Ze laat haar stem zakken. 'Nou, daar zitten we dan, bij een seksmaniak... en we kunnen niet eens bellen!'

'Ik word niet goed,' zegt Astrid. 'Heb ik dat weer?'

Op dat ogenblik begint de rode verklikker van de benzinetank te knipperen. Het klokje op het dash-board meldt dat het 4:02 is. Nog uren voordat het licht wordt. Bij de gedachte hier met die twee te stranden, staat zijn verstand eenvoudig stil.

'Loser,' roept Astrid, 'denk maar niet dat ik het met je doe.' Ze begint te snotteren. 'Altijd, altijd, altijd hetzelfde!'

'Joh, As.'

'Is toch zo?'

'Ja, nou ja, je bent er inderdaad mooi klaar mee.'

Astrid snuft. 'Dat had die tyfuslijer gedacht.'

Tot zijn afgrijzen hoort hij het geluid van een ritssluiting, van kledingstukken waaraan wordt gesjord.

Het volgende moment ziet hij niets meer doordat er een stuk textiel over zijn hoofd wordt getrokken. De auto slingert, en Melanie sist: 'Niet over zijn ogen, sukkel!'

'Dichter zul je er niet bij in de buurt komen, goorlap. Knoop dat in je oren.' Puffend trekt Astrid haar spijkerbroek weer aan.

Schielijk brengt hij zijn hand naar zijn hoofd.

'Afblijven, Phinus!' Ze slaat naar zijn arm. 'Nu heb je tenminste een pet.'

Melanie schatert het uit.

De onmiskenbare geur van een meisjeskruis dringt zijn neus binnen, een geur die hem onmiddellijk in herinnering brengt hoe hij schrok, die keer, en dacht: zij heeft alles wat God verboden heeft nog lang niet drie keer gedaan, en hoe liederlijk hij zich voelde, erna. Het was alsof zijn ziel in elkaar was gekrompen, als vlees onder een brandijzer. Bestond er maar een kosmische instantie met de macht van de tantes, de macht om een verlossende boetedoening op te leggen. Gezien, gewogen en beoordeeld worden, dat was het verlangen van elk schuldig geweten. Erkend en herkend te worden als de schoft die je was, opdat er een bevrijdende vereffening kon plaatsvinden.

Hij omklemt het stuur totdat zijn knokkels wit opblinken. Hij denkt: Kwam alles maar uit. Ook van Jem, zelfs van Jem. Vooral van Jem. Maar dat kan helemaal niet, het kan niet. Het zou te veel verdriet veroorzaken.

'Phinus!' zegt Franka met scherpe stem, klaarwakker. 'Wat stelt dit voor?' Ze zit rechtop en wijst naar zijn hoofddeksel.

'Het was maar een spelletje, mevrouw,' meldt Melanie. 'Uw man bedacht dat we...'

'Een spelletje?' Ze draait zich om.

'Ja kijk, Astrid heeft dit horloge al gewonnen.' Ze laat het aan haar vinger bungelen en steekt het naar voren.

Franka gaat verzitten. 'Phinus, haal nu meteen dat ding van je hoofd.' Haar stem klinkt ijzig kalm.

Misselijk van onmacht rukt hij het broekje af en gooit het over zijn schouder.

'Zo, en dan kan dat horloge nu weer deze kant op komen.'

'Sorry hoor,' mompelt Astrid, terwijl ze het overhandigt.

Franka stopt het in haar zak. 'En het lijkt me ook wel zo ongeveer jullie bedtijd.'

'We zijn er bijna, mevrouw. Daar om de hoek is het al.'

'Mooi,' zegt Franka vlak, op de toon van iemand die gewend is in luttele ogenblikken orde op zaken te stellen.

Het blijft stil op de achterbank. Een blik in de spiegel leert hem dat ze er getemd bij zitten, die twee, met beschaamd neergeslagen ogen. 'Linksaf,' mompelt Melanie.

De weg die hij inslaat, is onverhard, het is niet meer dan een karrenspoor. De regen heeft het wegdek in een modderpoel veranderd. Na enkele momenten wordt hij het brede water rechts van zich gewaar. Daar is het kanaal weer. En dan doemt in de koplampen van de auto, achter een paar stakerige bomen, een klein, vervallen huis op. De met mos begroeide pannen liggen scheef op het dak dat bijna tot aan de grond reikt. Eronder zijn twee minuscule vierkante raampjes te zien. Op de gevel hangt een bordje: 'Onbewoonbaar verklaard.'

'Wat krijgen we nou?' vraagt Franka.

'Het is een oud daglonershuisje. As en ik gaan hier altijd heen als we het te laat hebben gemaakt, en dan zeggen we later thuis dat we bij elkaar hebben geslapen.'

'Dat is niet zo slim. Jullie zijn oud en wijs genoeg om te weten dat dat een keer uitkomt. En hoe komen jullie trouwens binnen?'

'Het zit niet op slot. Er is alleen een grendel, aan de buitenkant.'

'Nou, ga dan maar gauw.'

'En nog bedankt voor de lift, hè Phinus?' zegt Astrid familiair. Ze proesten beiden onderdrukt. Dan stappen ze uit.

Hij kijkt in verwarring toe als ze naar het huisje lopen. Nog een tel, en ze zijn uit zijn leven verdwenen, die twee afgezanten uit de hel. Hij begint sneller te ademen. De afrekening! Er heeft nog geen afrekening plaatsgevonden, en nu ontglippen ze hem.

Franka wendt zich met een ruk tot hem. 'Hoe kun je, hoe kún je, waar ik bij ben, en met kinderen nota bene!' Er staan tranen in haar ogen. Van haar kalmte is niets meer over. 'Hier klets je je in geen honderd jaar uit! Dus bespaar je de moeite maar, hè Phinus!' Ze zoekt in haar tasje naar een zakdoek. Razend is ze, zo razend dat ze ondanks haar slaappil op scherp staat.

Hij wil haar kalmeren, maar de meisjes kunnen nu elk moment het huisje binnenstappen. Ze morrelen aan de deur, het hoofd tussen de schouders getrokken vanwege de regen.

Hij gooit het portier open. 'Wacht!' brult hij. Hij springt de auto uit, maar nog voordat hij rechtop staat, voelt hij al dat deze beweging faliekant verkeerd gaat aflopen. Hij grijpt zich vast aan het portier. De vertrouwde sensatie die voorafgaat aan de knap, trekt door zijn ruggengraat. Dan blokkeert, met een hoorbare kraak, zijn onderste wervel. Het is alsof er een kettingzaag in zijn gebeente wordt gezet. Naar adem snakkend blijft hij roerloos staan, half voorover gebogen. Het zweet loopt langs zijn voorhoofd. Behoedzaam zet hij de handen in de zij. Hij wrikt met zijn bovenlijf, met een bombardement van helse pijnscheuten als resultaat. De zaak zit muurvast. Hij vloekt. *Niet nu.*

'Watte?' schreeuwt Astrid bij het huisje.

Hij moet zijn lippen bevochtigen. 'Ik kan niet...'

Aan de andere kant van de auto hijst Franka zich op één been naar buiten. 'Je rug? Nee toch?'

Hij kan haar gezicht niet zien, zijn romp staat haaks op zijn benen. 'Dat krijg je er nou van,' hoort hij. 'Je doet veel te weinig aan je oefeningen. Nou, kun je nog wat, of zit er helemaal geen beweging meer in?'

'Wat heeft die gast nou weer?' roept Astrid nieuwsgierig.

'Mijn man is door zijn rug gegaan. Kan hij binnen even liggen? Hij moet zich uitstrekken. Dat wil zeggen, wij moeten zijn rug even uitrekken.'

Neem jij papa's andere been maar, Jem. Goed zo. Rustig trekken. Uit alle macht probeert hij zich op te richten. Zijn beklemde zenuwen schreeuwen het uit. Hij wordt licht in zijn hoofd, terwijl de meisjes toeschieten. De regen glinstert in hun haren en op hun jacks. Piranha's.

'Help jij hem maar.' Franka knikt naar Astrid, terwijl ze zelf een arm om Melanies schouder slaat.

'Nou Phinus,' verzucht Astrid, 'je bent wel een pechvogel vanavond. Moet ik je duwen? Wat is de bedoeling?'

Vanuit zijn bizarre positie kan hij alleen haar middenrif zien. Haar jack hangt open. Eronder draagt ze een gifgroen truitje dat haar navel onbedekt laat. Ook daarin zit een piercing. Haar maag heeft de kleur van griesmeelpap. 'Je hoeft me alleen maar in de juiste richting te leiden,' stamelt hij. Het lijkt wel een religieuze bede.

'Als een soort blindengeleidehond?' Ze snatert het uit.

Alle heiligen in de verzamelde hemelen hebben hem een doof oor toegekeerd, alle goden van hier tot Ouagadougou hebben niet thuis gegeven, in alle alkoven van alle kerken zijn alle beelden onder alle gebrandschilderde ramen onaangedaan voor zich uit blijven kijken, in het hele heelal heeft geen atoom overwogen hem een klein, bemoedigend zetje te geven, hem te helpen een weg te vinden naar verlossing van zijn schuld. Het enige dat de verzamelde machten en krachten van het universum voor elkaar hebben gekregen, is Astrid en Melanie op zijn pad brengen. Is het andersom: zijn zij de vergelders, en niet hij? Hij kan niet helder meer denken van de pijn.

Zijn overhemd is doorweekt tegen de tijd dat ze Franka en Melanie hebben ingehaald. Hij komt tot staan met zijn neus zowat tegen de deur, waar de groene verf in moedeloze schilfers af hangt. Franka's hand verschijnt in zijn beeld, de hand met haar trouwring eraan. Ze pakt de verroeste grendel en schuift hem open. 'Is er licht?'

'Nee,' zegt Melanie. 'Nee, mevrouw.'

'Effe doorlopen, Phinus,' zegt Astrid geinig terwijl ze hem over de drempel duwt.

Hij ruikt de geur van schimmel en vocht. Onder zijn schuifelende voeten kraken niet alleen de vloerplanken, maar ook de karkassen van kleine dieren, eeuwenoude kranten, piepschuimen bekers. Vanuit het nietige halletje bereiken ze in een paar stappen een kamer.

'Hier is het bed,' zegt Melanie, terwijl ze met hoog opgetrokken benen door de bende stapt die verraadt dat de jeugd van Aduard hier regelmatig vuurtjes komt stoken.

Midden in het vertrek staat een spiraal, zwartgeblakerd.

'Ga liggen,' zegt Franka tegen hem.

Een vonkenregen van pijn knettert door hem heen als hij zich laat zakken. Hij blijft op zijn zij liggen, niet bij machte zich op eigen kracht om te draaien. Hij hoort Franka aanwijzingen geven. Onzachtzinnige handen wentelen hem op zijn rug. Er wordt aan zijn benen getrokken. Hij kermt het uit.

'Nou,' zegt Franka na enkele ogenblikken, 'hou maar op. Als het niet meteen lukt, lukt het nooit. Is er ergens een deurpost waaraan hij kan hangen? Thuis hebben we een rekstok.'

'Het is hier allemaal nogal laag,' antwoordt Melanie.

Phinus werkt zich in zittende positie. Roodgloeiende messen doorboren zijn rug. Als door een mist kijkt hij om zich heen. Er valt weinig te zien. De kamer bevat geen ander meubilair dan het gammele bed. De twee raampjes lichten als vale vierkanten op in de muur waartegen Franka op één been geleund staat. Aan het voeteneinde van het bed staan de piranha's, wijdbeens, de armen over elkaar geslagen, hem te bestuderen.

'Nou, daar zitten we dan,' zegt Franka nijdig.

'Je zit altijd wel ergens,' meent Astrid. Ze gaapt.

'Kun jij autorijden?'

'Nee,' bekent ze onwillig.

Melanie zegt: 'Dat mag toch niet, mevrouw, als je nog geen achttien bent?'

'Dan moet ik jullie vragen lopend hulp te gaan halen.'

De meisjes wisselen een blik.

'Vooruit, van iets doen voor je medemens word je echt niet slechter. En dan hebben jullie meteen ook een goed verhaal voor jullie ouders, waarom jullie zo laat zijn.'

Astrid zegt: 'Door dat pokkenweer?'

Maar Melanies ogen beginnen te glanzen. Ze pakt haar vriendin bij de mouw. 'Kom op, we gaan.'

'Hoe lang is het lopen naar het dorp?'

'Een kwartier, een halfuur misschien.'

Franka haalt het horloge van Phinus uit haar zak. 'Prima, dus binnen een uur zijn jullie terug. Ik zou bijna zeggen: en onderweg niet met vreemde mannen praten.'

Astrid lacht. Melanie niet. Ze spitst haar lippen, die bleek en dun zijn. 'Nou, dag!' zegt ze op intieme toon tegen Phinus.

Zodra de deur achter hen is dichtgevallen, probeert hij met minieme bewegingen een draaglijker houding te vinden. Hij vermijdt het Franka aan te zien, maar houdt haar ondertussen nauwlettend in de gaten. Ze heeft zijn horloge nog steeds in haar hand. Ze kijkt ernaar alsof het een obsceen voorwerp is in plaats van een geschenk dat zij met liefde en aandacht voor hem heeft uitgekozen. Dan smijt ze het op de grond. Ze slaat met haar vuist tegen de muur. 'Ach verdorie! We hadden toch gewoon even kunnen bellen. Nou lopen die meiden voor niets door de regen.' Ze zet een stap, maar slaakt een kreet als haar gewicht op het zere been belandt.

'Pas toch op,' zegt hij uit macht der gewoonte.

Ze werpt hem een vuile blik toe, laat zich op de vloer zakken en kruipt dan op handen en voeten in de richting van de voordeur. Franka die nooit voor één gat is te vangen. Franka die van wanten weet. Franka die zijn glazen heeft ingegooid, die zijn kans om zijn verdiende loon te krijgen in één klap naar de filistijnen heeft geholpen door die twee duivelinnen doodgemoedereerd van het toneel te verwijderen. 'Ik ga de telefoon halen,' zegt ze.

'Dat ding is stuk!' Dat is in elk geval geen leugen.

'Hij is net gerepareerd.'

'Mens, ik heb vanmiddag nog geprobeerd ermee te bellen en hij doet het niet. Ga in vredesnaam zitten. Het ligt hier vol rotzooi.'

'Dat had je gedacht. En dan zeker jouw smoesjes aanhoren. In geen miljoen jaar.' Ze is al bijna in het halletje.

'Mijn smoesjes? Wat nou smoesjes?'

Zittend op haar knieën kijkt ze hem vol walging aan. 'Als je wist hoe je eruitzag met op je hoofd dat...'

'Zal ik jou eens wat vertellen? Jij zoekt gewoon een stok om de hond mee te slaan!'

'En wat dan nog? Al maandenlang zit het me tot hier. Deze toestand is de laatste druppel. De allerlaatste. Je bent een ongeleid projectiel, een dolleman! Je hebt geen grein zelfbeheersing meer! Ik schaam me voor je, hoor je me! Ik schaam me dood!'

'Maar die twee grieten belazerden de kluit. Echt, ze zijn bloedlink. Ze waren uit op stront.' Hij moet haar overtuigen. Ze moet inzien wat er op het spel stond.

'Alsjeblieft! Daar gaan we weer! Je ijlt! Je maalt! Je denkt dat iedereen het op jou gemunt heeft! Je bent een psychopaat! Je rost kinderen af die alleen maar...'

'Ik kwam jou te hulp!'

'Hou toch op man,' zegt ze vol minachting. 'Redder in de nood. Dat is alleen maar omdat je Jem niet te hulp hebt kunnen komen. Dat zit je zo dwars dat je er half gek van wordt! Begrijp dat dan toch! Maar daarover kan niet gepraat worden, hè? En, hoe denk je dat dat voor mij is? Sta je daar ooit bij stil? Niets heb ik al die tijd aan je gehad... Besef je dat wel? Helemaal niets!'

Hij begint te stotteren: 'Maar... die... twee...'

'Als je maar weet dat ik niet getrouwd wil zijn met een hork die er zonder reden op los slaat!' Ze kijkt alsof ze hem elk moment naar de keel kan vliegen, de vrouw met wie hij duizenden ochtenden heeft ontbeten, met wie hij honderden uren saamhorig in de rij heeft gestaan in postkantoren, winkels en musea, met wie hij tientallen geslaagde feestjes heeft gegeven en die één keer heeft gezegd: 'Natuurlijk blijf ik bij je. Waarom zou je daaraan twijfelen?'

'Ik word gewoon misselijk van je.' Ze wendt haar gezicht af. 'Ik ga 112 bellen en dan wacht ik wel in de auto totdat ze komen.'

Als ze ontdekt dat de telefoon is verdwenen, zal ze dan eindelijk beseffen uit welk hout die twee vampiers zijn gesneden? Of zal ze er alleen maar nieuwe verdenkingen uit putten? Hij aarzelt.

Verbeten zet ze zich in beweging en sleept zich op haar knieën over de vloer, door de hopen afval, in het zonnige mantelpakje dat hun huwelijk moest redden.

Met een ruk duwt hij zich omhoog van het bed. De pijn is versplinterend. Dubbelgeklapt waggelt hij achter haar aan.

'Waag het niet!' snauwt ze. 'Als je ook maar één vinger naar me uitsteekt!' Ze heeft de deur bereikt. Ze pakt de kruk en drukt die naar beneden.

'Franka, toe nou! Laten we erover praten.'

'Praten? Jij? Laat me niet lachen!'

'Luister nou! Wat er vannacht is gebeurd…' Maar wat is er eigenlijk precies gebeurd? Het valt nu al niet meer te reconstrueren welke gebeurtenis tot welke handeling leidde, wie wat ontketende en wie eropuit was wiens graf te graven.

'Je hoeft me niks wijs te maken. Ik was er zelf bij.'

'Je sliep, verdomme, je hebt er niets van gemerkt!'

'Op die brug was ik anders klaarwakker. Dat zie ik nog haarscherp voor me. En dat zal ik niet gauw vergeten ook.' Ze zet haar schouder tegen de deur en duwt.

'Dat zeg ik toch: toen dacht ik dat je gevaar liep! Dat hebben we toch ook weleens met een puzzel?'

Vol ongeloof kijkt ze hem aan.

'Ja, een legpuzzel. Dat jij denkt dat een stukje bij de lucht hoort, en dat ik denk dat het onderdeel is van de zee. Dat we allebei kunnen zweren…'

Ze heft haar handen. Ze laat ze weer zakken. 'Hier

ga ik niet eens op in. Ik pas ervoor om mijn tijd nog langer te verspillen aan iemand die willens en wetens met zijn kop in het zand zit.' Haar neusgaten verwijden zich, haar tanden komen bloot. 'Tabee, Phinus.' Ze wrikt aan de kruk. Ze trekt en ze duwt. Ten slotte gooit ze, met een verwensing, haar hele gewicht tegen het paneel.

Opeens krijgt hij een vermoeden. Hij schuifelt naderbij, duwt haar weg en voelt aan de deur, die muurvast vergrendeld zit.

Even delen ze ten minste dit: de schrik.

Nog maar een paar uur geleden dacht hij dat alles vanzelf weer goed zou komen als hij haar weer eens even helemaal alleen voor zichzelf had. Nu zitten ze hier dan, eindelijk samen, en zo te zien voorlopig nog wel even.

Buiten begint in het eerste grauwe ochtendlicht een merel te zingen.

Deel II

Memory

Wat Franka concludeert

Die meisjes moeten de deur per ongeluk vergrendeld hebben. Binnen een uur zijn ze terug. Er is niets aan de hand, helemaal niets. Ze is niet van zins Phinus ook maar een halve seconde serieus te nemen. Ze heeft zich op de vloer laten zakken, haar rug tegen de deur, het gezwollen been voor zich gestrekt. Ze houdt haar kaken op elkaar geklemd. Ze zou terstond haar ziel aan de duivel verkopen, als ze in ruil daarvoor werd verlost van die stomende maniak tegenover haar. Alles, alles is beter dan samen met hem nog een uur ouder te moeten worden, in een ruimte zo klein dat ze zijn adem bijna kan ruiken.

Jammer alleen dat de duivel nooit enige belangstelling voor haar ziel betoonde. Tot nu toe heeft ze hem altijd tevergeefs aangeroepen. De eerste keer was ze nog jong. 'Mijn man is dood.' Haar ziel, voor zijn terugkeer. Maar bij welk loket moest je je ziel inleveren, samen met de jampotten vol tranen, de weckflessen vol, als bewijs van je liefde? Wie maalde erom? Of misschien telde het niet als je jezelf kwam aanmelden, misschien hield de duivel niet van gratis waar, van vrijwillig ingeleverde zielen. Wat had hij aan stervelingen die zich op eigen kracht bij de hel aandienden en aan wie dus niets meer te bederven viel? En je kon bij de duivel moeilijk op je strepen staan, of zeggen dat je in je recht stond. 'Rechten? Kom zeg, we hebben

geen cao, jullie en ik! Er zit hier geen ondernemings-
raad te tuttebellen met memo's!' Misschien ook bestond hij eenvoudig niet. Je zou toch hebben verwacht
dat hij anders direct was uitgerukt, na Jems dood.
Toen hadden haar gedachten hem meteen tot de
plicht moeten roepen: zelfmoordenaars waren immers
een kolfje naar zijn hand. Of had ze het niet serieus
gemeend? Ze had er in elk geval vaak genoeg over gepraat, snel en fluisterend, met haar vriendinnen. Thuis
hoefde ze er niet mee aan te komen, thuis zat die man
te doen alsof het leven gewoon doorging. Haar vriendinnen reageerden vol begrip. Natuurlijk denk je dat
nu, zeiden ze, allicht, maar wat schiet je ermee op? Ze
waren praktisch. Ze zeiden dat zij goed moest eten,
om haar weerstand niet te verliezen. Ze brachten
ovenschotels, met aluminiumfolie omwikkeld. Ze
schreven de adressen op de rouwenveloppen waarnaar
Phinus en zij niet eens konden kijken. Samen met
Franka's familieleden klopten ze kussens op, ze zetten thee en schonken jenever en maakten soep en
beantwoordden de telefoon en legden een knoop in
volle vuilniszakken en spoelden discreet Jems goud-
vissen door de wc en spraken met de begrafenisondernemer en met Jems mentor van school en met het
buurmeisje van amper tien dat een heel dagboek aan
Jem gewijd bleek te hebben. Ze waren vleesgeworden
goede werken. Niets haalt zoveel moois bij de mensen naar boven als een sterfgeval. Behalve bij de na-
bestaanden zelf, natuurlijk.

Toen 's nachts om halfdrie de bel ging, had ze gedacht dat Jem zijn sleutel moest zijn vergeten. Ze was
slaapdronken de trap af gestommeld terwijl ze haar

ochtendjas omsloeg. Hij zou met een schaapachtige grijns voor de deur staan, samen met Sanne, voor wie hij zijn honkbalpet had thuisgelaten. Je moeder uit bed moeten bellen was een behoorlijke afgang.

Op de stoep stonden twee politieagenten.

'O hemel,' zei Franka automatisch: al haar pupillen flitsten haar razendsnel door het hoofd. Wie had zich nu weer in de nesten gewerkt? Ze trok haar gezicht in een professionele plooi, fatsoeneerde haar haren en zei, terwijl ze mentaal door haar dossiers bladerde: 'Wat kan ik voor u doen?'

'Mevrouw Vermeer?'

Ze knikte, ongeduldig en inmiddels klaarwakker. Phinus had er altijd zo'n hekel aan als ze uit bed werden gebeld.

'Mogen we even binnenkomen?'

Ze ging hen voor naar de woonkamer, hopend dat ze hun stemmen zouden dempen. Ze knipte het licht aan. Ze gebaarde naar de stoelen rond de eettafel.

De mannen bleven staan. 'Is uw man thuis?' vroeg de langste van de twee.

'Ja,' zei Franka, 'hij slaapt, dus misschien kunnen we zachtjes praten.' Ze trok een stoel naar achteren, ging zitten en verplaatste werktuiglijk wat spullen op de afgeladen tafel. Een krant, een koffiebeker, een bibliotheekboek over dinosaurussen van Jem.

'U kunt hem beter even wakker gaan maken.'

Bijna schoot ze in de lach. Phinus zou nog liever... waarom zou Phinus... Toen plofte de bodem uit haar maag. 'Jem? Er is toch niet iets met Jem?'

Er was van meet af aan een onzichtbaar script aanwezig, met een duidelijke rolverdeling. Daarin heette Franka de Moeder. Phinus werd aangeduid als de Echtgenoot. Jem als het Slachtoffer. Een belangrijke bijrol was weggelegd voor Sanne (de Getuige). Het leek net een spelletje Cluedo, alleen was het echt.

De Moeder en de Echtgenoot moesten het Slachtoffer allereerst identificeren. Het Slachtoffer was drie keer van nabij door het hoofd geschoten. Er was niets meer over van de ogen die vol belangstelling en vertrouwen de wereld in hadden gekeken, hij was nu iemand zonder lachje om zijn lippen.

De Moeder zei gejaagd: 'Het is hem niet, hè Phinus, het is hem niet, hij heeft alleen maar zijn kleren aan.'

'Ja, die kunnen gestolen zijn!' zei de Echtgenoot. 'Hij is ergens in een steeg door een junk of zo...' Zijn stem stierf weg. Zijn schouders schokten.

'Kijk dan,' zei de Moeder, 'hij heeft gel in zijn haar! Gel! Dat kan Jem niet zijn!' Ze greep naar een pluk haar aan de zijkant van de bloederige bult, ze likte aan haar vingers en prevelde: 'Gel! Dat maken ze van beenderen! Onze Jem zou nooit...' Met een ruk wendde ze zich opzij, naar de toekijkende, strakke gezichten. 'Onze Jem zou nooit...'

De Echtgenoot, in de hoek, schudde verwezen met zijn hoofd.

Daarna kregen ze beiden koffie.

Ze ondertekenden formulieren.

Ze werden van het ziekenhuis overgebracht naar het politiebureau. Daar zaten ze op identieke oranje kuipstoeltjes in een vrijwel identieke ruimte vol neonlicht te wachten op zaken die zich, alweer, buiten hen om voltrokken. Ze pakten elkaars hand en lieten die weer los. Ze begonnen aan zinnen die ze niet afmaakten, terwijl hun gedachten bezig waren het gezicht van het Slachtoffer te reconstrueren, het op te lappen uit de brij van zojuist, er weer een gezicht met een naam en historie van te maken, maar dan stokte de adem hun telkens in de keel. In wanhoop begon de Moeder steeds weer opnieuw aan nu allang tevergeefse reddingsscenario's. Ze dacht bijvoorbeeld: Had ik vannacht mijn trainingspak maar aangehad. Dat is een dracht waarmee je aan het lot te kennen geeft dat je alert bent, dat je op scherp staat, dat je in noodgevallen geen seconde verloren zult laten gaan! Waarom, waarom droeg ik mijn trainingspak niet? Ze zei, de Echtgenoot aanstotend: 'Waarom had ik mijn trainingspak niet aan?'

De Echtgenoot zat voorovergebogen in zijn oranje kuipje. In plaats van te antwoorden zei hij voor de twintigste keer: 'Heb ik het nou goed begrepen? Heb ik nou goed begrepen dat hij probeerde in te grijpen toen die gek ineens om zich heen begon te schieten?'

De Moeder zweeg. Ze beet op haar nagels. Wat had ze vannacht nog meer verzaakt of verzuimd? Op welke duizenden andere manieren was zij óók nog verantwoordelijk voor de dood van het Slachtoffer?

Een agente bracht opnieuw koffie, in geribbelde wegwerpbekers. Ze zei dat het verhoor van de Getuige afgerond was. Wilden de Moeder en de Echtgenoot haar zelf misschien ook nog even spreken? Vragend keek ze hen beiden aan. Ze was klein en tenger, maar met iets tanigs. Geen vrouw die haar kind zomaar zou laten doodschieten. Je kon aan haar zien dat zij zich lijfelijk voor elk naderend gevaar zou werpen. Als een soort Superwoman. Tegen haar borstkas zouden alle kogels afketsen.

'Ja. Ja! Natuurlijk willen we haar spreken!' Verwilderd kwam de Echtgenoot overeind.

'Wie?' vroeg de Moeder.

'Die... die kleine morsebel! Die erbij stond toen...'

Superwoman zwol een fractie op. Waarschuwend zei ze: 'Het meisje is erg overstuur. Ik laat u niet met haar praten als u niet redelijk kunt zijn.'

De Moeder zei: 'Eigenlijk wil ik eerst wel even een kroketje.' De redelijkheid van dit verzoek deed haar een beschroomd genoegen.

'Met mosterd?' vroeg Superwoman. 'En een broodje?'

'Met patat,' besliste de Moeder. Werkelijk, zo'n honger had ze in al haar levensdagen nog niet gehad.

'Smakelijk eten,' zei Superwoman. Met een zwierig gebaar trok ze een bord uit de lucht, volgeladen met kroketten en patat frites, en overhandigde dat aan de Moeder.

De Echtgenoot sloeg het uit haar hand. 'Zeg jij nou ook eens wat! Jij wilt die Sanne toch ook spreken?'

'Sanne?' Ze knipperde met haar ogen. 'Ja, ja natuurlijk.'

'Sannes vader is er inmiddels ook,' zei Superwoman afgemeten tegen de Echtgenoot. 'Ik raad u aan uw kalmte te bewaren.'

De Moeder en haar Echtgenoot volgden haar door een eindeloos labyrint van gangen met versleten linoleum. Verveloze deuren flitsten voorbij, met murmelende stemmen erachter. Op de cadans van haar voetstappen dacht de Moeder: Ik kom eraan, Jem, ik kom eraan. Zo'n lieve, zonnige baby. Nooit een centje pijn. Geen driftbuien, geen nachtelijk gehuil, geen luieruitslag, geen geklier met tandjes krijgen. Ze had vaak gedacht dat andere moeders het verkeerd aanpakten. Te veel dit deden, te weinig dat. Terwijl het zo eenvoudig was om een rustige baby te hebben. Zoals Jem. Eropuit zijn mama een plezier te doen, zo klein als hij was. Alsof hij wist dat hij het verlies van zijn papa moest compenseren. Een wijze, bedachtzame zuigeling.

Een deur zwiepte open.

Ze strekte haar armen al uit. Maar in plaats van Jem zat in het kale vertrek het meisje met wie hij zijn ongeluk tegemoet was gegaan. Met de handen op haar schouders stond haar vader achter haar, een kleine, gezette man met een van ontreddering vertrokken gezicht. Hij deed zijn mond open en sloot hem weer. Toen keek hij naar zijn voeten.

De Moeder ging zitten op de eerste de beste stoel binnen haar bereik, al evenmin tot spreken in staat. De Echtgenoot bleef staan. Superwoman nam plaats op een krukje bij de deur. Haar houding zei: Ik hoor niets, ik zie niets, ik zeg niets. Maar haar ogen waren waakzaam.

Iemand had de Getuige een deken omgeslagen. Het rode haar zat plakkerig tegen haar schedel. Over haar wangen liepen roze traansporen. Haar vingers plukten aan de zoom van haar jurkje, en af en toe sidderde ze zo hevig dat ze over haar hele lichaam schokte.

Terwijl ze haar opnam, voelde de Moeder zich plotseling ongelooflijk helder worden, alsof haar bewustzijn alles op alles zette om ruim baan te maken voor het besef dat dit gezichtje het allerlaatste moest zijn geweest dat haar zoon had gezien voordat hij het leven verliet. Het vervulde haar van een verschrikkelijke, splijtende jaloezie. 'Is dat zijn bloed?' vroeg ze, knikkend naar de sporen. Ze dacht: Dan is het mijn bloed.

De Getuige vestigde een blik op haar, dof en schichtig tegelijk. 'Het spoot alle kanten op,' zei ze bijna onhoorbaar. 'We waren aan het dansen en toen...' Ze begon te huilen.

'Ze is pas vijftien,' mompelde haar vader. 'Hoe moet dat nou verder met haar?'

'Er is slachtofferhulp,' zei de Moeder automatisch. Met dit bijltje had ze zo vaak gehakt dat ze met haar ogen dicht het telefoonnummer zou kunnen opdreunen.

'Voor de levenden, ja,' snauwde de Echtgenoot.

Haastig zei de vader: 'Het spijt ons zo verschrikkelijk voor u. Wat een tragedie. Ik weet gewoon niet wat ik moet zeggen. Ik...'

'Waarom heb je hem niet tegengehouden?' onderbrak de Echtgenoot met geknepen stem. 'Waarom deed je niks?'

'Dat kunt u niet maken! Sanne kan het niet helpen dat...'

'O nee? Jem was er de jongen niet naar om de held uit te hangen! Hij heeft zich door haar laten opfokken!'

De Getuige kromp ineen. 'Er werd opeens geschoten,' stamelde ze. 'Zomaar. De muziek was zo hard, niemand had het in de gaten, en je kon ook niet goed zien, de lichtshow, het gedrang. We hadden eerst niets door, maar opeens stond hij naast ons, zó.' Ze strekte een arm omhoog en haalde een denkbeeldige trekker over.

'Dus hij schoot op het plafond?' vroeg de Echtgenoot. 'Op het plafond? Niet op mensen?'

'Ja, omhoog, en Jem zei iets tegen hem, Jem zei iets, ik kon het niet verstaan, en meteen...' Ze barstte opnieuw in tranen uit.

'... kreeg Jem de volle laag?'

'Wat zei Jem dan?' riep de Moeder uit. Ze klemde haar handen in elkaar.

'Ik kon het niet horen!'

Superwoman kwam overeind van haar krukje. Kalm zei ze: 'De muziek was hard. U weet hoe het is, in disco's.'

'Nee, dat weten we niet!' zei de Echtgenoot. 'Godallemachtig! En hoe zit het, wordt daar niet op wapenbezit gecontroleerd?'

'Op een gebeurtenis als deze valt niet te anticiperen, meneer Vermeer.'

'Nee, jullie delen liever parkeerbonnen uit, hè?'

Superwoman keek snel en veelbetekenend naar de Moeder: Als uw man zo doorgaat, moeten we het gesprek beëindigen.

Maar ze was bij de Moeder aan het verkeerde adres. Wat haar betrof was elk woord dat de Echtgenoot zei, waar, relevant en juist gekozen. Ze pakte hem bij zijn mouw. Hij was haar pleitbezorger. Ze voelde zijn hand om de hare glijden, zo heet als steenkool. Daardoor gesterkt zei ze: 'Zoiets gebeurt toch niet zomaar? Dat zie je toch zeker aankomen?'

De Getuige sprong zo snel op dat de deken van haar schouders viel en haar met bloed bespatte jurkje zichtbaar werd. 'We waren gewoon aan het dansen, er was niets aan de hand, er werd niet gevochten of zo, het was...'

'Maar vertel me dan eens,' zei de Moeder, 'waarom je Jem zo nodig moest meetronen naar een disco?'

'Ik stel voor,' zei Superwoman terwijl ze overeind kwam, 'dat we het hierbij laten.'

'Hij had me gevraagd!' gilde de Getuige, haar hoofd bijna haaks op haar nek. Haar vader pakte haar van achteren om haar middel en trok haar tegen zich aan. 'We gaan. Kom maar schat, we gaan naar huis.'

De haat die in de Moeder opwelde, was zo gloeiend dat ze haar haren en haar nagels voelde verschrompelen: haar armen zouden leeg blijven, zij zou zonder kind naar huis gaan.

De Echtgenoot riep: 'Jullie horen nog wel van onze advocaat!'

Superwoman sloot de deur achter de Getuige en haar vader. Ze keek naar de vloer. 'Hebt u nog vragen?'

De Moeder wist lange tijd niets te zeggen.

De Echtgenoot merkte ten slotte op, alsof hem een geheel nieuwe gedachte inviel: 'En de dader? Jullie hebben de dader toch wel?'

'Die wordt nu gezocht. Tientallen mensen hebben hem gezien. Hij is in de verwarring ontkomen, maar u kunt er gerust op zijn: we hebben hem binnen vierentwintig uur.'

De Echtgenoot trapte tegen een stoel.

'U kunt begeleiding krijgen van het maatschappelijk werk,' zei Superwoman. 'En, wilt u nu naar huis teruggebracht worden, of gaat u liever op eigen gelegenheid?'

'We lopen wel,' zei de Moeder, besprongen door de hoop dat ze door deze ruimte te verlaten, alle gebeurtenissen ongedaan zou maken.

Ze liepen terug door het labyrint. Het was in de

gangen stiller dan daareven, alsof iedereen achter de gesloten deuren zweeg terwijl zij passeerden. Nergens weerklonken stemmen of voetstappen. Aan de balie in de hal zat een jonge agent te doezelen.

Buiten was het nog stiller. Er reden allang geen trams of auto's meer. De Echtgenoot zei: 'Na vieren is het het veiligst in de stad. Dat zei Jem.'

De Moeder vroeg zich af hoe haar zoon dat had geweten, en wat hij nog meer voor ideeën had gehad waarover zij nu nooit meer iets zou vernemen. Ze ademde diep in om een duizeling tegen te gaan. Je kon de naderende herfst ruiken, het eerste seizoen dat het nu zonder Jem zou moeten zien te stellen, zonder zijn uitgeholde pompoenen, zijn zakken vol kastanjes, zijn paddenstoelendrift. Hoe moesten de bomen weten dat het tijd werd hun bladeren los te laten, nu hij die niet meer met rode wangen bijeen zou harken? Hoe zouden de egels weten dat het tijd werd voor de winterslaap?

Achter zich hoorde ze de Echtgenoot onderdrukt kermen. Maar ze had geen ruimte voor zijn verdriet, ze zat tot stikkens toe vol met het hare. Verdwaasd jakkerde ze voort. Zo hard als ze kon probeerde ze weg te lopen uit dit verschrikkelijke moment, het achter zich te laten, maar het zat als een hardnekkig stuk elastiek om haar enkel gewikkeld en ze sleepte het met zich mee, helemaal naar huis, waar Jems honkbalpet aan de kapstok hing, naast zijn Salty Dog-jack met de kapotte rits die ze al weken geleden beloofd had te vervangen.

En vanaf dit moment hielden de minuten op minuten te zijn, ze duurden eeuwen, en daardoor besloeg een uur nu een tijdspanne die omvangrijker was dan de hele wereldgeschiedenis bij elkaar. Het enige waar je je op kon toeleggen, was op het overleven van de seconden, die taaie, trage tellen die de tijd om de zoveel jaren uitdeelde. Als je de ene seconde had volbracht, begon je verbeten aan de volgende. De wijzers van de klok waren de tralies waarachter je gevangenzat. Ze boden geen enkele kans op ontsnapping. Wat ondraaglijk was, zou dat dus altijd blijven, want hoe kon de helende werking van de tijd haar beslag krijgen als de tijd zelf de zaak saboteerde?

Franka's vriendinnen maakten hun opwachting, met hun ovenschotels. Met strakke gezichten waadden ook zij door de stroperige zee van zinloze tijd, terwijl ze zorg droegen voor de ontelbare futiele handelingen die het leven nu eenmaal vereist. Met hun vereende krachten hielden ze de wereld net draaiend.

De Echtgenoot ondertussen had een eigen missie. Hij beet zich vast in de jacht op de dader. Hij ging naar de disco, hij ondervroeg het personeel, postte bij de deur en versperde tot in het holst van de nacht iedereen de toegang met de vraag of zij bij de schietpartij aanwezig waren geweest. Hij noteerde namen en telefoonnummers en bracht uren door op het politiebureau, waar hij tegen rechercheurs tierde.

'Het geeft hem een doel,' zeiden de vriendinnen vergoelijkend. 'Laat hem nou maar.'

Zij vond echter dat hij een ander doel behoorde te hebben. Hij moest bij haar zijn en rouwen, hier, thuis, samen met haar, op de bodem van de stilstaande tijd. Hij moest haar helpen de herinnering aan Jem levend te houden, Jem, wiens ongeschonden gezicht ze zich nu met moeite voor de geest kon halen. Wie of wat de dader was, liet haar Siberisch. Jems dood kon toch niet meer ongedaan gemaakt worden.

Op de ochtend van de derde dag ging de bel. Ze was alleen in huis. Ze stond juist op het punt een kopje thee in te schenken die gedienstige handen op het lichtje hadden klaargezet. Met het lege kopje in de hand, verstrooid, ging ze naar de deur.

Op de stoep stond Sanne, in een spijkerbroek en een hardblauwe trui, bleek tot op haar lippen, waardoor haar haren nog twee keer zo rood leken. Met onzekere stem vroeg ze: 'Kom ik gelegen?'

Franka wilde zeggen: Hoe kun je denken dat jij hier ooit welkom zult zijn, kind?, maar ze was er te verbijsterd voor.

Het meisje beet op haar onderlip toen antwoord uitbleef. Ze zei: 'Ik hield het thuis niet meer uit. Echt niet! Ze lopen me maar op te vrolijken en ik heb een nieuwe fiets gekregen.' Ze knikte naar de fiets op het tuinpad.

'Zo,' zei Franka, bij gebrek aan beter.

'Ze zeggen steeds, ze zeggen' – er verschenen tranen in haar ogen – 'dat ik maar moet proberen het zo gauw mogelijk te vergeten.' Ze veegde bruusk over haar wangen.

'Dat is geen goed advies,' zei Franka langzaam.

'Nee. Daarom dacht ik: Ik kom maar even een uurtje bij u zitten.'

'Een uurtje?'

'Ja, als dat mag.' Ze haalde luidruchtig haar neus op.

Stijfjes stapte Franka opzij, terwijl ze met het theekopje naar binnen gebaarde.

In de woonkamer gingen ze tegenover elkaar aan

tafel zitten. 'Wat hebt u veel bloemen,' zei het meisje bedeesd.

'Moeten we per se praten?' vroeg Franka.

Sanne schudde verschrikt haar hoofd. Ze zat er hul-
peloos bij. Na een poosje fluisterde ze: 'We kunnen
misschien foto's kijken.' Weer schoten haar ogen vol.
'Jem zei dat u twee albums bijhield, eentje voor uzelf,
en eentje voor hem, voor als hij op kamers ging wonen. Zodat hij dan zijn hele leven van vroeger mee kon
kon nemen.'

'Ja, ik liet alles altijd dubbel afdrukken,' zei Franka
mechanisch. Ze zette het kopje eindelijk voor zich
neer op het tafelblad.

'Als u nog een foto overhebt, dan zou ik wel, dan
zou ik wel…'

'Hoe lang is dit nou eigenlijk gaande, tussen Jem en
jou?'

'Al vijf weken.' Er verscheen een vage blos op haar
wangen. Ze keek strak voor zich. 'Maar u wou dat hij
niet op mij verliefd was geworden, hè? Want nu denkt
u de hele tijd: Waarom leeft zij nog wel en hij niet
meer?'

Dat laatste was een nieuw gezichtspunt. 'Zeggen je
ouders dat soms?'

'Ja, omdat uw man en u zo boos op me waren.'

Als een schaduw van haar vroegere zelf zei Franka:
'Nou, dan heb je je wel in het hol van de leeuw ge-
waagd.' Ze pakte de theepot en schonk haar eigen
kopje vol. Toen zei ze, inbindend: 'Ik zal Jems album
pakken.' Niemand had haar nog voorgesteld samen
Jems geschiedenis te bekijken.

Zijn fotoboek lag in de la, boven op het hare. Nooit
had ze gemerkt dat Jem ernaar taalde. Maar vaak had

zij, toen de tijd nog haar bondgenoot was, gedacht: Wacht maar, later, later zul je me dankbaar zijn. Hier, met mama in het park, jij moest je bij het lopen vasthouden aan je buggy. Daar, met de diadeem die je samen met Phinus had gekocht. En kijk dit nou, Jem, kijk: hier werd je zeven, en je kreeg zeven muizen, witte met rode oogjes, Phinus had ze met een viltstift rugnummers gegeven, het waren allemaal mannetjes, expres natuurlijk, maar jij bleef maar hopen op jonkies... Wat we onze kinderen allemaal aandoen, voor hun eigen bestwil, en vooral ook het onze, niet te vergeten. We foppen en bedriegen ze zonder blikken of blozen. Overigens waren die muizen nog best oud geworden. Toen de laatste kaal om zijn snuit werd en van eenzaamheid in zijn eigen staart begon te bijten, had Phinus voorgesteld ermee naar de dierenarts te gaan. 'Dan laten we hem rustig inslapen, joh.' Jem had in tranen afscheid genomen. Maar eenmaal op weg had Phinus zich, zo bekende hij haar later, wel een erg grote man met een erg kleine muis gevoeld. Toen had hij het heft maar in eigen hand genomen en in een plantsoen zijn hak op het aftandse diertje gezet.

'Dit is Jem op zijn zevende verjaardag,' zei ze. Ze legde het album opengeslagen voor het meisje neer.

'O, toen had hij ook al een bril!' Oplevend wreef ze even met haar duim over de foto. Toen sloeg ze langzaam de bladzijde om.

Over haar schouder keek Franka mee. Voor het eerst kwam er een zekere rust over haar. Dit was nu eindelijk een moment waaraan ze niet uit alle macht moest zien te ontkomen, hier mocht de tijd stilstaan zolang hij maar wilde, bij Jem met zijn schildpad, Jem op zijn buik bij een slootje dat was omzoomd met bloeiend fluitekruid, Jem op een kleine, dikke pony in Slagharen, Jem voor altijd zeven. Op die leeftijd was je kind nog helemaal van jou alleen. Later moest je hem delen met de rest van de wereld. Dat was nu eenmaal onvermijdelijk.

Sanne vroeg bibberig: 'Hebt u een zakdoek?'

Franka liep naar de keuken en scheurde een stuk van de keukenrol af. Bedachtzaam vouwde ze het dubbel. Ze ging de kamer weer in en zei: 'Om er nog even op terug te komen, Sanne: je moet niet denken dat wij jou de schuld geven. Dat leek laatst misschien wel zo, maar op dat ogenblik waren wij compleet van de kaart.'

Sanne slikte. Moeizaam zei ze: 'Maar het is wel zo dat ik... dat ik...' Ze schoof haar stoel naar achteren en kwam overeind. Midden in de kamer draaide ze Franka haar rug toe en wiebelde met haar billen, één arm schuin omhoog gestrekt. 'Kijk, kijk zo waren we aan het dansen. En toen, ik weet niet waarom, echt niet, toen draaide ik, en daardoor kwam Jem ineens op mijn plaats terecht.' Ze keerde zich om, haar arm nog steeds geheven. Tranen begonnen over haar wangen te stromen. 'En op dat moment zag hij dus die jongen met het pistool. Als we niet waren omgedraaid, dan had ik die gast gezien. En dan was ik het geweest die tegen hem had gezegd: Hé man, hé... En dan zou Jem er nu nog zijn.'

'Hou in godsnaam op,' zei Franka. 'Hier heeft niemand wat aan. Snuit je neus.'

Sanne snoot in het stuk keukenpapier. 'Ik durfde het aan niemand te vertellen,' zei ze.

'Je kunt moeilijk dansen zonder af en toe te draaien. Dat kan niemand je kwalijk nemen.' Het was on-verteerbaar dat een toevallige beweging Jems lot zou hebben bezegeld. Maar had niet de hele situatie op monsterlijk toeval berust? Bij die gedachte moest ze zich schrap zetten tegen een nieuwe golf van ontzet-ting. Het was alsof ze met beukende vuisten werd be-werkt. Ze dacht: Dit hou ik niet vol, ik hou het niet vol.

Met een plof liet ze zich weer op haar stoel vallen en omvatte met beide handen haar hoofd. Als ze hem nu maar hier thuis had mogen hebben. Als ze rustig bij hem had kunnen zitten, zoals vroeger bij zijn wieg, dan was het wellicht net een fractie draagbaarder ge-weest. Ze zou nog allerlei kleine dingen voor hem hebben kunnen doen. Muntjes voor de veerman in zijn hand stoppen, zijn haar gladstrijken, iets ver-schikken aan zijn bloes, een schelp uit zijn collectie bij hem leggen, het koelelement onder de kist aan-en uitzetten. Ze zou nog heel even zijn moeder zijn geweest. Maar in het geval van een misdrijf hield de politie het lichaam vijf dagen vast. Het lichaam, dacht ze. Het lichaam! Haar zoon was teruggebracht tot een stijve bundel weefsel. Ze hadden hem zijn dro-men en ambities ontnomen, zijn voorliefde voor stripverhalen en zijn onvermogen zijn oude Disney-video's weg te gooien, zijn gewoonte hanenpoterige briefjes op de deur van de koelkast achter te laten, zijn alledaagse, unieke Jemheid. Wat moest ze in fei-te met een lichaam? Er in Pietà-pose mee op haar schoot zitten? Misschien lag het daar in die koelcel toch beter dan hier. Hardop zei ze: 'Ik weet het ge-woon niet meer.'

'Ik wil zo graag een stille tocht organiseren.' Vol

verwachting keek Sanne haar aan. 'Zullen we naar de discotheek gaan en vragen of ze meehelpen?'

Het was een vraag uit een andere dimensie, ze begreep niet waar het kind het over had. Confuus streek ze langs haar slapen.

'Om hem te gedenken,' verduidelijkte Sanne.

Tot haar verbazing liep ze een ogenblik later al buiten, over grachten en langs pleinen, met een van ongeduld voor haar uit dravende Sanne. Het was een mooie ochtend. Zacht herfstlicht omvaamde hen, de temperatuur was aangenaam, bloemenkraampjes deden goede zaken.

'Wacht even,' zei ze, stilstaand bij een uitstalling van bloei, groei, leven. Zonder precies te weten wat ze deed, pakte ze een grote pot paarse asters. Viooltjes waren eigenlijk zijn favoriete bloemen geweest, 'net de gezichtjes van Chinese kinderen'. Had hij maar niet in het najaar dood moeten gaan. Stom jong! Achterlijke hufter! Waarom moest je zo nodig naar een discotheek? Je had ook thuis kunnen blijven! Bij mij! We waren heus niet suf gaan zitten Pim-pam-petten! We zouden gezellig op de bank hebben liggen kletsen met een schaal chips tussen ons in, jij met je kop naar het noorden, ik met de mijne naar het zuiden, terwijl we wachtten op de nachtfilm en ondertussen melig de reclames nadeden.

'Of die.' Sanne wees naar een chrysant.

'Hoezo?'

'Nou gewoon, precies Jem.'

Ze rekende af, ontnuchterd. Wat kon je in vijf weken allemaal over iemand te weten komen? Waarover hadden ze gepraat, die twee – en wat hadden ze samen gedaan? Ze dacht: Ik had beter moeten opletten, ik heb helemaal niets aan hem gemerkt! Het was op haar werk een drukke periode geweest. Misschien had Jem inderdaad wel een paar keer om haar heen gehangen met een gezicht alsof hij haar iets wilde vertellen. Ma, ik heb verkering. Zeg Franka, ik ben verliefd. Maar ze was te veel in beslag genomen geweest door andere dingen. En had ze ook eigenlijk niet gedacht dat hij nog helemaal niet toe was aan meisjes? Of andersom: dat meisjes van zijn leeftijd geen emplooi hadden voor een verlegen bonenstaak die nog maar net van zijn beugel af was?

'Jem is een laatbloeier,' zei Phinus altijd.

Ze sjokte achter Sanne aan, zonder te beseffen waar ze was. Ten slotte stonden ze op een plein voor een pui die bedekt was met kleurige graffiti. Door deze deur was Jem zijn dood tegemoet gegaan. Nietsvermoedend was hij over de drempel gestapt, op zijn rustige manier in zijn sas over het vooruitzicht van een avondje uit.

'Weet u?' zei Sanne. 'Hij had net zó'n grijns op zijn gezicht, op dat moment dat we ons onder het dansen omdraaiden. Hij was, hij was gewoon gelúkkig, weet u.' Ze sprak het woord uit alsof ze het zelf ter plekke uitvond en haast niet kon bevatten hoe ze op zo'n adequate term had weten te komen.

Omdat hij samen met jou was, meisje, dacht Franka, maar het uitspreken van die gedachte vergde meer grootmoedigheid dan ze kon opbrengen.

'Weet u waarom hij zo liep te glimmen? Omdat hij het te gek vond dat u had gezegd dat ik mocht blijven slapen.'

'Beter onder een bekend dak dan ergens in een portiek.' Ze zei het alsof ze het tegen een van haar pu-

pillen had. Maar… had ze in werkelijkheid niet volkomen gedachteloos geopperd dat Sanne kon blijven
slapen, uit moederlijke gewoonte, of beter gezegd,
vanuit de gehaaidheid van een moeder die geen kans
voorbij laat gaan om kameraadjes te logeren te no-
den, opdat haar kind zich populair kan achten?

'Hij had al condooms gekocht, hier op de plee, en
die in mijn tasje gestopt.'

'Sanne,' zei ze, 'dat zijn mijn zaken niet.' Ze kon
zich geen enkele voorstelling maken van Jem bij een
condoomautomaat.

'O!' riep Sanne uit. 'We hadden gewoon eerder naar
huis moeten gaan!'

'Ja.' En dan had zij de volgende ochtend vast twee
croissantjes voor hen in de oven gelegd, sinaasappels
uitgeperst, en naïef over ditjes en datjes gekletst zonder ook maar op het idee te zijn gekomen dat er een
moment van groot gewicht in Jems leven had plaatsgevonden. Of zou ze het toch aan hem gemerkt hebben? Ze liet zich op haar hurken zakken, met de
chrysant. Met dichtgeknepen keel zei ze: 'Voor mijn
grote zoon Jem', en zette de pot bij de deurpost tegen de smerige pui.

Tot haar schrik ontplofte Phinus haast. Een horde
halvegaren die met kaarsjes en witte rozen zwaaiden,
die met de armen om elkaar geslagen 'Bridge over
troubled water' zongen en die met betraande gezichten versjes van Toon Hermans voordroegen: dat was
wel het laatste waar zij beiden op zaten te wachten.
Zo'n gratuite gevoelsuitbarsting van hysterische
wildvreemden. Het gebeurde niet. Nooit. Over zijn
lijk.

'Ik denk dat Jem het wel mooi had gevonden,' zei ze aarzelend. 'Het is per slot van rekening ook een demonstratie tegen geweld.' Ze stonden samen op Jems kamer, met aan de muur het enorme affiche van de Red Hot Chili Peppers in concert en de poster van het planetenstelsel. Op de vloer lag een Star-Wars-bouwpakket en een stukje omgebogen ijzerdraad waarvan niemand nu het doel meer kende. Voor de open kast stonden ze, niet bij machte de kleren uit te kiezen waar de begrafenisondernemer om had ge-vraagd.

'Laat je nakijken,' zei Phinus. 'Jem zou nooit van z'n leven zo in het middelpunt van de belangstelling willen staan. Van een meute sensatiezoekers nog wel.' Hij pakte een shirt dat van het hangertje was gegle-den en hing het weer op.

De vraag wie Jem het best had gekend, had zich nooit eerder voorgedaan. Doorgaans waren Phinus en zij het eens geweest over alle grote en kleine be-slissingen wat zijn opvoeding betrof. Bedtijd, school-keuze, straf: ze waren er altijd moeiteloos samen uit gekomen. Het ontstelde haar dat zijn dood nu het einde van hun eendracht zou betekenen. Alsof het al die tijd alleen maar Jems inschikkelijkheid was ge-weest die het hun zo gemakkelijk had gemaakt. 'O, kijk nou eens,' zei ze verzoenend, 'je sinterklaassur-prise.'

Ze wees naar de zeehond van papier-maché, die stoffig en ingedeukt in een hoek stond. 'Het was zo'n goed idee van je om pingpongballetjes voor de ogen te nemen. Jem heeft hem niet voor niets al die tijd bewaard.'

'Het is voorbij.' Phinus griste een broek van een stapel uit de kast en legde hem meteen weer terug. 'We gaan hem netjes onder de grond stoppen, zonder heisa en camera's.'

Ze bukte zich om een trui van de vloer op te rapen. Ze duwde haar neus erin. Jems geur. Zou het de doden niet een genoegen doen zich door een hele menigte betreurd te weten? En zou zo'n zondvloed van tranen, door onbekenden gestort, een overledene niet rechtstreeks hemelwaarts stuwen? Het opperwezen zou zich vast laten vermurwen door al dat verdriet, en zijn armen wijd openen voor iemand die zoveel harten had beroerd. Jems hele toekomst in het hiernamaals was in het geding. 'Ik wil het,' zei ze. 'Jem was het waard.'

'Daar ga je spijt van krijgen. Verschrikkelijk veel spijt.' Hij graaide een bundel T-shirts te voorschijn en begon ze een voor een glad te strijken en op te vouwen.

'We hebben zelf niet genoeg tranen, Phinus.' Haar hart fladderde pijnlijk. Het hing, in paniek, aan een parachute die weigerde open te gaan. Bezwerend zei ze tegen zichzelf: Dit is Phinus. Dit is degene die altijd, altijd mijn kant heeft gekozen, die altijd het beste voor me heeft gewild, die onvoorwaardelijk is, op het abnormale af. Of... of was ze gewoon te moe en te beurs voor een gevecht? 'Ik geloof niet dat ik ruzie wil maken over de begrafenis van Jem,' zei ze schril.

De vijandigheid verdween maar amper van zijn gezicht toen hij na een moment zei: 'Daar heb je gelijk in.' Hij was klaar met de T-shirts. Nu begon hij aan de bonte verzameling sokken en onderbroeken.

'Waar ben je nou eigenlijk zo maniakaal mee bezig?' riep ze uit. 'We hoeven hier geen orde meer te scheppen, hoor. We hoeven alleen maar de kleren uit te kiezen waarmee hij netjes in die kist van jou verdwijnt.'

Phinus rolde een paar sokken tot een bolletje en legde het in de kast. 'Als je emotioneel wordt, haak ik af.'

'Ik emotioneel? En jij dan? Je staat te schudden van drift! Is dat geen emotie?'

'Jij laat je regeren door emoties, terwijl ik...'

'En heb ik soms niks te zeggen over Jems afscheid?'

'... terwijl ik het bij de feiten houd. Jem is niet zomaar dood, hij is vermoord! Ja? Blijf je er even bij? Vermoord door een barbaar! Die onvindbaar is! Incompetente bavianen van de politie! Dat is waar het om gaat! En zolang de moordenaar nog op vrije voeten rondloopt, gaan wij niet feesten in een... in een...' – hij spuugde het er met weerzin uit – 'in een *stille tocht!* We moeten prioriteiten stellen! Dat stuk geteisem hoort levenslang te krijgen!'

Ze dacht dat de leidingen in haar hoofd zouden bezwijken, zo overweldigend was haar onmacht hem te doen inzien wat ze bedoelde. Acuut wilde ze met rust worden gelaten, alleengelaten met haar pijn. Te zitten en te ademen, haar handen op haar buik. Glazig staarde ze naar de sokken die Phinus nu op kleur aan het leggen was. Ze herinnerde zich weer hoe ze vijftien jaar geleden zwanger door de Hema had gelopen. Niets had ze voor Jems uitzet gekocht, behalve sokjes. Het verlies van zijn vader had haar zo aan gruzelementen geslagen dat ze geen luier bij een speen kreeg opgeteld. Ze kocht alleen maar sokjes, soms wel tien of twaalf paar tegelijk. In een poging nog normaal over te komen zei ze een keer tegen de caissière dat ze een tweeling verwachtte.

Een sarrende gedachte overviel haar: had ze Jems komst op aarde destijds maar beter voorbereid! Had ze zijn plek onder de mensen maar duidelijker gemarkeerd, met flanellen kruippakjes, een voorraad babyolie en talkpoeder, rammelaars, trappelzakken, plastic broekjes, en een rubber dolfijntje voor in bad. Ze had verzuimd kenbaar te maken dat hij hier hoorde, hier bij haar en niet daar, waar en wat dáár ook mocht zijn, daar waar je was vóór het leven en na de dood. Misschien hadden ze daar wel gedacht: Hij is niet welkom bij haar. Misschien hadden ze al die tijd dat Jem bij haar was, hun onzichtbare tentakels beschermend naar hem uitgestrekt gehouden, klaar om hem terug te halen bij het eerstvolgende blijk van haar incompetentie. 'Ma, ik heb verkering.'

De volgende ochtend begroeven ze Jem, in kleine kring. Niemand zwaaide met rozen of zette 'Bridge over troubled water' in. Vrienden en familieleden, de schok nog niet te boven, stonden woordeloos en met de armen om zichzelf heen geslagen, aan de groeve. Hun ontreddering was troostender dan enig gehakkeld woord had kunnen zijn.

Sanne en haar ouders bleven op respectvolle afstand.

En alleen het kleine buurmeisje van het dagboek had een witte ballon meegenomen.

Franka had de kist zelf in het graf willen laten zakken. Maar toen het erop aankwam, toen ze daar met de kraaien stond, het touw in haar handen, wist ze eenvoudig niet hoe dit karwei te klaren. ('We tellen rustig tot tien, mevrouw Vermeer, en bij elke tel laat u het touw een stukje vieren, hand over hand.') Ze wachtte op Phinus' hand onder in haar rug, om haar te sterken bij deze opgave. Zijn steun bleef echter uit.

En daarna was ze overgeleverd aan het rouwen en leerde ze, niet langer tot slapen in staat, de nacht kennen. De nacht die zonder genade was, zonder troost of geborgenheid, net zoals het zwarte gat van de eeuwigheid waarin de doden verdwijnen. Week na week zat ze alleen op in het donker. Goed, ze had zelf niets vuriger gewenst dan met rust gelaten te worden. Maar het griefde haar toch. Soms, wanneer zijn gezicht even wat minder verbeten stond, probeerde ze Phinus deelgenoot te maken van wat er in haar omging. Drong er iets van tot hem door? Hij kon haar aankijken alsof haar innerlijk leven hem niets zei, helemaal niets. Alsof het niet eens bestond, en misschien was dat ook wel zo, nu haar diepste gedachten niet langer werden gehoord en gedeeld. Steeds vaker werd ze overvallen door het beklemmende gevoel nog maar louter een lege huls te zijn.

Als een radio was ze abrupt door hem uitgezet. En ze zag aan ieder afwerend gebaar, aan iedere ontwijkende blik van hem dat hij alles op alles zou zetten om de stem van haar verdriet geen kans te geven. Hij zou zich doof houden, en zolang hem dat lukte, was zij veroordeeld tot stomheid. Van haar zou nooit meer iets worden vernomen.

Wat de dader bewoog

Twee dagen na de begrafenis werd de dader opgepakt. Het was de zestienjarige Marius H. uit Aerdenhout. Niets uit zijn geschiedenis of zijn persoonlijkheid kon dienen als verklaring voor het drama dat hij had veroorzaakt, laat staan als excuus ervoor: vader accountant, moeder groene vingers en *interior designer* voor de vriendenkring, een jonger zusje dat minstens net zoveel van Marius hield als van haar pony; gemiddeld redelijke rapportcijfers; de beste batsman van zijn cricketteam; liefhebber van georkestreerde Beatles-arrangementen sinds zijn vriendinnetje Joyce hem had laten kennismaken met 'I am the walrus' met violen eronder; eigenaar van een mountainbike; voorts in het bezit van de innemende gewoonte zijn beide oma's met Valentijnsdag een kaart te sturen; tegenstander van poep op de stoep; begenadigd redacteur van de schoolkrant.

Zijn advocaat – met de opkomst van de Dader deed een hele equipe nieuwe Spelers zijn intrede, zoals Advocaten, Gerechtelijk Psychiaters, Officieren van Justitie en niet te vergeten Journalisten – zou ter zitting vaak gewag maken van de evenwichtige, respectabele achtergrond van zijn jonge cliënt. De Advocaat stond voor een ondankbare taak. Het enige dat hij kon inzetten, was het blanco strafblad van Marius H., diens leeftijd en het feit dat hij alles in zich had om zich ondanks het gebeurde tot een modelburger te ontwikkelen: de kans op recidive was minder dan nihil. De Dader was niet gestoord of pathologisch agressief, dat zou ook de Gerechtelijk Psychiater beamen. Marius H. was er, op die noodlottige avond, niet op uit geweest kwaad te stichten. Hij had geen motief. Hij had alleen maar twintig biertjes gedronken omdat zijn cricketteam 's middags door zijn toedoen een verpletterende nederlaag had geleden. Het wapen dat hij ongelukkigerwijze op zak had gehad, was een uit België afkomstig 9-mm-pistool. Eerder op die avond had hij het te leen gekregen van een teamgenoot – wiens vader antieke en minder antieke wapens verzamelde – om er in het weekend mee op blikjes te gaan schieten.

Waarom hij het in de disco uit zijn zak had gehaald en er een paar schoten in de lucht mee had afgevuurd, wist Marius H. niet precies meer. Na twintig glazen bier is geheugenverlies niet ongebruikelijk. Hij herinnerde zich op dat moment niet eens welke bowler van de tegenpartij zijn wicket had neergehaald, en dus wist hij zeker niet meer wat er door hem heen was gegaan toen een van de discogangers, een lange, magere jongen met een bril, naar zijn hand met het pistool had gegrepen en hem iets had toegeroepen in de trant van: 'Hé man, wat maak je nou?' Hij kon er alleen maar naar gokken. Hij had zich al gefrustreerd genoeg gevoeld over het verliezen van de wedstrijd, en nu begon er ook nog een eikel aan zijn kop te zeuren om te verhinderen dat hij zich even afreageerde. Het was gewoon geen goed moment geweest om hem iets in de weg te leggen.

De kranten schreven over 'een nieuwe dimensie van

het begrip zinloos geweld'. In televisieprogramma's spraken verontruste Deskundigen over de afnemende frustratietolerantie onder jongeren; weer anderen werden aan de tand gevoeld over het toenemend alcoholgebruik van de jeugd. En ergens in het oog van deze orkaan bevond zich het Slachtoffer: van het leven beroofd omdat de Dader het verlies van een spelletje niet had kunnen verkroppen. Het was te pijnlijk en te absurd om er lang bij stil te staan.

Het Slachtoffer had niet eens iets heldhaftigs gedaan.

Daar had hij de kans niet toe gekregen.

Het zou je kind maar wezen: dood om niks, puur bij toeval.

De Officier had, tijdens het vooronderzoek, getracht de Echtgenoot op dit alles voor te bereiden. Maar hoe kon Phinus zich een voorstelling maken van de effecten van publiciteit, of van de verontwaardiging van de media, die, net als stromend water, altijd het laagste punt opzoeken? Dat de schietpartij al snel 'stom toeval' heette, was voor hem een extra krenking, een extra schending, een extra ontering van Jem. Iedere andere dood had een reden, een oorzaak, een achtergrond die er nog een zekere waardigheid aan verleende. Maar Jem was 'zomaar' neergeschoten, het had dus net zo goed een ander kunnen betreffen. Maakte dat hem, op een meesmuilende manier, niet min of meer tot een bijzaak in het hele drama?

De Officier deed wat zij kon om de Echtgenoot de kans te geven stoom af te blazen. Ze was altijd bereikbaar, stond hem geduldig te woord, en sprak over het Slachtoffer als 'Jem'. Ze luisterde naar Phinus' tirades. Ze beantwoordde zijn vragen. Ze kweet zich kortom voorbeeldig van haar taak. Maar ze was, keer op keer, nu eenmaal de brenger van nieuws dat hij niet verdroeg te horen.

'Meneer Vermeer,' zei ze bijvoorbeeld, zo kordaat mogelijk, 'wat de straf betreft, zult u zich erop moeten voorbereiden dat de tegenpartij zich gaat beroepen op de leeftijd van de dader. De maximale jeugddetentie bedraagt vierentwintig maanden.'

'Dat kunt u niet menen! Twéé jaar?'

'Ik zal daar de ernst van het delict tegen inbrengen. Er is een volwassen misdrijf gepleegd, dat een navenante straf rechtvaardigt. Daar zal de rechtbank hopelijk ontvankelijk voor zijn. En dat er alcohol in het spel was, zal ook niet als verzachtende omstandigheid worden aangemerkt: iemand van zestien is verantwoordelijk voor de staat waarin hij zichzelf brengt. Bovendien is het verwijtbaar dat hij met een vuurwapen rondliep.'

'Hij krijgt toch zeker wel levenslang?'

'Niet voor doodslag. We moeten eerder rekenen op...'

'Wacht even, wacht even! Omdat het toevállig Jem was' – het woord plakte tegen zijn huig – 'daarom is het geen moord?'

'De wet maakt dat onderscheid nu eenmaal. Er was geen sprake van voorbedachte rade. We kunnen hooguit rekenen op vier tot zes jaar. Met aftrek van het voorarrest, uiteraard. En dan moet ik u er ook nog op wijzen dat men in Nederland standaard vrijkomt na het uitzitten van tweederde van de straf. Het spijt me.'

Toen Phinus het kantoor van de Officier verliet, voelde hij zich uitgehold, vermalen. Hij kon de baan die de dodelijke kogels hadden afgelegd niet meer ongedaan maken, maar de loop van het recht was toch zeker nog wel te beïnvloeden?

Op de parkeerplaats ging hij in zijn auto zitten en rustte met zijn hoofd op het stuur. *Een brief aan de koningin. Aan de premier. Die mensen hadden zelf ook kinderen.* Ze zouden denken dat het voor hem als stiefvader minder erg was. Franka moest die brieven schrijven.

Hij reed zo hard naar huis dat hij onderweg werd geflitst. Rode stoplichten, oranje stoplichten, de belsignalen van spoorwegovergangen... *Doe gauw je ogen dicht, Jem, we hebben haast.* Jem achterin, en later naast hem, voorin: opgehaald, weggebracht. Met een werkje van school in zijn kleuterknuistje, met zijn Sesamstraat-rugzakje vol onopgegeten appels, en daarna met lange, geanimeerde verhalen over de walvis (niet te verwarren met de orka), vragen over de wet van de Maagdenburger halve bollen en meningen over televisieprogramma's. Al die momenten die nooit de aandacht hadden gekregen die ze verdienden, omdat je dacht dat ze oneindig in getal waren, zouden zijn. Alle irritaties ook, *veeg je voeten voordat je instapt!* of *blijf van die knoppen af, ik zat net naar het nieuws te luisteren!*, zelfs de ergernissen waren essentieel geweest. Want elk ogenblik had een nieuwe draad toegevoegd aan het weefsel van hun gezamenlijke geschiedenis. Een weefsel dat Phinus in de loop der jaren was gaan omhullen als het ruimtepak dat hem binnen Jems dampkring had gehouden.

Hij draaide het dak van de auto open, zo benauwd kreeg hij het.

Uiteindelijk kwam hij aan bij het huis waarin Franka, Jem en hij eigenlijk maar zo kort met z'n drieën hadden gewoond. 'Franka!' riep hij terwijl hij in de gang met de kapotte tegeltjes zijn jasje van zich afschudde.

Uit de keuken kwam ze te voorschijn. Ze had een trainingspak aan. Het ongewassen haar lag in klissen rond haar grauwe gezicht. Haar huid glom vettig. Ze hield een theedoek in de hand.

'Er is werk aan de winkel, schat,' zei hij terwijl hij haar bij de bovenarmen beetpakte. Ze keek zo afwezig dat hij de neiging moest bedwingen haar even door elkaar te schudden. Ieder woord benadrukkend begon hij haar zijn plan uit te leggen, trillend van verlangen om aan de slag te gaan. Terwijl de woorden nog over elkaar heen tuimelden, zette hij in gedachten zijn laptop al aan. Eindelijk viel er iets concreets te doen.

'Ik begrijp het niet,' was het enige dat ze ten slotte zei.

'Luister dan! We hebben de wet tegen ons, we zullen dus op een andere manier…'

'Maar daarmee krijgen we Jem toch niet terug?'

'Nee, daar krijgen we Jem niet mee terug, nee. Tjonge. Dat zie je heel scherp. Messcherp, zelfs. Bij god, waar hebben we het nou over?'

'Ik bedoel…' Ze bracht een hand naar haar voorhoofd. 'Zou je misschien wat minder agressief kunnen doen? Ik bedoel dat ik niet begrijp waarom we geen genoegen zouden nemen met de normale strafmaat. Waar ben je eigenlijk opuit? Wil je die jongen óók van de rest van zijn leven beroven?'

Hij hapte naar adem. 'En waarom niet?'

'Omdat je Jem daarmee niet terugkrijgt. Dus wat kan het je verder schelen.' Ze haalde haar schouders op, liet de theedoek op de grond vallen en liep de woonkamer in.

Hij stond nog steeds bij de kapstok. Hij stond er secondelang, niet bij machte zich te bewegen, met het gevoel dat hij zou imploderen. Toen ging hij haar achterna, na eerst de theedoek opgeraapt te hebben. 'Zit je soms onder de valium?'

Voorovergebogen zat ze op de bank, de manchetten van het groezelige trainingspak over haar handen getrokken. Ze was omringd door oude kranten, vuile koffiekopjes, een pizzadoos, rondslingerende kleren. De tranen stroomden over haar wangen.

'Ik vroeg je wat, Franka.'

'Ik jou ook! Waarom wil je die jongen zien hangen? Dat is toch zinloos, Phinus, het is gewoon zinloos, zinloos, zinloos.' Ze huilde nu zo hard dat haar hele gezicht ervan vertrok. Het was een verschrikkelijke aanblik, die opensplijtende landkaart van het gebied dat hij als zijn broekzak dacht te kennen. 'Nóg een leven naar de haaien! Is het je niet genoeg dat hij vier jaar zal zitten, vier jaar ís toch een oneindigheid als je zestien bent? Jem vond mensen van twintig al bejaard!'

Zo beheerst mogelijk zei hij: 'Dus je bent het niet met me eens?'

'Nee, en ik wil niet dat je iets onderneemt! Ik heb jou je zin gegeven wat die stille tocht betreft, en nu moet jij mij mijn zin geven. Die jongen zal hier voortaan mee moeten zien te leven, bij iedere ademhaling opnieuw. Hij heeft zichzelf levenslang bezorgd. Daar hoeven wij ons verder niet meer mee te bemoeien.

En daar gaan we dus ook niet nog eens een schep bovenop doen. Denk ook eens aan zijn ouders!'

'Ja zeg! We kennen die mensen niet eens!'

'Het gaat om het leven van hun kind, Phinus! Kun je je daar iets bij voorstellen?'

'Kijk eens aan,' zei hij langzaam. Die aap kwam wel heel onverwacht en gemeen uit de mouw. Onder het mom van een beroep op zijn compassie zei ze doodleuk: Hoe weet jij nou wat zoiets voor een ouder betekent? Dit valt buiten jouw competentie, sukkel!

Hij draaide zich om. Hij liep de kamer uit. Hij pakte zijn jasje van de kapstok. Hij ging naar buiten. Hij stapte in de auto, waarvan de motor nog zachtjes aan het natikken was. Zojuist, toen hij de deur van het kantoor van de Officier van Justitie achter zich had dichtgetrokken, had hij gedacht: Erger dan dit kan het niet worden. Maar dat was een vergissing geweest.

Een halfuur later bevond hij zich in de omgeving van Aerdenhout. Op goed geluk sloeg hij af en reed het lommerrijke villadorp in. Hier woonden de rijken van Nederland, in onbehouwen kasten van huizen, achter hoge, elektronisch beveiligde hekken. In grimmige gedachten verzonken reed hij een tijdje door de fraaie lanen. Parkeerde toen lukraak ergens en stapte uit. Het was al oktober, maar het was alsof de gelukkige geur van pasgemaaid gras hier nog steeds in de lucht hing, net als het geluid van ruisende sprinklerinstallaties en het ploffen van tennisballen op een baan die achter een huis verscholen lag. Maar wanneer je in deze buurt als kleine, dappere natuurbeschermer de koekjes wilde verkopen die je samen met je vader voor het behoud van de kuifleeuwerik had gebakken, dan was je nog niet jarig: de

huizen lagen tientallen meters uiteen, aan hun oprij-
lanen van spierwit grind kwam geen einde, en zo te
horen was er op ieder erf een waakzame hond aanwezig.

Er liep niemand op straat. Alsof heel Aerdenhout
van schaamte binnenzat, iedere ingezetene stijf van
ontzetting, er tot op het merg van doordrongen wat
er gebeurt als je je kinderen opvoedt tot verwende
blagen. Maanden achter de gordijnen weggedoken te
moeten zitten, terwijl je ook op je eigen terras, onder je eigen sparren, in je eigen rieten stoel met een
glas in de hand, ontspannen had kunnen genieten van
de ongewoon zachte herfstavonden van dit jaar. Zouden de burgers van deze bevoorrechte gemeente de
komende kerst nog gasten durven uit te nodigen, zouden ze met oud en nieuw naar buiten komen om vuur-
werk af te steken? Of deed het oog van de wereld hen
niets? Gingen ze gewoon door hun kids genoeg zak-
geld te geven om gedurende elk tussenuur op school
stoned te zijn en ieder weekend laveloos in discothe-
ken rond te hangen terwijl ze op hun mobiele No-
kia'tje een sms'je verstuurden naar hun maten, met
wie ze later op de avond Unreal Tournament gingen
spelen, of Half Life, of een ander computerspelletje
dat draaide om killen wie je killen kunt. Met een Da-
vidoffje tussen de lippen, met thuis op de drive nu al
een Saab cabrio die wachtte op hun achttiende verjaardag, en met een paar sterke verhalen over hoe ze
een brugpieper zijn broodje gezond in het gezicht
hadden weten te drukken, even aanstoten met je
schouder, en blind van de mayonaise op zijn brillenglazen is zo'n proleetje.

Mevrouw Vermeer moest er wel heel erg op gebrand zijn geweest hem op zijn nummer te zetten, zozeer zelfs dat ze er haar afkeer van poeha en kouwe kak voor had ingeslikt. Dat bewees wel wat. Met zijn vuisten bonkte hij krachteloos, voor de vorm, op de motorkap. *Praat jij eens met hem, Phinus. Ik kan aan zijn lakens merken dat hij dringend toe is aan een van-man-tot-man-gesprek.* Met liefde en naar beste eer en geweten had hij het altijd allemaal op zich genomen, met inzet van zijn hele hebben en houen. Alsof Jem zijn eigen vlees en bloed was geweest. En nu, nu was Jem opeens alleen maar het kind dat niet het zijne was.

Shitshit en supershit, zou Jem op dit moment hebben gezegd, schokschouderend van ergernis: wat is die man toch een hopeloze zeikerd. Ik ken geen tweede die zo snel gekrenkt is, die zich zo vaak afgewezen en verongelijkt voelt. Bij hem heet elke kleinigheid meteen VERRAAD.

Ja pa, ontken het maar niet! Anders vertel ik het verhaal van die keer…

Nou goed, daar gaat-ie. Kijk, mijn vader is een man die van bakken en braden weet. Die een plakje bacon voor bij het ontbijt zo krokant kan krijgen dat mama ervan kreunt. Die zelfs met de telefoon tegen zijn schouder geklemd, verhit sprekend over omgekeerde logo's op de verpakkingen van een spelletje, nog perfecte gehaktballen draait. Die bij het woord 'Kerstmis' allereerst denkt aan een mooie bout in de oven die elke twintig minuten moet worden bedropen. Zijn slager heeft de handen vol aan hem. Pa weet altijd alles beter, en verschaft graag, ongevraagd en ruimschoots, informatie over hoe het Schotse rund zo mals komt of over de bereiding van lamsleverworst bij de Foeniciërs.

Vanaf het moment dat de mensen de bomen verlieten en rechtop gingen staan, zegt mijn vader altijd, waren het de besten van de soort die de stam voedsel verschaften. Al in de prehistorie wisten ze wat de essentie van het bestaan was, de bedoeling zelfs: het neerknuppelen van een everzwijn, het beest lek te steken, het een appel in zijn bek te duwen en het dan, na een paar uurtjes met herbes de Provence aan het spit, op te dienen aan hongerige dierbaren. Zou de gelegenheid zich ooit voordoen, dan acht mijn pa zich bepaald in staat om met zijn blote handen een zwijn te vellen en spitklaar te maken. De rapen waren dan ook gaar toen ik op een dag mijn eten liet staan.

'Wat heb jij nou?' vroeg Phinus.

'Geen trek meer,' zei Jem neutraal, terwijl hij de restanten van de maaltijd van zich af duwde.

'O, geef maar hier,' zei Franka. 'Ik heb altijd ruimte voor een extra tartaartje van Phinus.' Onbezorgd stak ze haar hand uit naar zijn bord.

'Je weet niet wat je mist, Jem,' zei Phinus teleurgesteld.

'Het is gewoon goddelijk,' zei Franka met volle mond.

Zijn hart ging naar haar uit, en hij vergat de kwestie.

Maar de volgende dag at Jem zijn bord opnieuw maar half leeg.

'Is het niet lekker?' vroeg Phinus. 'Of ben jij niet lekker?' Hij nam Jem onderzoekend op. Heerste er bij hem op school niet de ziekte van Pfeiffer? Of wacht eens, bloedarmoede, dat kon ook het geval zijn: die kinderen groeiden zo hard. Wanneer had Jem voor het laatst iets gemankeerd? Hij zou het vanavond meteen nakijken in de klapper met Jems naam erop. Zijn inentingen, zijn mazelen, de dosering van het middel tegen zijn citrusallergie, de sterkte van zijn brillenglazen: administreren was beheren. En bezweren. Elke keer als Phinus een aantekening in deze map maakte, sprak hij in gedachten al Jems cellen en vaten toe, ze manend tot perfectie.

Ook op de derde dag liet Jem een deel van zijn eten onaangeroerd.

Phinus' bezorgdheid was nu gemengd met ergernis. 'Ik heb niet voor niets een uur in de keuken gestaan, hoor.'

'Het is een vrij land,' zei Jem.

Franka schoot in de lach.

'Ja pa, je kookt toch omdat je het zelf leuk vindt?'

'O, en in dat geval is een beetje waardering niet meer nodig?'

'We bewonderen je zeer,' zei Franka laconiek, 'maar Jem heeft gelijk.'

'Hoeveel andere gezinnen zitten er vanavond aan zo'n overheerlijke kalfsfricandeau, denken jullie?'

'Papa,' zei Jem, 'ik ben gewoon vegetariër geworden.' Hij zei het op onbevangen toon, alsof hij zich van geen kwaad bewust was. Blijkbaar werd hij even in de steek gelaten door het zesde zintuig waarmee de natuur kinderen zo genadiglijk heeft toegerust, het zintuig waarmee zij aan het optrekken van een ouderlijk ooglid al kunnen zien hoe de stemming zich gaat ontwikkelen, het zintuig dat hen in staat stelt zich onophoudelijk in hun ouders te verplaatsen om te kunnen anticiperen op al hun daden. Als dit essentiële zintuig het laat afweten, gaat het vaak mis: ouders rekenen er per slot van rekening blindelings op, in ieders belang, dat het feilloos werkt.

'Vegetariër?' vroeg Phinus.

'Dat is in elk geval beter dan anorexiapatiënt,' zei Franka. 'Maar eet je dan wel wat extra noten en kaas, Jem? Of wil je dat Phinus van die, hoe heet het, van die sojadingen voor je klaarmaakt?'

'Soja!' Phinus stem steeg. 'Vlees is mijn specialiteit! Al zeg ik het zelf.'

'Vlees is moord,' zei Jem vredig.

'Dacht je soms' – furieus prikte Phinus met zijn vork de fricandeau van Jems bord – 'dat het voor dit lapje een fluit uitmaakt of jij het opeet of niet? Dacht je dat de hele bio-industrie wordt opgedoekt omdat jij een bevlieging hebt?'

'Maar Phinus, je koopt toch altijd bij de scharrelslager?' vroeg Franka. 'Dit is toch niet zo'n kistkalf vol hormonen?' Argwanend keek ze naar haar bord.

'Dit is zuiver organisch vlees!' Hij schudde de vork heen en weer. 'Dus niemand hier in huis heeft enige reden om vegetariër te worden.'

'Dat maakt iedereen zelf wel uit,' zei Jem zonder zich op te winden.

'En hamburgers dan? Daar ben je dol op! Of wou je dat ontkennen?'

'Ik doe het niet omdat ik het vies vind, pap.'

'En worstjes van de barbecue? Is dat smullen of niet?'

'Het gaat om het principe,' zei Jem met het onuitstaanbare gelijk van de idealist die zich graag opoffert voor een hoger doel.

Phinus had echter ook zo zijn principes. En een daarvan luidde dat de sacrale handeling van koken respect verdiende, en dankbaar malende kaken. Anders gezegd: de kok werd niet straffeloos op zijn ziel getrapt. Dus groef hij zich in en begon aan een tegenoffensief. Hij kookte zich de blaren op de handen en vulde het huis met de verleidelijke geuren van volmaakt aangebraden ossenhaas en onweerstaanbare saté. Al Jems voormalige lievelingskostjes kwamen op tafel. Maar Jem bezweek niet.

'Misschien is het maar een fase,' zei Franka 's avonds in bed. 'En het is sowieso niet het einde van de wereld.'

'Hij heeft zijn bouwstoffen nodig! Je zei het zelf. Hij moet goed eten.' Hij had zich er nog niet toe kunnen brengen in de klapper aan te tekenen dat Jem van dieet was veranderd. Het neerschrijven van die woorden kwam neer op iets groters, iets onhanteerbaars, misschien wel iets onherstelbaars.

'We hadden het kunnen zien aankomen, Phinus.' Ze liet een boertje dat een geurvlaag van doorbraden boter met zich meevoerde. 'O, sorry. Het lag gewoon in de lijn der dingen. Wees blij dat hij geen veganist is geworden. Nu kunnen we tenminste nog een glas melk aan hem kwijt.'

'Jij kiest altijd zijn kant,' zei Phinus onredelijk, maar dat stond hij zichzelf onder de gegeven omstandigheden toe.

'We kunnen hem niet dwingen. En als jij er niet zo'n punt van maakte, zou de sfeer hier in huis heel wat prettiger zijn. Eigenlijk vind ik het wel kranig van hem. Heb je er soms de pest over in dat hij zelfstandig zo'n besluit neemt? Nou? Zeg eens wat?'

'Het gaat er niet om wat ik ervan vind, het gaat erom wat Jem zichzelf aandoet.'

'Hoe meer jij je verzet, des te hardnekkiger zal hij zijn hakken in het zand zetten. Dat heet de puberteit.' Ze gaf hem een vluchtige kus en rolde zich toen op haar zij. Ze had zijn lievelingspyjama aan, de lichtblauwe met de witte wolkjes, de pyjama waarin zij net een klein meisje was in een veilige, overzichtelijke wereld. Wat als Jems gedrag aanstekelijk werkte? Echt iets voor Franka, om te besluiten dat vlees eigenlijk een overbodige luxe was. Het ene moment had je nog een gegarandeerd gelukkig gezin, het volgende zat je op de rokende puinhopen. Hij moest die puber op de knieën zien te krijgen.

Maar Jem bezat Franka's onverstoorbaarheid. Hij liet de sjaslieks, de blinde vinken en de bolognese-saus passeren zonder ze een blik waardig te keuren. Phinus' nederlaag was compleet toen hij hem op een middag in de keuken aantrof boven een opengeslagen kookboekje met vegetarische recepten. 'Hoi pipeloi. Ik ga eens een linzenpaté proberen,' zei hij monter.

'Ik heb alle vier de pitten nodig,' snauwde Phinus, meteen op van de zenuwen bij de gedachte dat er op zijn territorium landjepik gaande was.

'O, maar dit moet in de oven, hoor.'

'Maar je staat me in de weg.' Alsof ze in betere tijden niet honderden keren zij aan zij bij het aanrecht hadden gestaan, in harmonie hakkend en zevend. Hier hadden zij getweeën hun onovertroffen crumpets gebakken en 's winters samen grote pannen zuurkool en erwtensoep gemaakt. Hier waren jarenlang de intiemste gesprekken gevoerd onder het wachten op het rijzen van het deeg of het inkoken van de saus. Hun gezamenlijk grondgebied was in een strijdperk veranderd. En hij was razendsnel terrein aan het verliezen.

'Waarom geef je het niet op?' vroeg hij terwijl hij in het wilde weg pannen op het fornuis zette. 'De minderheid heeft zich aan te passen aan de meerderheid. Zo werkt de democratie. Leren jullie tegenwoordig niks nuttigs meer op school?'

Jem woog zijn linzen af. 'Er bestaat toch vrijheid van meningsuiting? En van levensovertuiging?'

'Uitsluitend voor wie de jaren des onderscheids heeft bereikt, wijsneus. Tot op dat moment beslissen je ouders wat goed voor je is.'

'Je gaat toch niet zeggen dat het martelen en doden van dieren goed is?'

Phinus ergerde zich bovenmatig aan de handige manier waarop Jem een ui van de schil ontdeed. Hij had hem nooit moeten leren koken. Nu werd hij met zijn eigen wapens verslagen.

'Zeg nou zelf! Dat vind jij toch ook niet goed!' Uitdagend keek Jem hem aan.

'Of iets goed of slecht is, is louter een kwestie van standpunt. Volgens jou is het nobel om vegetariër te zijn, volgens mij hebben we er alleen maar gelazer mee in huis gekregen.'

'Ja, maar dat komt doordat jij zo'n terrorist bent. Als je mij gewoon mijn gang liet gaan...'

Hij had de sensatie dat hij als een telescoop in elkaar werd gedrukt. 'Ik een terrorist? Ik sta hier alleen maar, zolang als jij je kunt heugen, lekker voor je te koken! Dag in, dag uit! Met mijn hele hart en ziel!

En dat lap jij zomaar aan je laars! Dat heeft voor jou geen enkele waarde! Het is de totale ontkenning van alles wat ik voor je...'

'O shit, man! Ik eet alleen maar geen vlees meer! Dat is alles!'

Er viel een ontnuchterende stilte.

'Face it, pa. Je stelt je gewoon aan.'

Werktuiglijk pakte Phinus een mesje en begon aardappels te schillen in een poging zijn waardigheid te hervinden.

'Heb jij deze nodig?' Jem hield een overschaal omhoog.

Hij schudde van nee.

Jem pakte een fles olijfolie en begon de schaal in te vetten. Onder de half opgerolde mouwen van zijn shirt waren zijn polsen knokig, zijn handen groot.

Zó stonden ze op heuphoogte naast je, secuur met hun kleine priegelvingertjes het deeg in de vorm aan te drukken, na elke handeling wachtend op een nieuwe instructie, een nieuwe aanmoediging, en zo waren het bezemstelen van bijna twee meter die dachten dat ze jou niet meer nodig hadden. 'Hier,' zei hij kortaf, een stronk prei pakkend. 'Doe dat er maar doorheen, anders wordt die linzenhap van je niks. Dat zie ik zo al.'

En later kon hij niet aan deze episode terugdenken zonder inwendig ineen te krimpen van spijt en schaamte. Dit ene voorbeeld sprak immers boekdelen, het vertelde het hele verhaal. Op precies dezelfde manier had hij Jem, op die laatste avond, naar de disco verordonneerd... nee, nee, nee! Het was ondraaglijk.

Vergeet het!

Maar vergeten is zwaar werk. Oneindig veel moeilijker dan onthouden. Hij merkte al gauw dat het haast is alsof sommige dingen zich er wetens en willens, met hand en tand, tegen verzetten om vergeten te worden. Ze snappen niet waarom je ze wilt afschudden, ze zijn je net zo toegedaan als je eigen schaduw. Met uitgestrekte armen wachten ze je op, op de gekste plaatsen en de meest ongelegen momenten. Ze zijn onverbiddelijk innig: jij en wij horen bij elkaar, zo is hun redenering... En niet zonder reden.

Soms vreesde hij dat Franka iets vermoedde van wat er in hem broeide en rotte. Want ze liet geen gelegenheid voorbijgaan om hem met kleine, venijnige zetjes te laten voelen dat er voor hem geen plaats meer was in de ouderlijke arena. Vanaf de eerste nacht op het politiebureau had ze hem als vader op non-actief gesteld, *of niet soms?* Was er in het hele spel eigenlijk nog wel een rol voor hem overgebleven?

Het vooronderzoek duurde alles bij elkaar ruim twee maanden. Phinus produceerde meters op- en aanmerkingen op elk stuk dat de Officier zo vriendelijk was hem toe te zenden. Vlak voor de zitting nodigde ze hem uit op haar kantoor om te bespreken of hij gebruik wilde maken van zijn recht een materiële schadevergoeding te eisen. De begrafenis, zei ze, zou zonder meer door de familie H. vergoed kunnen worden. Overleg met de tegenpartij had dat bevestigd.

Maar schadevergoeding op immateriële gronden? Ach meneer Vermeer, ik heb begrip voor uw gevoelens, maar hoe kunnen we de waarde van een mensenleven uitdrukken?

Hij kroop het gebouw uit, zijn doornatte jasje onder zijn arm geklemd, te gegeneerd voor woorden: ze had gedacht dat het hem om geld te doen was.

Thuis zat Franka met offertes van steenhouwers en hoveniers voor zich op tafel. Haar potlood kraste doelbewust over de papieren. Op haar vale gezicht lag wat kleur. 'Marmer, denk je niet, maar dan van een niet zo plechtige soort?'

Het evidente behagen dat ze in dit morbide karweitje schepte, schokte hem. Hij ging tegenover haar zitten en deed alsof hij de cijfers bestudeerde. 'Dit had je toch allang kunnen afwikkelen? Hoe lang ben je van plan je hier nog in te verdiepen?'

'Het kan niet anders, echt, Phinus. De grond moet eerst inklinken. Het kost maanden voordat zo'n graf helemaal op orde is. En als we van de winter vorst krijgen, duurt het nog langer.'

Alleen zou het die hele winter niet vriezen. Het zou week na week zacht en mild weer blijven. Iedereen zou het erover hebben dat de natuur op een of andere manier van slag leek te zijn. 'Zonder Jem weet de winter niet hoe hij winter moet worden,' herhaalde Franka iedere ochtend, boven opgewarmde koffie die over was van de vorige avond. En vlak voordat het geen witte kerst werd, kreeg Marius H. wegens doodslag vijf jaar gevangenisstraf toebedeeld.

De Officier bezwoer Phinus genoegen te nemen met het vonnis. Niettemin drong hij aan op hoger beroep. De omstandigheden, vond hij, rechtvaardigden dat. De rechtsgang kon niet correct zijn geweest als dit verschrikkelijke misdrijf zo'n lichte straf opleverde.

In afwachting van de uitspraak deed hij wekenlang niets anders dan ijsberen. Ondertussen maakte Franka schetsjes voor het ideale graf. Er werd niet meer gekookt, er verschenen geen maaltijden meer op tafel. Ze namen handjes cornflakes zó uit het pak. Die lieten door het hele huis sporen na. Op de trap, in de gang. Als in een verhaal waarin een klein kind de weg naar huis terug moet zien te vinden. Fluit maar, Jem, dan weten we waar je bent.

Het was zo vreselijk onwerkelijk dat hij er niet meer was. Zo onbegrijpelijk.

Iedere keer als er ergens in huis een traptrede kraakte, een deur openging, een plank kermde, leek het alsof hij daar rondliep, op zijn grote schoenen. Maar achter elke deur wachtte de schok van de leegte.

Phinus ging het huis uit om even adem te kunnen halen. Een paar boodschappen doen. Maar in de supermarkt reikte zijn hand automatisch naar Jems frisdranken ('Cola in Bert en Pepsi in Ernie'), en bij de kassa, zonder zes pakken melk en drie hele broden, met alleen maar een mager onsje van dit en dat in zijn karretje, zag hij de caissière al even automatisch denken: Een man alleen.

In het beroep werd Marius H. tot drie jaar veroordeeld.

'Dit was nu precies de uitkomst waarvoor ik u probeerde te waarschuwen,' zei de Officier met een ongelukkige zucht in haar fraai gelambriseerde kantoor. Ze had net zo goed kunnen zeggen: 'Wat een domme kluns ben je, Phinus Vermeer.' Haar gezicht sprak boekdelen. Drie jaar! Drie jaar voor een mensenleven! Eén mensenleven? Marius H. beroofde niet alleen Jem van het leven, hij verwoestte ook dat van Phinus en Franka, en hij trok diepe sporen in het bestaan van vele anderen. In dat van Sanne, van zijn vrienden, klasgenoten, mededierenbeschermers, van dozijnen familieleden en van tientallen kennissen die hem en zijn ouders een warm hart toedroegen.

En zoals Franka nu meteen zou aanvullen: 'Vergeet zijn eigen ouders niet.' Hun hoop voor Marius' toekomst, al hun plannen met hem: de bodem in geslagen. Bovendien, hoe moest je als accountant onder zulke omstandigheden je cliënten onder ogen komen, of wie zat er in zo'n geval nog verlegen om een stekje van de lavatera of een kleurenadvies voor de nieuwe badkamer? En hoe kon zijn jongere zusje nog naar paardrijles nu ze op de manege openlijk werd nagewezen?

Al die vernietigde levens. Je kon ze op je vingers uittellen, cirkel na concentrische cirkel. De cricketcoach van Marius H., zijn teamgenoten, de redactieleden van de schoolkrant, de vrienden met wie hij op zijn mountainbike in de duinen helemaal uit zijn dak ging: ze zouden hem jaren moeten missen en nooit meer de Marius terugkrijgen van wie ze hadden gehouden.

En mevrouw Jongeling van pianoles, die verrukt was van zijn lichte aanslag.

En de familie Herders, zeven personen, de naaste buren, bij wie Marius H. kind aan huis was geweest, en bij wie hij zo vaak bleef slapen dat de logeerkamer bekendstond als 'Marius' kamer'.

En Edith Elders, zijn peettante die bij de doopvont met hem in de armen had staan huilen van ontroering en die hem sedert haar emigratie naar Australië elk jaar op zijn verjaardag een cadeautje stuurde, een bede in feite om Marius niet te laten vergeten dat zij zijn petemoei was, wat in Ediths leven zo ongeveer *the only claim to fame* was.

En zijn beide oma's, die nu geen Valentijnskaarten meer zouden ontvangen om trots aan hun bridge-partners te laten zien als bewijs dat zij er nog wel degelijk toe deden.

En Joyce, zijn vriendinnetje, niet te vergeten. Joyce legde haar jonge, muzikale hoofd in de oven toen zij vernam dat Marius H. hoe dan ook de gevangenis in moest, en bracht daarmee een nieuwe kettingreactie van onstilbaar leed op gang.

Een hele score, voor iemand die alleen maar de pest in had omdat hij een partijtje cricket had verloren.

De tweede gerechtelijke uitspraak had Phinus het gevoel bezorgd dat hij in zijn eentje tegenover de rest van de wereld was komen te staan. Elke ochtend, als hij naar zijn werk ging, moest hij voordat hij de voordeur kon openen welbewust de schouders rechten: daarachter wachtte hem de jungle.

Zittend aan zijn bureau bij Jumbo kwam zelfs de kleurige biotoop van Electro, Micado, Tic Tac Toc, Jumbolino en Vliegende Hoedjes hem als bedreigend voor, en bij het lezen van de drukproeven van de nieuwe catalogus brak het angstzweet hem uit. Spel 559, voor zeven jaar en ouder: 'Ben ik een banaan? of ben ik een wasmachine? Wie de slimste vragen stelt, ontdekt het eerste wat hij is.' Spel 488, voor alle leeftijden: '*GTST* Party Quiz, speel en beleef het mee!' Het leek allemaal zo onschuldig, maar welke criminelen of maniakken zouden er straks in de winkel de portemonnee voor trekken? Welke moordenaars zouden het op hun verjaardag krijgen, of in hun schoen met

Sinterklaas? Ieder dambord, elk dominospel dat hij op de markt bracht, liep een gerede kans in gevaarlijke handen te vallen. Overal wandelden ze vrij rond, de ogenschijnlijk brave burgers van alle leeftijden, die wolven in schaapskleren die, als ze al niet zelf om niks tot doodslag overgingen, in elk geval zo corrupt waren dat ze het allemaal wel best vonden. Waarom zou je ook om hogere sancties tegen misdrijven vragen? Het kon jou even goed overkomen, als je toevallig een pistool of een mes in je handen had. Zeg nou zelf: iedereen heeft weleens wat af te reageren.

'Waar zíjn we hier in godsnaam?' vroeg hij ontdaan aan zijn secretaresse, die de proeven kwam ophalen.

In verwarring gebracht keek zij om zich heen: herkende hij zijn eigen kantoor niet meer, met uitzicht op een van Amsterdams mooiste grachten? 'Op aarde?' probeerde ze, zo ruim mogelijk.

Hij nam de rest van de dag vrij, maar waar moest je heen als je op een planeet leefde waar geen genoegdoening bestond voor je ten diepste geschonden rechtsgevoel? En waar moest je heen als je het schamele beetje genoegdoening dat wel voorhanden was, door je vingers had laten glippen? Als je niet zomaar had gefaald, maar alles zelf bovendien nog twee keer zo erg had gemaakt? In arren moede reed hij naar huis.

Toen hij binnenkwam, stond Franka net in de gang haar jas aan te trekken. Er brak een opgeluchte glimlach op haar gezicht door. 'O Phinus! Ik was al bang... maar je bent het gelukkig niet vergeten. Ik ben blij dat ik nog even op je heb gewacht. Was het druk op de weg?'

Hij moest in zijn geheugen dreggen voordat hij begreep waar ze het over had. De steen! Vandaag om twee uur zou de steen op het graf worden geplaatst. Zij had er, weken geleden al, op aangedrongen samen te gaan kijken. Hij was van plan geweest pas 's avonds laat thuis te komen, met een smoes over een uitgelopen marketingvergadering, of een acute crisis bij spelontwikkeling. Hoe had zijn voorgenomen strategie hem zo compleet kunnen ontschieten?

'Hier, neem je regenjas mee. Er is onweer voorspeld,' zei Franka. 'Zal ik rijden? Je zult wel moe zijn.'

Haar zorgzaamheid was de laatste druppel. Uitgeblust leunde hij tegen de deurpost. 'Ik begrijp niet hoe je me nog verdraagt.'

'Je weet best dat die strafmaat mij niet interesseerde, als je dat bedoelt. Ik wou dat je er nu eens over ophield. Je loopt voortdurend te lijden onder dingen die het lijden niet waard zijn.'

'Je vindt me een sukkel.'

'Jawel, maar niet omdat je je zaak hebt verloren. Je had er alleen nooit aan moeten beginnen. Maar ja. Laat het verder met rust, alsjeblieft, en concentreer je nou eindelijk eens op de dingen waar het om gaat.'

Dus reden ze samen onder een donkere februarihemel naar Zorgvlied, lieflijk gelegen aan de Amstel. Bij de ingang werd hij weer getroffen door de merkwaardige openingstijden: bij zonsondergang sloot de begraafplaats, wat het voor mensen met reguliere banen 's winters onmogelijk maakte doordeweeks hun geliefde overledenen te bezoeken. Maar zo'n instelling werd gerund door professionals. Ze zouden zeker een bedoeling hebben met dit beleid. Het was hun manier om ervoor te zorgen dat de mensen hun doden zoveel mogelijk met rust lieten.

Alleen die steen nog, dacht hij, nieuwe moed puttend. Alleen de steen nog, en daarmee sloten ze de hele geschiedenis af. Het zou slijten. Het zou wennen. Alles wende. Afleiding vinden, dat was de kunst. Jezelf bezighouden. Niet gaan zitten herkauwen. Gedane zaken namen geen keer.

Hij was hier niet meer geweest sedert de begrafenis, maar Franka kende de weg op haar duimpje. Rechtsaf bij Annie M.G. Schmidt, linksaf bij het omgevallen zuiltje. Ze marcheerde met grote stappen naast hem voort naar vak 9. In de verte rommelde de donder.

De steen lag op het graf. Een ongepolijst stuk geel marmer, onregelmatig van vorm. 'Ach,' zei Franka gesmoord.

Hij moest zijn blik afwenden.

'Het is zo definitief, opeens. Gek hè? Na al die maanden is het nu toch pas echt.'

'Ja,' zei hij, wat toeschietelijker. Misschien zou ook zij nu kunnen beginnen met berusten. Misschien hadden ze het zwaarste achter de rug, en was het alleen nog maar een kwestie van een nieuwe vorm voor het leven vinden. Zij had dit per slot van rekening al eens eerder meegemaakt. Ze wist dat je vroeger of later weer opveerde, dat het weer lukte, als je het verleden tenminste begroef.

Ze haalde een waxinelichtje uit haar jaszak en stak het aan. Ze zette het neer op het bleke marmer. 'Dag Jem,' zei ze zachtjes. 'Papa en mama komen je toedekken.' De wind blies het vlammetje meteen weer uit. Een bliksemflits trok door de lucht.

'Het wordt hondenweer,' zei Phinus, haar bij de arm pakkend.

'Weet je nog? Je zei altijd dat hij bij onweer niet naar buiten mocht omdat de vullingen in zijn kiezen de bliksem konden aantrekken. Niet dat hij vullingen had, hij was immers van de fluorgeneratie.' Ze lachte even, *onbegrijpelijk*.

Ze stonden een paar ogenblikken in stilte.

'Maar die steen is wel mooi, hè? En als we nou aan het hoofd hortensia's planten en we laten de rest overwoekeren door bodembedekkers, maagdenpalm misschien, of voor mijn part een wilde aardbei...'

'Wou je hier ieder weekend gaan tuinieren, dan?'

'Ja, ik denk dat ik dat wel fijn vind.'

Hij kuchte even. 'Laat ik dan maar meteen zeggen dat ik zelf niet zo'n grafzitter ben. Ik heb er niks mee.'

Ze rammelde een moment met de autosleutels in haar jaszak. Toen zei ze, met een stem die uitschoot van drift: 'Dan doe ik het wel weer alleen. Maar misschien kun jij op die dagen dan iets koken waar Jem speciaal van hield, zodat we daarna samen... als een soort ritueel, snap je?'

Voor geen prijs ging hij koken, *koken nog wel*. 'En laten we die Sanne dan ook nog een paar gezellige truien voor hem breien?'

'Phinus!' zei ze woedend.

'Sorry hoor, maar ik begrijp echt niets van jou. Aan de ene kant loop je voortdurend te mekkeren en te treurwilgen...'

'Mekkeren? Treur...'

'Val nou toch niet steeds over elk woord! Ik bedoel maar, leuke steen! Hortensia's eromheen! Schoffelen met z'n allen! Tof tuintje krijgt die Jem van jou! Zet er een barbecue bij en je…'

'Die Jem van mij was ook jouw Jem.'

'Mens, tot en met zijn vullingen deed ik het verkeerd. Je zegt het zelf iedere keer.'

'Nee, dat is niet waar. Echt niet.' Ze fronste. 'Maar doe je daarom soms zo, zo…? Omdat je denkt dat je iets verkeerd hebt gedaan? O Phinus! Ik heb dat ook gedacht, wat mezelf betreft bedoel ik, ik heb me de gekste dingen in het hoofd gehaald, dingen die ik had moeten doen of juist had moeten laten, maar dat is toch eigenlijk grootheidswaanzin, jeetje wat ben ik blij dat we het er nu eindelijk eens over hebben! Luister, we hadden het nooit kunnen opnemen tegen het noodlot, we hebben onszelf niets te verwijten, het is niet onze schuld dat Jem dood is. Niet de jouwe, niet de mijne.'

'*Hoeveel heb je nodig, Jem? Weet je hoeveel de entree is, en wat de drankjes kosten?*'

'*We kunnen ook naar het Eko-café gaan, pa.*'

'*Maar je zei zelf dat zij naar de disco wilde. Denk erom Jem: altijd je meisje haar zin geven als je indruk op haar wilt maken. Jezus, jullie kennen tegenwoordig de meest basale spelregels niet meer. In mijn tijd… nou ja laat maar zitten. Hier, pak aan. Ga dat kind lekker verwennen in die tent waar ze heen wil. Later zul je me dankbaar zijn.*'

'We hebben nooit iets anders dan het beste voor hem gewild,' zei Franka. Ze praatte zo snel dat ze ervan hijgde. 'We hebben hem altijd… Phinus! Phinus! Blijf hier!'

Over de slingerende paden rende hij tussen de zerken door. Koolmezen kwetterden in de nog kale bomen, de sneeuwklokjes waren al bijna uitgebloeid. Hij merkte het allemaal op, gek genoeg, terwijl hij steeds dieper verstrikt raakte in deze doolhof van de doden. Lagen zij zich in hun graven nu te verkneukelen, de betreurde overledenen? Zie er maar eens uit te komen, Phinus Vermeer! Draaf jij nog maar een paar rondjes, met het hart in je keel en een steek in je zij!

Buiten adem zeeg hij ten slotte neer op een bankje.

Het kostbaarste in zijn leven lag door zijn toedoen hier ergens onder een plaat marmer, waar hortensia's omheen zouden worden geplant. Onder hun wortels zou de natuur haar onverschillige werk verrichten, net zo lang totdat er van een zachtmoedige jongen vol plannen en projecten niets dan knoken restten. Hij zou hier zelf moeten liggen. Jaar in jaar uit zou hij hier bij het volle bewustzijn moeten liggen, terwijl hij langzaam en zorgvuldig door Gods nederigste schepsels uit elkaar werd gehaald en in compost omgezet.

Er naderden voetstappen, en geschrokken keek hij op. Was Franka hem achternagekomen?

Het was Sanne die aan kwam lopen, met een witte roos in de hand. Ze kreeg een blos op haar wangen toen ze hem zag zitten. 'Dag,' hakkelde ze. Ze droeg een openhangend jack met een bontkraag en een gebloemde legging.

Toen hij bleef zwijgen, bracht ze moeizaam uit: 'Uw vrouw had me laatst verteld' – ze ging van het ene been op het andere staan – 'Franka zei, Franka zei dat de steen vandaag op het graf gelegd zou worden. Ik wou even gaan kijken, als dat mag.'

'Uiteraard.'

'Bent u er al geweest, of gaat u er nu naar toe?'

'Ik zat even uit te blazen.' Uit angst dat ze naast hem zou komen zitten, stond hij op met de vastberadenheid van iemand die de wandeling gaat hervatten.

'Ja, ik ga hier ook vaak zitten. Het is zo'n mooi plekje, en je kunt Jem van hieruit zien liggen.'

Hij volgde de richting van haar blik. Hij had blijkbaar een rondje gedraafd en was weer terug in vak 9. Er was geen mens te bekennen. Franka moest al, boos en verdrietig, naar huis terug zijn gegaan.

'Is het mooi geworden?' vroeg het meisje terwijl ze begon te lopen.

'Ik ben niet zo'n kenner,' zei Phinus en als vanzelf liep hij met haar mee.

Bij het graf aangekomen, ging ze op haar hurken zitten en legde de roos op de steen, vlak onder Jems naam. 'Het is nog wel een kale boel.'

'Daar komen hortensia's.' Hij slikte even. 'En daar... nog wat.'

'O, wat een goed idee.' Ze kwam weer overeind.

Ongemakkelijk stonden ze naast elkaar. Ten slotte zei ze, terwijl ze de haren op die speciale manier van haar opzij zwenkte: 'Ja, wat moet je nou zeggen in zo'n situatie, hè?'

'Dat is ook mijn probleem,' zei hij, enigszins ontdooiend.

Opnieuw klonk er onweersgerommel, dichtbij nu.

Ze kromp in elkaar. 'Ik ben altijd als de dood voor...'

'Een beetje onweer kan heus geen kwaad,' zei hij. 'Als je tenminste geen vullingen hebt.'

'Vullingen?' Niet-begrijpend keek ze hem aan. Op dat moment knetterde boven hun hoofd de bliksem door de lucht. Schokkerig licht flitste over Jems steen, blikkerend als in een oude zwart-wit-horrorfilm. Het meisje gaf een gil. En automatisch spreidde Phinus zijn armen.

Deel III

Ga Terug Naar Af

Wat Phinus achterlaat

Langzaam komt de zon op boven de Groningse akkers met ontkiemend graan en al bijna bloeiend koolzaad. Banen stoffig licht vallen door de ramen van het oude daglonershuisje nabij Aduard. Tussen de vloerplanken worden gapende spleten zichtbaar waarin het krioelt van de pissebedden en oorwurmen. De muur tussen het halletje en de kamer vertoont diepe scheuren. Op tal van plaatsen is het stucwerk zo versuikerd dat de rode baksteen erachter te zien is. Uit een gat in het plafond zakt de betengeling omlaag. Hier en daar hebben houtige klimopstengels zich door de muren naar binnen geboord.

Phinus ligt op de spiraal en krabt aan zijn baardstoppels. Hij voelt zich als een mol, of een ander ondergronds wezen met een vieze pels. Het stoort hem niet. Hij ruikt de bedompte, bijna bedorven lucht niet meer, hij slaat de trage, dikke spinnen niet meer van zijn broekspijpen af. Als zijn blaas niet op springen stond, zou hij nu welhaast een tevreden mens zijn, marinerend in het vuil.

Franka zit op de grond, met haar opgezwollen enkel in de gescheurde panty. Af en toe hoort hij haar tanden klapperen van de kou. Ze houdt haar blik strak op zijn horloge op de vloer gericht. Maar het moet zelfs haar, goedgelovige betweetster die ze is, inmiddels zo klaar als een klontje zijn dat hij gelijk had: Astrid en Melanie liggen nu onder hun comfortabele dekbed te stikken van het lachen. 'Hebben we die loser even mooi een lesje geleerd!'

'Waar blijven ze toch?' vraagt hij sarcastisch. Hij gaat zitten en drukt zich met beide handen omhoog. Als een knipmes loopt hij naar een van de lage raampjes. Hij kan vrijwel niets zien, zo smerig is het venster. Alleen uit het feit dat het licht is geworden, blijkt dat de wereld daarbuiten nog steeds bestaat. Weer een nieuwe dag.

'Ik wil eruit,' zegt Franka. Het zijn haar eerste woorden in uren.

'O, wachten we niet op je vriendinnen?'

'Sla die ruit nou maar in. Of wou je op de uitkijk blijven staan?' Haar stem is ijskoud. Ze schopt een schoen uit en gooit hem die toe.

Hij had haar beter niet kunnen uitdagen. Nu zal er gehandeld moeten worden. Met tegenzin raapt hij de pump op. Als hij bij het overeind komen steun zoekt aan het afgebrokkelde restant van de vensterbank, zakt zijn hand met een plof door het vermolmde hout heen. Hij verliest zijn evenwicht en klapt met zijn gezicht tegen het kozijn. De smaak van bloed vult zijn mond. Hij slikt en drukt zijn mouw tegen zijn lip. Opnieuw bukt hij zich, pakt de schoen van de vloer en ramt die onhandig, zijdelings, tegen het glas. Met een korte knap breekt de hak.

Hij draait zich om. 'Geef je andere schoen eens.'

'Je zit onder het bloed!' roept Franka uit. 'Hoe krijg je het voor elkaar? Die ruit is nog heel en jij ligt aan diggelen!'

'Ja, wil je er nou uit of niet?'

Op slag is het gedaan met haar leedvermaak. 'Ik doe

het zelf wel.' Ze trekt haar andere pump uit. Met maaiende armen hinkt ze over de kapotte vloer. De planken piepen naargeestig, uit de kieren wolkt stof omhoog. Bij het raam zet ze zich strijdvaardig in positie. Dan haalt ze uit. De ruit rinkelt. 'Ziezo,' zegt ze grimmig, terwijl ze de stukken glas uit de sponning trekt en naar buiten gooit.

'Snij je niet,' ontvalt hem.

Ze werpt hem een honende blik toe.

Hij likt het bloed van zijn lip. 'En hoe wou je nu naar buiten, op één been?'

Zonder te antwoorden timmert ze de laatste stukken glas weg. Frisse lucht en zonlicht plenzen naar binnen. Bijna deinst hij ervoor terug. Zijn uren als mol zijn voorbij. Hij vermant zich en duwt Franka weg bij het raam. Met een geweldige krachtsinspanning weet hij zijn linkerbeen omhoog te zwaaien. Zijn voet mist rakelings het kozijn, landt op de vensterbank en verdwijnt, krakend, diep in het hout.

'Jezus man, wat doe je nou weer? Je ziet toch dat je daar niet op kunt staan. Kom eraf. Dit schiet niet op.'

Hij wrikt met beide handen aan zijn voet, zijn neus tegen zijn opgetrokken knie gedrukt. Het zweet druipt in zijn ogen.

'Je bent ook zo koppig en zo eigenwijs als het achtereind van een varken!' Ze geeft hem een hardhandige duw. Het is alsof hij een stroomstoot door zijn wervelkolom krijgt toegediend en het lukt hem niet een schreeuw binnen te houden.

'Ja, sta daar dan ook niet zo achterlijk!'

'Mens' – hij heeft amper adem – 'ik zit klem.'

Ze buigt zich wankel voorover om de situatie op te nemen. Met van woede fonkelende ogen zegt ze: 'Nee toch, hè? En nou blokkeer je de doorgang ook nog! Het lijkt wel alsof je de boel saboteert! Wou je hier soms blijven zitten beschimmelen? Vooruit, trek je voet uit je schoen!'

Wanhopig tast hij naar zijn schoen.

'Ik krijg nog eens wat van jou!' Ze sjort zijn veter los. Ze geeft een ruk aan zijn been. Soepel glijdt zijn voet uit de schoen. Met een halve sprong kan hij nog net voorkomen dat hij opnieuw zijn evenwicht verliest.

'Allemachtig!' zegt Franka vol misprijzen. Ze gaat op het kozijn zitten, zwaait haar benen over de rand en staat het volgende ogenblik buiten. Met haar armen gespreid hinkt ze over het gras naar de auto, die op het modderige pad staat.

Hij kijkt onmachtig toe, met zijn ogen knipperend tegen het daglicht. Een gedachte die al veertien jaar als een geest in de fles op hem wacht: is ze destijds alleen maar met hem getrouwd omdat toegeven gemakkelijker was dan verzet? Was niet hij het, die haar uiteindelijk vermurwde, maar was het haar eigen verdriet? Nodig heeft ze hem in elk geval nooit gehad. Voor niets.

Buiten zwoegt ze voort door het hoge gras, haar schouders krampachtig opgetrokken. Bij de auto aangekomen opent ze het portier en kijkt naar binnen. Dan richt ze zich op, haar wangen rood van de inspanning. 'Phinus! Ik zie de gsm niet! Ligt hij soms in het handschoenenvakje?'

Het is, na alle regenval van vannacht, een opmerkelijk stralende ochtend. Het berkenbosje voor het huisje glanst in de zon en verderop blinkt het kanaal als de zorgvuldig opgepoetste liniaal van een kind dat voor het eerst naar school gaat. Langs de oever buigt het riet in de zachte wind. Het is een dag die schreeuwt om een picknick, een fietstocht, een lange wandeling. Zodra men in Aduard klaar is met de paasinkopen, zal het mooie weer uitnodigen. Hij buigt zich over het kozijn naar buiten. 'Er komt zo heus wel iemand langs! Ga liever zitten voordat je nog een been breekt!'

'Maar waar is die mobiel?'

'Bij die twee lekkere trienen, blijkbaar!'

Hijgend komt ze weer aangehinkt. *Zo onverzettelijk als een betonmolen.* 'Hoezo? Hoe zit dat dan?'

'Vraag het ze zo meteen zelf maar.'

Ze zet haar handen in de zij. 'Doe maar niet zo triomfantelijk, jij. Dankzij jou zitten we in dit parket. Omdat zij een appeltje met je te schillen hadden.'

Hij zoekt steun aan het kozijn. 'O ja? En waarom dan wel? Zal ik het je eens vertellen? Daarom! Het is een stelletje etterbakken die zich hier te pletter vervelen. Elk verzetje is welkom. Ze hadden kwaad in de zin! Ze hebben ons hier doodleuk achter slot en grendel gestopt, die amorele dozen, terwijl ze met eigen ogen konden zien dat wij allebei amper in staat waren een stap te verzetten.'

'Zoiets gebeurt heus niet zomaar!' roept ze uit. 'Om niks zeker!'

Zomaar. Om niks. Jem.

'En wat doen we nu, zonder telefoon? Op de paashaas wachten?'

Hij drukt zijn handen tegen zijn slapen. *Zullen we samen gaan zoeken of de paashaas iets voor ons heeft verstopt? Goed kijken, hoor. Nee, lauw. Nog lauwer, nog lauwer. Koud! O jee, ga terug, Jem! Ja! Warmer, warmer! Heet!*

Wat was Jem ontdaan geweest toen hij ontdekte dat de paashaas niet bestond. Toen hij kort daarna werd bestolen van Sinterklaas ('Weet je nog van de paashaas?'), ging hij boos op de grond zitten en riep: 'En het kindeke Jezus zeker ook niet, hè?'

Franka had erom gelachen. Phinus had het een verlies gevonden. Wist zij dan niet meer hoe Jem, bijna vijf, hem het kerstverhaal had verteld? Samen onder de boom vol lichtjes, Jem bij hem op schoot. Hij met zijn armen om het kleuterbastje geslagen, zijn kin rustend op het pasgewassen haar.

'Papa! Er was eens een moeder, en die heette Marina. En die had een vader, die heette Youssef. Ze namen samen een baby, en die heette…' Zijn stem stokte. Hij liet zich tegen Phinus' borst vallen. 'Ik weet het opeens niet meer!'

'Jezus,' souffleerde hij.

'Die heette Jezus,' hernam Jem energiek, 'en die… maar waarom heette hij zo?'

'Dat vonden ze een leuke naam, denk ik.'

'O,' zei Jem. 'Hadden zij dat bedacht?'

'Ja, zo gaat dat als je een kindje krijgt. Je denkt toch niet dat een engel met een gouden speld in een namenboek prikt? Ouders geven hun kinderen zelf namen.'

Jem keek verrast. Zijn ogen glansden in het zachte kaarslicht. 'Mij ook?'

'Ja, mama las lang geleden een boek uit Amerika dat ze prachtig vond. Daarin kwam een jongen voor die heel dapper en vriendelijk was. Hij heette Jem. En ze dacht meteen: Zo noem ik mijn zoon later.'

'En hoe heette zijn vader?'

'Atticus,' zei Phinus. 'Zo heette de vader in dat

192

boek.' Er kwam een diep en rustig gevoel van geluk over hem. Het voorrecht zijn jongetje te kunnen vertellen waar zijn naam vandaan kwam.

'Bedtijd,' riep Franka met haar hoofd om de hoek van de deur. 'Ja, hier is de spelbederver weer. Phinus, zou je straks even...'

'Atticus!' zei Jem bestraffend. 'Je moet Atticus tegen papa zeggen!'

'Waar hebben jullie het over?' Ze tilde hem van Phinus' schoot.

Phinus zei: 'Over van alles, en over Marina en Youssef, die samen een baby hadden die Jezus heette.'

'O, die... Maar die baby was niet van Youssef, hoor. Jem, je raadt nooit wie de echte vader van Jezus was.'

'Was die in de hemel?'

'Ja, want...'

'Net als bij mij!'

'Niet helemaal,' lachte Franka. Met Jem op haar arm liep ze de kamer uit.

Onder de kerstboom dacht Phinus: Omdat God voorzag dat hij nooit overal tegelijk op zou kunnen letten, maakte hij vaders en moeders, als zijn plaatsvervangers op aarde. Hij schiep de mens naar zijn evenbeeld: opdat die zelf telkens nieuw leven zou scheppen, en er altijd erfgenamen voor de wereld zouden zijn. Dat was de bedoeling van het leven, daarvoor was de mens bestemd.

In de top van de boom was de kerstengel met zijn blinkende bazuin scheefgezakt, en hij stond op om hem recht te zetten.

De engel was een geschenk geweest van tante Leonoor. 'Oma Leonoor,' zei ze zelf. Een kind kon nooit te veel oma's hebben, vond ze. 'Ook al zijn ze nep, tel uit je winst!'

Irmgard, die nog liever haar schoenzolen opat dan te laten blijken dat ze ernaar hunkerde Jem met engel en al bij zich op schoot te trekken, keek het jongetje dwingend aan. 'Kun jij al tellen? En, hoeveel oma's hebben je arme vriendjes?' Ze stak twee vingers omhoog. 'Ha!' Toen zakte ze puffend terug op de bank.

'Jem breekt alle records.' Lachend ging Franka rond met de warme wijn.

Welk kind kon het Jem Vermeer nazeggen? Handenvol papa's en oma's: als dat niet duidde op een fortuinlijk gesternte! In de hemel en op aarde, overal werd over hem gewaakt. Hem kon niets gebeuren. De tantes konden er niet over uit hoe adequaat het lot Jem van beschermende schildwachten had voorzien. 'Een kind is altijd al een kostbaar bezit,' zei Leonoor terwijl ze met smaak in Phinus' tulband hapte, 'maar in jullie geval helemaal.'

Er viel een geladen stilte. Als op afspraak keken ze gevieren naar Jem, die een stoel naar de kerstboom had gesleept en nu bedrijvig bezig was zijn engel op te hangen. Er zat poedersuiker op het puntje van zijn neus, en allemaal glimlachten ze even, net op tijd om de weemoed de pas af te snijden.

'Hij krijgt toch wel regelmatig radijs?' vroeg Irmgard na een moment bars. 'Dat houdt het verstand namelijk allemachtig scherp.'

'Mits zonder zout,' waarschuwde Leonoor.

'We hebben het peentje net onder de knie,' antwoordde Franka. 'En we werken hard aan de andijvie.' Ze hield haar handen tegen haar leeggeplunderde buik gedrukt. Het spijt me, zei haar hele houding.

Het spijt me zo verschrikkelijk, voor ons allemaal.

'Als jullie maar aan de radijs toekomen tegen de tijd dat Jem gaat leren lezen.'

'Leren lezen! Weet je nog, Phinus?'

'Nou en of,' zei hij, terwijl hij zijn hand even op die van Franka legde. *Het geeft niet, meisje.* Toen stond hij op om nog wat wijn op het vuur te zetten. In de keuken waren alle toebereidselen getroffen voor een uitgebreide maaltijd. Hij trok de ovendeur open en keek naar de reusachtige kalkoen die verleidelijk in zijn eigen sappen lag te sputteren. Hij dacht: Ik heb genoeg mensen om te verwennen, heus. In feite zou er niemand meer bij kunnen.

Toen hij met de dampende wijn de kamer weer binnenkwam, bleek Jem al als een komeet door zijn hele schoolcarrière heen te zijn gevlogen en stond hij nu op het punt naar de universiteit te gaan. Misschien ging hij wel paleontologie studeren, dat had Irmgard altijd zo'n interessant vak geleken. Of iets in de sfeer van mensenlevens redden.

'Lieve help,' zei Phinus, van glas naar glas lopend, 'ik hoop niet dat jullie met mij ook zulke aspiraties hadden, want dan moet de teleurstelling groot zijn geweest.'

'Ach kind,' zei Irmgard berustend, 'we zeiden het al tegen elkaar toen je net zo oud was als Jem: een studiebol wordt het vast niet.'

'Papa is de baas bij Jumbo, hoor,' riep Jem. Met zijn kousenvoeten onder zich getrokken zat hij op het haardkleed. Zijn gezicht stond verontwaardigd.

'Het kan raar lopen,' beaamde Irmgard.

'Hij heeft een keurig vak,' zei Franka loyaal. 'Jem en ik zijn heel tevreden.'

'En daar gaat het om, en gelukkig zijn wezen altijd doorzetters,' besliste Leonoor. 'Oma Irmgard is gewoon een oude knorrepot. Erover klagen heeft geen zin, want het is in het leven nu eenmaal zoals het is, en zelden zoals het zijn moet.' Over de rand van haar glas keek ze Phinus betekenisvol aan.

Hij kuchte om zijn ontroering te verbergen. Had hij er vroeger eigenlijk wel voldoende blijk van gegeven dat hij van zijn tantes hield? Onvermoeibaar hadden ze zijn pad door het leven voor hem geëffend, op hun gezondheidssandalen, in hun beige vesten, met op hoogtijdagen de feestelijke geur van 4711 om zich heen. Al toen hij vier was, dachten ze na over zijn toekomst. Hij dacht: En al die tijd hebben ze erop zitten vlassen dat ik later ooit midden in de nacht zou opbellen om te zeggen: 'Het is een meisje, en we noemen haar Irmgard Leonoor!'

'Maar nou weten we het nog niet,' zei Irmgard verbolgen. 'Zeg op, Jem, wat wil je later worden?'

Jem dacht na, duim in de mond, duim er meteen weer uit, na een opgetrokken wenkbrauw van Phinus. 'Ik wil wel in het aquarium,' zei hij ten slotte.

'Daar heeft hij van de zomer in Scheveningen de haaien over hun buik geaaid,' legde Franka uit. 'Toen ik in het ziekenhuis lag.'

'Nee mama! Haaien mag je niet aanraken, dan gaan ze dood. Toch, oma?' Jem sprong op en wierp zich tegen Irmgard aan.

'Dat is inderdaad algemeen bekend, ja.' Irmgard legde haar knoestige knuisten op de schouders van het kind. Haar gezicht begon te stralen.

'Laten we wel wezen,' zei Leonoor, 'alles gaat dood. Alles en iedereen. Wij komen straks echt geen kaartjes meer bij je kopen, hoor, als jij in dat aquarium werkt. Dan zijn we allang de pijp uit.'

'Maar dat duurt nog heel wat nachtjes slapen,' bitste Irmgard. Ze trok Jem op haar knie en plantte een onhandige kus op zijn kruin. Er was op de hele wereld geen kind van wie zoveel werd gehouden als van Jem, en geen kind ook dat zo'n zonnige toekomst wachtte.

'Nou?' vraagt Franka, buiten achter het stukgeslagen raam, de kin agressief geheven. 'Jij kunt niet rijden, en ik ook niet. Ik heb nog zó gezegd dat we beter een automaat konden nemen, maar dat vond jij een ouwelullenauto.'

Hij schuifelt met zijn voeten over de vloer. 'Doe nou eerst die deur eens open. Ik moet al uren plassen.'

'Misschien laat ik je hier wel zitten.'

'Ook goed.'

'Zak.' Ze huilt bijna.

Zodra hij de grendel heeft horen knarsen, dribbelt hij zo hard als hij kan het huisje uit. Bij de bemoste gevel grabbelt hij naar zijn gulp. Maar zijn maag hangt over de broekband. Hij probeert het bovenlichaam een tandje hoger te zetten, hij geeft het op, trekt de rits open en graait naar zijn geslacht. Twee nutteloze ballen en een pik die zich in de paniek helemaal in zichzelf heeft teruggetrokken. Hij moet er verdomme naar hengelen. *Verlos ons, verlos ons.*

'Ah!' zegt hij als het klateren tegen de pui een aanvang neemt. Je kunt honderd spellen per jaar op de markt zetten, maar de vreugde van wateren onder hoge druk verbleekt daarbij. Met groeiend zelfvertrouwen kijkt hij naar de dampende straal.

'Ik moet ook zo nodig.' Ze klinkt benauwd.

Opgelucht ritst hij zijn broek dicht. Hij is een nieuw mens. Met de handen in de flanken gedrukt strompelt hij naar haar toe. Ze zit op het raamkozijn.

'Heb je hulp nodig?'

'Als je ook maar één tel denkt dat je hier je voordeel mee kunt doen, dan schiet ik je door je knieschijven. Echt waar.' Toch hipt ze omlaag.

Meteen staat hij zo ongeveer met zijn gezicht tegen haar maag gedrukt. Hij reikt werktuiglijk onder haar rok, stroopt haar panty omlaag, trekt haar broekje naar beneden en haalt beide over haar bungelende voet. Een broekje van donkerblauwe satijn is het. *Nieuw. Speciaal voor hem gekocht.* Hij krijgt het warm. Van gêne, maar ook van mededogen. Hij heeft opeens vreselijk met haar te doen.

'O, ik heb het veel te lang opgehouden!' Haar stem sterft weg. Slechts centimeters van zijn gezicht verwijderd stijgt de geur van haar urine op. Hier staat hij, ergens op de planeet aarde, op een plek waarvan hij de precieze coördinaten niet kent, en houdt de rok van zijn vrouw omhoog terwijl zij haar water laat lopen alsof het de Niagara Falls zijn. Heimwee welt in hem op. Hij wou, hij wou dat hij zich nu moest beheersen om niet een hand tussen haar benen te steken, haar warme urine op te vangen en zijn hele gezicht ermee in te wrijven.

'Heb jij een zakdoek bij je?'

'Nee, heb ik niet.' Hij graait naar haar slipje, wurmt haar been er weer doorheen en haalt het tot halverwege haar dijbenen op. 'En je panty?'

'Laat maar.' Ze laat zijn schouder los en brengt haar kleren op orde. Zonder hem een blik waardig te keuren hobbelt ze naar de auto en ploft voorin neer.

Hij staat een tijdje in het geurende gras en speurt de verlaten oever en het jaagpad af. Het geluid van eenden die snebberen in het riet, en van het vredige gekabbel van het kanaal. Een uitgelezen plek voor verliefde stelletjes. Hoe vaak zijn zij tweeën op zulke plaatsen niet uit de kleren gevlogen? Er is een tijd geweest dat ze, rijdend op een stil landweggetje, elkaar alleen maar even hoefden aan te kijken om een tel later al in een ordeloze bende van ledematen in de berm te belanden, of op de achterbank van de auto. Het ging altijd net zo vlug, zei hij zelf vaak, als het bakken van een eitje: het ene moment is dat alleen nog maar een voornemen, het volgende ogenblik ligt het ei al in de hete boter te sputteren. Weinig processen verlopen zo vlot en zo onomkeerbaar als het bakken van een ei: één tikje op de rand van de pan volstaat.

Hij denkt: Al zou je me nu een miljoen geven.

Hij voelt een steek van verdriet om zijn verloren verlangen. En dan wroeging, want het is hem immers niet zomaar ontglipt.

De zon klimt gestaag voort langs de hemel. Het moet vast al tegen twaalven lopen. Hij ligt met opgetrokken knieën achter in de auto, op de kussens waarin de geur van zijn zaad nog altijd hangt, en verbijt zich van machteloosheid.

Een vlieg is door een openstaand portier naar binnen gekomen en bonst nu zoemend tussen de stoelen heen en weer.

Hij kijkt ernaar.

Voorin verschuift Franka met een gepijnigde zucht op haar stoel. Ze mompelt: 'Ik weet gewoon niet meer waar ik dat been moet laten.'

'Als je eens probeert om...'

'Ik had het niet tegen jou.'

Hij is niet langer de waker over haar comfort. Zijn advies wordt niet meer op prijs gesteld. En meteen rijst er voor zijn geestesoog een eindeloze rij paraplu's op: bij ieder slecht weerbericht zal er uit de macht der gewoonte nog jarenlang eentje bij komen, totdat zijn hoofd uit zijn voegen barst. Wat is het nut van de fileberichten nog als hij Franka er niet langer van op de hoogte hoeft te stellen? Of van vitamines die op tijd *en regelmatig!* moeten worden ingenomen? Sokken die niet zijn opgerold, thee die koud staat te worden, jam die in haar mondhoek kleeft: al die alledaagse dingen zal hij niet meer kunnen verhelpen en ze zullen zich tot onvoorstelbare bergen in hem ophopen. Hij schraapt zijn keel. 'Hoe zie jij het nu precies voor je, als we straks...'

'Voorlopig zitten we hier nog.'

De vlieg cirkelt brommend naar buiten.

De temperatuur in de auto dieselt omhoog.

Vogels kwetteren.

Het gras groeit.

Franka gaat nog eens verzitten. Ze leunt voorover en drukt langdurig op de claxon.

Hij zuigt op zijn bezeerde lip en luistert naar het geluid van een vliegtuig, onbereikbaar ver weg. Vanuit de lucht bezien moet het landschap leeg en kaal zijn, het vervallen huisje met de auto ernaast nietiger dan stipjes. Het mannetje en het vrouwtje achter de raampjes zijn al helemaal niet waarneembaar. Ze zijn uitgewist, met auto en al opgegaan in de lappendeken van akkers en weilanden.

'En als er nou niemand langskomt?' vraagt ze kwaad.

'Ja hoor eens, wat kan ik eraan doen. We zijn van het toeval afhankelijk, niemand zoekt ons.'

Ze draait haar hoofd om en boort haar ogen in de zijne. 'Onze jassen hangen nog in het hotel. Onze bedden zijn niet beslapen. En ook die vrienden van je vragen zich al sinds het ontbijt af waar we zijn. Iedereen is allang in rep en roer.'

Hij is van zijn stuk gebracht. 'O ja. Ja, dat is natuurlijk zo. Je hebt gelijk.' Dus ze hadden vannacht ook nooit spoorloos van het toneel kunnen verdwijnen, zoals hij van plan was. Hoe heeft hij zo'n beoordelingsfout kunnen maken?

'Wat krijgen we nou?' roept ze uit. 'Hoor ik daar: "Je hebt gelijk"? Zeg je dat soms om mij te paaien? "Je hebt gelijk"! Allemensen, dat is uit jouw mond net zo zeldzaam als "Dat weet ik niet".'

'Sleep er nou niet weer van alles bij,' zegt hij, ineens wanhopig. 'En maak trouwens ook niet zo'n onmens van me.'

Ze zwijgt even, zichtbaar verbouwereerd. 'Doe ik dat? Nou, vind je het goed dat ik daar eens uitgebreid over nadenk?'

Met een zucht drukt hij zijn schouders dieper in de kussens en staart in toenemende ongerustheid naar haar profiel. Wat als zij er niet meer zou zijn om zin en onzin voor hem te scheiden?

Onverhoeds zegt ze, recht voor zich uit kijkend: 'Weet je dat ik me de laatste tijd weleens heb afgevraagd of we niet een kind moesten adopteren? Het vaderschap heeft altijd het mooiste in je boven gehaald.'

Van schrik knarst hij zich overeind.

'Ik dacht het nog op de avond dat Jem doodging.

Toen we naar de deur liepen, haalde hij een hele bult geld te voorschijn. Dat had jij hem gegeven. Wat was je toch altijd lief voor hem. Altijd alleen maar lief en geweldig.' Ze haalt een hand door haar haren. Haar vingers maken een kwastje van een plukje in haar nek.

Hij zit als verlamd. *Ze wist het.*

Haar hand glijdt uit haar nek. 'Met Jem heb je het beste deel van jezelf begraven. En zonder dat deel...'

'Je wist het!' schreeuwt hij. 'Je wist het al die tijd, en je hebt geen woord gezegd!' Voordat hij beseft wat hij doet, heeft hij zijn handen om haar hals geklemd.

Ze slaakt een gil. Ze slaat met haar armen om zich heen.

'Waarom zei je niks?' Hij schudt haar heen en weer.

Piepend brengt ze uit: 'Wat bezielt je? Laat me los!' Met een gesmoorde kreet duikt ze opzij, maar hij krijgt haar bij haar haren te pakken. Hij trekt haar hoofd met een ruk tegen de stoelleuning.

'Stop, Phinus, hou op!'

'O, en wacht eens!' Het schuim staat op zijn lippen. 'Dus daarom wilde je ook geen zwaardere straf voor de dader! Omdat je wist wie de ware schuldige was!'

Kermend weet ze zich los te wringen en werpt ze zich door het open portier de auto uit.

Hij slaat met zijn voorhoofd tegen haar lege stoel, hijgend van frustratie. Pas na ettelijke seconden lukt het hem zijn benen buitenboord te werken.

Ze heeft zich op handen en voeten al een heel eind voortgesleept, ze is bijna bij het berkenbosje, haar handen klauwen, haar benen scharen. Weg van Phinus! Maar dat is haar nooit gelukt en dat zal nu ook niet gebeuren. Niet voordat er eindelijk schoon schip is gemaakt.

Strompelend zet hij de achtervolging in. Hij huilt, met lange uithalen snikt hij het uit. 'Je wist dat het mijn schuld was! Ontken het maar niet!'

Haar voet blijft haken achter een boomwortel en ze smakt languit voorover in het gras. 'Help!' schreeuwt ze. 'Is daar iemand? Help me!'

'Zet het me maar betaald! Toe dan! Op dit moment heb je al die tijd gewacht, hè? Ik heb je door!'

'Help!' gilt ze opnieuw.

Hoe kan ze hem ooit horen als ze zoveel herrie maakt? *Luister naar me!* In zijn paniek struikelt hij zowat over een baksteen. Radeloos raapt hij die op en gooit hem in haar richting om haar aandacht te trekken. Hij raakt haar schouder.

Ze brult het uit.

'Franka! Ben jij dat?' klinkt het in de verte.

Onthutst staat hij stil. Hij probeert zich te strekken. Zijn hoofd dreunt.

'Franka? Waar zit je?'

Het is waar: in de verte roept iemand haar naam.

'Hier!' roept Franka snikkend. 'Bij het huisje!'

In de bocht van het jaagpad doemen twee mensen op. Hij herkent de ene dadelijk aan haar haren van stro.

'Nee maar! We wilden net omkeren toen we jullie hoorden roepen. Echt! We lopen de hele ochtend al naar jullie uit te kijken, hè Mark? Franka, kom maar, wat is er toch, kun je niet lopen? Vertel nou eens, Phinus, wat is er gebeurd? Hoe komen jullie hier terecht? Kijk nou, Mark, ze hebben de nacht hier doorgebracht! In dit romantische huisje! Je hoort toch wat Phinus zegt: gisteravond na het eten nog even... en in het donker raak je gauw de weg kwijt. En toen, nou ja, gewoon, toen verstuikte Franka haar enkel en Phinus ging door zijn rug. Wat een emoties, hè?'

Marks sardonische glimlach.

Katja zegt dat ze in de zevende hemel is, eerlijk waar, want wie had nou ooit kunnen bedenken dat uitgerekend Mark en zij reddende engelen zouden zijn, reken maar dat dit verhaal vanavond indruk zal maken op haar kids, die denken dat mama alleen maar goed is voor het opruimen van hun rotzooi, en papa voor... nou ja, niet dat ze papa veel zien... dus ze verheugt zich er nu al op om ze dit avontuur te vertellen en eindelijk eens een beetje respect af te dwingen.

'Gaan jullie vandaag dan al terug naar huis?' Franka's stem beeft. Ze veegt als een klein kind over haar betraande wangen.

'Ja, allicht. We moeten morgenochtend paaseieren zoeken.'

'Kunnen we meerijden? Of... we kunnen ook met twee auto's teruggaan, toch?'

'Ach meid, jij moet zo snel mogelijk naar je huisarts, en dan lekker met een pot thee op de bank. No problem. Stappen jullie maar in.' Uitnodigend houdt ze het portier van Phinus' auto open.

Opnieuw belandt hij achterin. Naast hem, zo gespannen als een veer, kijkt Franka hardnekkig uit het raam. Ook hij bestudeert, aan zijn kant, de strenge populieren zonder ze te zien. Hij houdt zijn handen om zijn knieën in een poging zichzelf bijeen te houden.

'Ga ik hier nou links of rechts?' vraagt Mark, achter het stuur.

Phinus probeert zich te concentreren op het landschap dat hij vannacht doorkruist moet hebben. Maar niets herinnert er bij daglicht nog aan. 'Ik weet het echt niet.'

''s Nachts lijkt alles anders,' zegt Katja.

Als eindelijk de brug van Aduard in zicht komt, zet hij zich onwillekeurig even schrap. Op hun vaste plek zullen ze over de leuning hangen, Astrid, de domme kracht, en Melanie, het brein. Er klinkt een oorverdovend gerinkel, en de slagbomen dalen neer. Wat net nog solide wegdek leek, komt langzaam omhoog.

'Vakantiegevoel!' roept Katja. 'Bootjes, open bruggen! Geweldig!'

Hij ziet de meiden niet. Hij ziet ze ook niet als de aak al gepasseerd is, en de brug weer dicht. Ze zijn er niet.

In de herberg draagt de gastvrouw koele dranken aan. Ze informeert meelevend naar de aard van de kwetsuren van de familie Vermeer, schrapt vol begrip de rest van hun reservering en brengt uitsluitend het diner van gisteren in rekening. Ze haalt eigenhandig hun jassen van de kapstok en brengt die, netjes opgevouwen met de voering naar buiten, naar de BMW waarmee Mark Franka naar huis zal rijden en naar de Mercedes die Katja nu bestuurt. Ze wenst hun een goede reis, en wel thuis.

Liggend op de achterbank probeert hij zijn gedachten in veilige banen te leiden. Hij denkt aan het gemiste ontbijt waarop hij zich zo had verheugd, met de zes broodsoorten en de boter onder de stolp van wit aardewerk. Thee voor Franka, zwarte koffie voor hem. Hun tevreden blikken van verstandhouding.

Neem nou nog wat van die marmelade, daar hou je zo van. Zo had het kunnen zijn als... Als wat? Bestaat er eigenlijk wel zoiets als oorzaak en gevolg, als actie en reactie? Of is alles puur toeval, louter chaos?

Opeens verlangt hij vreselijk naar zijn tantes, die louter door adem te halen al orde en samenhang konden scheppen. Zij lieten het 's ochtends licht worden door de gordijnen van zijn kamertje open te schuiven, en 's nachts kon het in het hele dorp pas donker worden als zij die weer zorgvuldig hadden gesloten, tegen elkaar opbotsend in de smalle ruimte naast zijn opklapbed. In het voorjaar zetten ze zijn raam open, omdat ze de vogels hadden gevraagd een grappig ochtendwijsje voor hem te komen fluiten. In de nazomer lieten ze de gordijnen op een kier, zodat hij van onder de dekens de vallende sterren kon zien die op hun bevel met flonkerende staarten langs de hemel scheerden. En 's winters zeiden ze genietend: 'O, let morgen maar op, let maar op!' en dan bleek bij het ontwaken de hele ruit met knisperende ijsbloemen bedekt. Wat de tantes zeiden, kwam altijd uit, want achter de schermen trokken zij stilletjes maar vastberaden aan de touwtjes van rust en regelmaat. De chaos kreeg bij hen geen kans: 'Een wees heeft behoefte aan vastigheid.'

Irmgard en Leonoor moeten zich nu in hun graf liggen omdraaien. Als de doden tranen hebben, dan storten zij die al een halfjaar onafgebroken, van schaamte en teleurstelling. Hun Phinus: een moordenaar. Zij zouden hem net als Franka meteen hebben doorzien. Maar zouden zij óók hebben gezwegen, zouden ook zij er behagen in hebben geschept hem te zien worstelen met zijn geheim? 'Je verdiende loon.'

De auto mindert vaart. Hij heft zijn hoofd en ziet de overkapping van een benzinestation. Katja stapt uit. Hij hoort het gemorrel, gezoem en geplens waarmee de tank gevuld wordt. Door het raampje steekt hij haar vlug zijn portefeuille toe.

Even later komt ze terug, met in iedere hand een ijsje.

'Blijf nou maar liggen, zielepoot.' Ze hurkt bij het portier, trekt de verpakking van het hoorntje af en drukt het hem in de hand.

'Ach, Katja…'

'Ja, ik weet heus wel dat jullie ruzie hebben gehad. Maar goed, thuis leg ik op zoiets altijd een ijsje. Als je kinderen hebt, Phinus, dan word je toch wel zo godvergeten pragmatisch.'

Eigenlijk had hij verwacht dat ze zich vorrover zou buigen en, met een innige blik in haar ogen, zou zeggen: 'Ik zal er altijd voor je zijn.' Maar ze kijkt wel uit, zelfs zij. Haar intuïtie waarschuwt haar. Zullen ze voortaan allemaal al bij de eerste oogopslag onraad ruiken? Zullen de vrouwen, zijn leven lang zijn enige bondgenoten, hem in het vervolg mijden als de pest?

'O, en hou er rekening mee dat je portemonnee nu zowat leeg is.' Ze heeft zich al half opgericht. Dan kijkt ze ineens naar zijn voeten. Haar ogen worden rond. 'Je bent een schoen kwijt!' Het is ook altijd hetzelfde met jullie! In het zwembad, na de gymles, op de manege: ik moet er weer achteraan draven om jullie spullen bij elkaar te houden!

Zijn schoen, vastgeklemd in de vensterbank van het huisje, laat hem koud. 'Maakt niet uit,' zegt hij moe.

Ze stapt in, hoofdschuddend: het is haar zaak ver-

der niet, maar haar eigen kinderen zou ze ervoor te-
rugsturen. Moeten het soms verwende etters worden?
Later zijn we afhankelijk van deze generatie, hoor.
Zij zijn het die onze wereld erven!

Geplet onder haar afkeuring ligt hij op zijn rug. Hij
ziet de overkapping van het benzinestation wederom
voorbijschuiven. Dan hoogspanningskabels, scherp
afgetekend tegen de helblauwe lucht. De schrale top-
pen van zure-regendennen. Een viaduct, met JEZUS
REDT op de betonnen rand. De z staat gespiegeld. Als
je ondersteboven aan de reling hangt... *Dat heet de
zaak omkeren, Jem, oftewel, van de andere kant bekijken. Draai moord om, en wat krijg je? Droom.* Zijn ogen
vallen dicht en hij vlucht de slaap in, zonder zijn
trouwe vriend Klaas Vaak, brenger van vergetelheid,
ook maar éénmaal te hoeven aanroepen. Die kan rustig blijven zitten in zijn huisje op de maan, het gouden huisje met de schoorsteen van diamant, met op
tafel het rode kleed, en op de vensterbank een...

'Kijk daar nou, Mel!'

'Lijkt wel een souveniertje van meneer Phinus, As.'

'O ja, die. Dat was toch die loser?'

'Ja. En kijk daar eens. Daar, op de vloer!'

'Joh! Z'n horloge! Die gast heeft z'n horloge ook
nog laten liggen!'

'Ik zei het toch. Hij viel als een blok op je.'

'Kan ik het helpen? Maar met een gaaf bandje is die
klok nog wel wat.'

'Mevrouw Phinus moet een beetje beter op haar
man letten. Wat een schuinsmarcheerder.'

'Klittenband, denk je niet? Een bandje van klittenband.'

'Ga je het echt dragen? Het is het symbool, dat zei

hij toch, het symbool van alle tijd die zij samen hebben doorgebracht. Dat heb jij straks om je pols. Kijk maar uit. Je hebt het zó in je bloedsomloop.'

Wat Sanne wil

De voordeur zit nog op het extra slot, en binnen hangt de stugge sfeer van een huis dat voor enige tijd afgesloten is geweest: alsof het de bewoners liever nooit meer had teruggezien en zich nu met tegenzin moet laten welgevallen dat links en rechts ramen worden geopend en achteloze voeten het stof verstoren dat net zo vredig begon neer te dalen.

Hij parkeert Katja zonder ceremonie in de woonkamer, in afwachting van de komst van Mark en Franka. Dan hijst hij zich de trap op. In de slaapkamer schopt hij zijn schoen uit en stapt in een paar gemakkelijke loafers. Op de wekker is het halfzes. Nu meteen naar de zolder, waar onder de hanenbalken zijn rekstok hangt. Hij stoot zich aan koffers en opgestapelde dozen. Spinrag sliert langs zijn gezicht als hij zijn vingers om het gladde, ronde hout klemt. Hij ademt diep in, trekt zich met beide handen op en laat zijn gewicht verder het pijnlijke werk doen.

De tantes hadden vroeger een boek met foto's van mensen die zichzelf kastijdden. Ze hadden over zowat ieder onderwerp een boek, want voor hen was de mensheid een onuitputtelijk studieobject. Achter het loket zag je van alles, maar je kreeg weinig verklaard. Thuis, na vijven, zochten ze opheldering.

'Dit lijkt me iets godsdienstigs,' zei Irmgard, turend naar de foto van een man die, een ruwhouten kruis tegen de schouder gedrukt, op handen en voeten over een klinkerpad kroop. Met haar tong klakkend schurkte ze zich wat dieper in haar stoel met de ribbeltjesstof die de kleur van erwtensoep had.

'Laat het kind geen nachtmerries krijgen,' zei Leonoor en legde vlug haar hand op de bladzijde.

De beste foto was die van een man met een tulband. Al vijftig jaar hield hij zijn rechterarm stijf omhoog gestrekt en zijn nagels waren daardoor zo lang geworden dat ze als slangen alle kanten op spiraalden. Hij deed vrijwillig boete, dacht Irmgard hardop, voor een nooit ontdekte diefstal. Hier op aarde was hij weliswaar ontsnapt aan zijn welverdiende straf, maar hij wist dat de Eeuwige hem met zijn toornig oog in de kieren had, en dus deed hij wat hij kon om nu alvast te boeten. 'Anders wordt het voor hem straks branden in de hel.'

Phinus voelt zijn armspieren trillen. Zijn handpalmen gloeien. Hij ondergaat de pijn met wijd opengesperde ogen. Na enkele momenten is het alsof er lachgas door zijn ruggengraat wordt gepompt: de zwaartekracht bevrijdt een voor een zijn beknelde tussenwervels. Puffend trekt hij zich nogmaals op, maar het is al voorbij. Als Franka dadelijk thuiskomt, is hij weer zo recht als een jonge beuk. Als zij zo thuiskomt... Wat zegt een vrouw wier echtgenoot haar naar de keel is gevlogen?

Beneden gaat de bel.

Hij staat doodstil, op scherp. Ze is haar sleutel zeker vergeten. Met kille, harde ogen wacht ze nu op de stoep. Maar bij god, hoe had ze dan gedacht dat hij zou reageren? *Ze wist het. Ze wist het al die tijd al.* Zijn hart bonst. Hij weet niet hoe het nu verder moet, hij weet niet eens wat hij zelf zou willen.

'Phinus!' roept Katja. 'Er is bezoek voor je!'

In de gang wacht ze hem op, samen met Sanne. Het meisje draagt een felroze trui met een halsopening die zo wijd is dat hij over haar ene schouder zakt, een kinderlijk smal behabandje onthullend.

'Ik zeg net tegen haar,' gnuift Katja, 'als je tien minuten eerder was geweest, had je voor een dichte deur gestaan. We zijn net binnen, hè Phinus? Ben je trouwens weer recht, is het gelukt?'

Hij kan geen woord uitbrengen, en ook Sanne zwijgt.

'Weet je wat,' zegt Katja, 'ik zet even thee.' Ze duwt hen in de richting van de woonkamer en wendt de steven naar de keuken.

Op het vrolijke derdewereldkleed kijken Sanne en hij allebei naar hun voeten. Het is zo vreemd om weer in haar nabijheid te zijn dat hij ervan begint te hakkelen. 'Wil je niet gaan zitten?'

'Nee. Wie is dat mens?'

'Een kennis. Een soort collega.'

'Ik was vanochtend ook al aan de deur.' Met bitter wantrouwen kijkt ze hem aan.

'We waren weg.'

'Jij met haar?'

'Nee, Franka en ik. We zouden…'

Zonder hem te laten uitspreken flapt ze eruit: 'Ik heb geld nodig.'

Hij staart naar de gave, glanzende schouder die uit haar trui piept. De herinnering aan hoe haar huid voelt, doet hem gloeien van schaamte.

'Geld voor een abortus, bedoel ik.'

Buiten klinkt een claxon.

'Daar zijn Mark en Franka!' roept Katja uit de keuken.

'Dat kan niet waar zijn,' zegt hij geschokt.

'Jawel, ik heb zo'n testje gedaan.'

'Joehoe, Phinus? Daar zijn… okay, ik ga wel!'

'Maar hoe… hoe weet je of het…' Het lukt hem niet de vraag af te maken. Want uiteraard is het van hem. Dat lijdt geen twijfel. Iedere kobold uit elk willekeurig sprookje kan je al vertellen wat de gevolgen zijn als je een meisje ontmaagdt op een net gelegde grafsteen. En dus is nu de hulp van Baba Jaga vereist, de angstaanjagende heks in haar hutje op kippenpoten.

Wacht even. Wacht even.

'Mijn ouders vermoorden me als ze erachter komen. Ik moet ervan af.' Ze trekt haar schouders zo hoog op dat haar oren ertussen verdwijnen. 'Je moet me helpen, hoor, je moet me echt helpen!'

Op dat moment wordt de deuropening gevuld door Marks gestalte. 'Ave!' zegt hij, een hand heffend. Hij heeft een verlekkerde uitdrukking op zijn gezicht.

Ook Katja komt aangezet, met de theepot. 'Even een moment voor onszelf, hoor,' zegt ze druk tegen Sanne. 'Misschien komt je bezoek niet helemaal honderd procent gelegen. Zal ik je even uitlaten? Phinus belt je nog wel.'

'Phinus mailt je nog wel,' verbetert Mark. Hij kijkt naar de verkalkte Hema-schoteltjes met de verdroogde planten.

We zijn zwanger. Verwilderd zegt hij: 'Sanne blijft hier. Ze is een goede vriendin van de familie.'

'Dan val ik maar met de deur in huis,' zegt Mark. 'Je vrouw wilde bij een vriendin worden afgezet. En ze vroeg of ik de tas met kleren kon ophalen die nog in je auto ligt. Dan kan ze een paar dagen vooruit.'

Katja is rinkelend in de weer met de theekopjes.

'Hier,' zegt ze, 'en ga nou eerst eens even zitten, Phinus. Als we allemaal kalm blijven...'

'Waar is ze?'

'Bij die vriendin.'

'Bij wie? Ik mag toch wel weten bij wie?'

'Dat was juist niet de bedoeling, geloof ik.'

'Zei ze nog wat?' Hij probeert niet over zijn toeren te raken.

'Nee. Zullen we die tas dan maar gaan halen?' Mark veegt zijn dikke haar naar achteren. Hij doet geen enkele poging om niet rellerig te kijken.

'O jee, o jee,' verzucht Katja. 'Wil je dat ik zo meteen nog even met Franka praat, Phinus, als we haar spullen afgeven?'

'Bemoei je toch niet overal mee,' snauwt haar man. 'Ze zit bij een vriendin. Ze heeft jou nergens voor nodig.'

'Maar Phinus wil misschien... wat wil jij, Phinus?'

Hij kan het niet bevatten. Zeg dan gewoon rechtstreeks: 'Ik wil even op mezelf zijn.' Even bijkomen van alle gebeurtenissen en emoties. Daar zit niets onredelijks in, dat valt te billijken, daar kan hij inkomen. Maar er met stille trom tussenuit knijpen, met behulp van die Mark, nota bene, die engnek, zoals ze hem zelf noemde.

'Dus, wat nu?' vraagt Sanne, die bij de boekenkast staat, vol ongeduld om de draad van haar verhaal weer op te pakken.

Hij haalt de autosleutels uit zijn zak. Een adempauze is precies wat Franka en hij nodig hebben. Met een armzwaai maant hij Katja uit haar stoel omhoog, zo'n haast heeft hij ineens om Mark en haar uit zijn huis te krijgen.

'Maar we kunnen je hier toch niet alleen achterlaten,' begint zij.

'Alleen?' zegt Mark. Zijn ene mondhoek krult omhoog.

Als hij de kamer weer in komt, zit Sanne aan de tafel, het hoofd in de handen gesteund.

Hij sluit de deur achter zich. Een volle minuut lang kijkt hij zijn ogen op haar uit. Hij zou haar bij haar punten willen oppakken, zorgvuldig opvouwen en ergens veilig opbergen. Ze draagt zijn kind.

'Hoe voel je je?'

Ze schokschoudert. ''s Ochtends ben ik misselijk, maar niet zo erg dat mijn moeder het merkt.'

Met een suizend hoofd telt hij terug in de tijd. 'Zes weken?'

'Het was op 20 februari.'

Dat ze de exacte datum nog weet. Maar misschien noteren meisjes dat in hun dagboek.

'De dag van Jems steen.' Met de nagel van haar wijsvinger volgt ze een nerf in het houten tafelblad. 'Je had me trouwens nog weleens kunnen bellen!'

Alsof hij niet meermalen op het punt heeft gestaan dat te doen. Zo vaak dat hij haar nummer uit zijn hoofd kent. 'Maar wat had ik dan moeten zeggen?'

'Gewoon: Hallo, hoe gaat het met je? Jezusmina!'

'Ach Sanne.' Hij wil bij haar op zijn hurken zakken maar zijn rug waarschuwt hem en hij blijft als een houten klaas naast haar staan. 'Wat ons toen is overkomen, was natuurlijk prachtig, maar het had eigenlijk nooit mogen gebeuren.'

'Het was alleen maar omdat ik Jem zo miste.'

Zijn verbijstering toen ze haar bekken tegen het zijne had geduwd. Haar armen om zijn hals. Haar tong in zijn mond, zoet en warm. 'Ik... ik was bang dat je achteraf misschien...'

'Ik ben heus geen klein kind, hoor. Jem en ik zouden... alleen was hij toen ineens dood.' Zweetdruppels verschijnen op haar voorhoofd. Ze maait haar haren opzij. 'En die middag op de begraafplaats, ik weet niet, het leek zo logisch, dan maar met jou.' Onbevangen kijkt ze hem aan. *Zo logisch.*

Ze had in zijn oor gemurmeld: 'Jij staat immers het dichtst bij Jem. Jij bent zijn vader.' Wat was obscener, dat zij met *Jems vader* wilde vrijen, of dat hij had gezwegen? *Ik ben Jems vader helemaal niet.*

Hij denkt: Wilde ik wraak nemen op Franka, haar straffen voor de desinteresse in het juridische gevecht? *Ik ben je man, ik doe dit ook voor jou.* Of ging het om Jem? Wilde ik het hém betaald zetten? Wel verdomme! Altijd even stronteigenwijs, en dan uitgerekend deze ene keer wél naar me luisteren. Hoe heeft dat jong zo stom, stom, stóm kunnen zijn! En nu moet ík me de rest van mijn leven de haren uit het hoofd trekken. Ik verdraag mijn spiegelbeeld niet meer, ik kan mijn eigen stem niet meer horen, ik ben verdoemd. Verdoemd. En dat heb jij op je geweten, rotjong. Had toch gewoon je zin doorgezet. Dan had je zelf met Sanne naar bed gekund.

Op dat moment gaat de telefoon.

'Wij tweetjes zijn nu in gesprek, hoor,' zegt Sanne dringend. Ze legt haar handen op haar buik. 'Hoe moeten we dit aanpakken? Weet jij hoe het gaat? Staan ze in de Gouden Gids?'

'Ik denk niet,' begint hij. Het telefoontoestel zwijgt abrupt. De stilte brengt hem even van zijn apropos.

Was het Franka die belde, klaar om een hele tirade tegen hem af te steken? Het flitst door hem heen dat ze nu ongerust moet zijn: Waarom is er niet opgenomen? Moet ze er iemand op afsturen om poolshoogte te nemen?

'Ik wil meteen een afspraak maken,' zegt Sanne. 'Misschien kan het woensdagochtend, dan heb ik twee tussenuren.'

'Wees nou even reëel. Het is zaterdagavond. En morgen is het Pasen. Vóór dinsdagochtend kunnen we niemand bereiken.'

Ze fronst.

'Waarom gaan we niet samen ergens iets eten? Dan kunnen we het er rustig over hebben.' Vol ongeduld gebaart hij naar de deur.

Ze denkt na, ze knikt. 'Goed. Even m'n moeder bellen.' Uit haar tas haalt ze een kobaltblauw mobieltje te voorschijn. Ze toetst het nummer in en schuift het toestel routineus onder haar haren. 'Hoi mama!'

In de warme holte van haar lichaam zijn zijn genen een verbinding met de hare aangegaan. Het ligt nu al vast of hij de vader van een zoon of een dochter wordt. Het ligt nu al vast of zijn kind goedlachs is, of het een woelwater is, of het snel zal leren praten, of het van muziek of van ijspret houdt, of het een talent voor geluk heeft. Een mens bezit dertigduizend genen die miljarden tekens beslaan als je ze allemaal uitschrijft: de genetische informatie van dit nieuwe mensje beslaat een lint zo lang als van hier naar Tokio, *o zeker, en terug!* en de helft ervan is van Phinus afkomstig, vijftienduizend flonkerende spiegeltjes. Hij is niet meer alleen in de kosmos. Er loopt iemand aan zijn hand, garnalenvingertjes in de zijne.

Sanne stopt het telefoontje weer in haar tas en pakt er een klein etuitje uit. 'Even m'n ogen doen. Ik loop al de hele dag zonder make-up rond. Toen ik vanochtend de uitslag van die test zag, schrok ik me zo te pletter dat ik zó het huis ben uit gerend.' Een spiegeltje, een mascararoller, een wattenstaafje. 'Kun je niet gaan zitten? Anders voel ik me zo opgejaagd.'

'Ik heb eerlijk gezegd best trek.'

Onverstoorbaar verft ze haar wimpers. 'Waarover heb je stront met Franka?'

'Het stelt niks voor.'

'O, dan vraag ik het haar zelf wel.' Ze lacht. Dan tuurt ze weer in het spiegeltje. 'Jem zei altijd dat ik de langste wimpers van Amsterdam heb.' Trots kijkt ze hem aan.

Hij krijgt het warm.

'Hij zei altijd: "Als je vreemd gaat, dan knip ik ze af!" Vóór mij had hij nog nooit met iemand gezoend.' Er verschijnt een vertederde glimlach om haar mond.

Nu zweet hij. 'Ben je bijna klaar?'

Ze inspecteert zichzelf in het spiegeltje. Met een kritische blik trekt ze een haarlokje over haar voorhoofd. 'Laat ik het nou meteen maar helemaal doen, want ik moet vanavond ook nog uit.' Ze komt overeind. 'Mag ik Franka's lak pakken? Mijn haar zit voor geen meter.'

'Franka heeft geen lak.'

'Jawel, in het kastje op de badkamer. Bij haar coupe soleil, en alle andere haarspullen. Ze heeft een superduur haarmasker' – ze kust met een verlangend gezicht haar vingertoppen – 'dat is niet normaal meer, zo herstellend.'

Pas als ze de trap op is gedenderd, als ze boven zijn

hoofd het juiste kastje opent, veroorlooft hij zich een koude rilling: hoe vaak hebben die twee hier samen, als vrouwen onder elkaar, onder zijn dak gezeten? Wat hebben ze besproken en uitgewisseld? Wat wéét Franka allemaal, Franka die er een kast vol spullen op na blijkt te houden om haar *haar te herstellen*? Geen wonder dat ze hem niet vertrouwde met die twee meiden uit Groningen, geen wonder dat ze zo door het lint ging. Geen wonder dat ze razend op hem is.

Dus ook dit wist ze al die tijd al, en ook hierover heeft ze geen woord gezegd.

'O!' zei ze, stampvoetend. 'Hij heeft geen enkel idee hoe je ruzie moet maken!'

'Nou ja, dat is goed beschouwd ook een hele kunst.' Dat was Irmgard.

Maar Leonoor schudde bezorgd haar hoofd. 'Maak jij dan zo graag ruzie, meiske? Welke dingen zijn dat nou helemaal waard?'

Als de tantes vroeger boos op elkaar waren, dan communiceerden zij uitsluitend via briefjes. Met opeengeklemde lippen gaven ze elkaar ervan langs, met behulp van een stompje potlood, op de achterkant van gebruikte giro-enveloppen. Die boodschappen schoven ze elkaar verbeten zwijgend toe, over de keukentafel met zijn ene wiebelpoot. Want dat je een klein kind niet mocht blootstellen aan geschreeuw en verwijten, daarover waren ze het zelfs in hun bitterste momenten gloeiend eens. Van ruzies werd een kind – 'En een wees zeker!' – een bedplasser en een zenuwpees. Dat, zeiden ze, stond zwart op wit in het handboek voor tantes.

Hij keek toe hoe de enveloppen vol hiëroglifen

over de keukentafel heen en weer vlogen. Imgard gaf er vóór verzending een stomp op, alsof ze haar boodschap volgens de richtlijnen der posterijen afstempelde. Leonoor, die linkshandig was ('Daaraan herken je de geboren lokettiste.'), rammelde even met haar armbanden, de arm net zo hoog geheven als de man met de meterslange nagels, alvorens haar handen aan dit soort post vuil te maken. Meestal schreef ze maar één woord terug.

Ruzie maken was een ingewikkeld proces. Je mocht de woorden 'nooit' en 'altijd' niet gebruiken, zeiden ze. Zelfs niet op papier. 'Jij wilt ook nooit zus': fout! 'Jij doet ook altijd zo': ook fout! Je moest je tot het moment beperken.

Maar het was wel gezellig als er ruzie was. Je zat in je pyjama in de warme keuken, en om beurten aaiden ze je over je bol, terwijl ze nadenkend aan hun potlood likten. 'Ha!' riep Irmgard uit, en stortte zich vol nieuwe inspiratie op haar werk. En dan stond Leonoor op om het steelpannetje op het fornuis te zetten om nog wat warme melk met honing voor je te maken. Na een tijdje werden ze moe van het schrijven. Maar zelfs dan hielden ze zich aan de zichzelf opgelegde spelregel: ze wisselden geen woord, niet met elkaar althans.

'Zeg jij eens tegen je tante dat het faliekante nonsens is die ze zich in haar hoofd haalt.'

'Zeg maar terug dat ik dat zelf wel uitmaak.'

Ze schoven de zinnen zijn mond in als in een brievenbus, en pas als hij die woord voor woord had herhaald, nauwgezet de intonatie imiterend, waren ze openbaar, en kon de andere partij reageren. Hij bevond zich als het ware in het hart van de ruzie: zon-

der hem zou die als een zeepbel uit elkaar spatten, hij
hield de hele zaak bijeen, hem konden ze niet missen.

Na een ruzie kermde en kraakte het grote bed
's nachts nog twee keer zo hard, en 's ochtends aan
het ontbijt was er koffie, alsof het zondag was. Hij
kon vragen wat hij maar wilde en kreeg zijn zin.

'Zei je brood voor de eendjes, jochie?'

'Ach welja, geef het kind de rest maar mee, om het
goed te maken. Ik had toch geen trek meer.'

De eenden zaten in de sloot aan het einde van het
laantje. Het waren er zes: vier bruine en twee zwart-
met-groene. Ze snaterden de hele dag hongerig rond
in het kroos, als ze tenminste niet boven op elkaar
klommen en als gekken heen en weer spetterden. Dat
heette seks, en van seks kwamen kuikens. Als je er
even over nadacht, snapte je meteen waarom de tantes geen kinderen hadden, als enigen in de hele straat:
thuis lag er een dikke plank over de badkuip, met
daarop in torenhoge stapels allerlei boeken. Hij vroeg
zich af of ze zelf in de gaten hadden dat het daaraan
lag. Misschien stond het wel ergens in het handboek
voor tantes, maar ja, zei Leonoor altijd met een zucht,
dat was een boek dat je nooit uit kreeg, daar kwam
telkens vanzelf een nieuw hoofdstuk bij.

Hij kon het ze natuurlijk vertellen.

Nee maar, zouden ze vol bewondering zeggen, dat
we daar zelf nooit op zijn gekomen! Bij die gedachte zag hij hen direct verheugd de muf ruikende boeken wegzetten en de roestige kraan van het bad open-
draaien. Binnen een paar tellen zaten ze samen in het
water te spetteren. Het was ontzettend grappig, al dat
gespartel en geklater. Maar toen begonnen ze elkaar
kopje-onder te duwen, net als de eenden. Hij liet de

papieren zak met brood in het gras vallen en drukte zijn vuisten tegen zijn ogen. *Hou nou op!* Vorig jaar was er eentje niet meer boven water gekomen. De bovenste was nog een hele tijd doorgegaan voordat hij het merkte.

Dat heette dood.

Zijn besluit stond meteen vast: hij zou ze niets vertellen. Want als je dood was, kon je niets meer, zelfs niet gezellig ruzie maken. Man, als je dood was! Dan stopten ze je in een doos onder de grond. Stoer spuugde hij in het gras. Toen raapte hij het brood op en ging de eenden voeren.

Het Spaans-Portugese eethuisje is Sannes keuze. Ze bestelt tapas en rode wijn bij de humeurige ober. Er klinkt slepende fandango-muziek.

Phinus zit stijf rechtop, met angstvallig gestrekte rug. 'Relax nou eerst eens,' mompelt ze terwijl ze een dun sigaretje begint te rollen.

De wijn wordt gebracht, in iets wat op een urinaal lijkt, plus een schoteltje groene olijven.

Ze rookt, ze drinkt.

Om te voorkomen dat hij zal zeggen dat alcohol en tabak vanaf nu dubbel schadelijk zijn, zet hij het peper-en-zoutstel zorgvuldig recht. Hij heeft geen idee hoe hij de zaak het beste kan aanpakken, en een ander onderwerp wil hem ook niet te binnen schieten. Met elkaar aan tafel zitten valt niet mee.

Met neergeslagen ogen eet ze een paar olijven. Ze schenkt zich nog eens in.

Snel bestelt hij een kan water. Daarmee is hij voorlopig weer even uitgepraat.

Ze begint over haar geschiedeniswerkstuk. Het is

een lang verhaal. Haar leraar is een gestoorde dude, dat wil je niet weten.

Ze wachten op de maaltijd.

Ze krabt aan haar blote schouder.

Hij zet het peper-en-zoutstel opnieuw recht, met het gevoel in een stomme film beland te zijn.

Sanne neemt een tandenstoker uit het glaasje en peutert ermee onder haar nagels.

Er komt een man met rode rozen langs hun tafeltje. Zij fluistert, oplevend, dat het eigenlijk drugskoeriers zijn, die gasten. Die met die panfluiten bij het station trouwens ook. Ze onderstreept haar woorden met levendige gebaren. Om haar rechterpols is een kleurig bandje geknoopt. *Net zo een als Jem altijd droeg.* Hij veegt zijn handpalmen af aan een papieren servetje. Plotseling wil hij alleen nog maar naar huis.

Ze zakt op haar stoel achterover, trekt een haarsliert over haar neus en begint er, scheel kijkend, een vlechtje van te maken.

Achter haar, aan het volgende tafeltje, zitten twee meisjes van een jaar of achttien samen te giebelen. Lachen ze om hem? Hij pakt een nieuw servetje.

Uit de geluidsinstallatie klinkt een Andalusisch lied over een gebroken hart, of over hoe het vroeger was in ons dorp, op zomeravonden, bij volle maan, weet je nog, meisje van m'n dromen?

'Jij nog?' Sanne houdt het urinaal omhoog.

'Nee. En zou jij ook niet wat minder…' Nu ontglipt het hem toch bijna. Maar ze hoort het niet, ze verwacht van hem allang geen tekst meer, ze zingt zachtjes mee met de muziek.

De ober komt aangesloft met tapas op kleurige bordjes. 'Sí, finalmente, finalmente!'

'Jeetje! Wat veel!' Ze kijkt naar de hapjes, gretig.

Phinus denkt: Eten voor twee. Hij krijgt weer goede moed.

Ze begint aan de calamares.

Na enkele ogenblikken zegt hij: 'Franka had het vandaag over adoptie.'

Het lijkt haar niet bijster te interesseren. Met behulp van haar hagelwitte tanden probeert ze uit hoeveel rek er in een stukje inktvis zit.

'Want zelf is ze...' Het woord 'onvruchtbaar' staat zo ver af van hoe hij Franka ziet, dat hij van koers verandert. 'Ze heeft kanker gehad, ze kan geen kinderen meer krijgen.' Onbarmhartig leeg strekt haar toekomst zich voor haar uit. Voor hem heeft er daarentegen altijd nog ergens een deur opengestaan. Even stokt de adem in zijn keel.

Sanne veert op. 'O, dus daarom was Jem enig kind. Net als ik. Weet je, dat was zo speciaal aan wat wij samen hadden. Hij snapte mij helemaal. Hij zei altijd...'

'Maar nu hebben we natuurlijk opeens, hoe zal ik het zeggen, een nieuwe situatie.'

'Wil je niet weten wat Jem zei?'

'Ik zit midden in een... en nee, nee, dat wil ik inderdaad niet weten!' Hij slaat met zijn vuist op tafel.

Geschrokken deinst ze achteruit.

Achter haar strekken de meisjes belangstellend hun nek.

De ober klettert twee waterglazen op tafel. 'Es su papá vicioso?' informeert hij, nu ineens spraakzaam.

'Zou u zo vriendelijk willen zijn u met uw eigen zaken te bemoeien? En wel nu meteen? Dank u! Dank u zeer! Muchas gracias!' Phinus grijpt de waterkan, schenkt zich in en poogt met grote slokken zijn agitatie weg te drinken.

'Jem zei altijd dat je net John Cleese was! Nou snap ik wat hij bedoelde! John Cleese, uit *Fawlty Towers*, weet je wel? Eén keer was hij met Manuel, die Spaanse ober, toen ze samen...' Ze barst in lachen uit. Haar haren zwieren langs haar gezicht.

'Hier, neem een slokje water.'

'Wat kan die schuimbekken.' Ze lacht nog na. Ze heeft hem ingedeeld bij de ongevaarlijke gekken, bij de komedianten zoals je die ziet op tv. Onbekommerd hapt ze in een stuk tortilla. Met volle mond zegt ze: 'Eet jij eigenlijk wel wat? Het is best lekker.'

Voor de vorm legt hij twee sardines op zijn bord. 'Dus tja, adoptie...'

Met een verstoorde uitdrukking kijkt ze op. 'We zouden het over mij hebben, hoor. We moeten het goed regelen. Dinsdag bellen we ze op. En woensdag moet je met me mee om de rekening te betalen. En misschien mag ik wel niet lopen, dus dan moeten we met de auto.' Haar gezicht betrekt. Ze duwt haar bord van zich af. 'Straks doet het nog zeer ook.'

'Dat gaat toch niet zomaar, Sanne! Je moet eerst met een maatschappelijk werkster praten, en dan is er geloof ik ook nog een verplichte bedenktijd, mensen veranderen per slot van rekening vaak van mening, eerst zie je het zus en later zie je het zo, dat leert de ervaring, je kunt niet afgaan op de allereerste emotie, dan zou het in zo'n kliniek een gekkenhuis worden, emoties zijn nooit een goede leidraad, op basis van emoties worden bijna altijd de verkeerde besluiten genomen!'

In plaats van naar zijn argumenten te luisteren heeft ze haar eigen gedachtegang gevolgd. 'En als ik erna nou in bed moet liggen? Wat zeg ik dan tegen mijn moeder?'

'Zie je? Zie je nu zelf? We moeten dit zorgvuldig plannen.'

'Ik kan natuurlijk net doen alsof ik heel erg ongesteld ben. Alsof ik niet kan lopen van de kramp.' Nerveus draait ze een sigaretje en steekt het op, diep inhalerend.

Weten ze bij jou thuis wel dat je rookt? Hij barst uit: 'En als de toestemming van je ouders nou nodig is? Je bent minderjarig!' Zijn eigen woorden maken hem op slag nog radelozer. Ze is pas vijftien. Hoe kan hij redelijkheid verwachten van een vijftienjarige?

'Maar dan helpen ze je toch juist meteen? Ze willen toch zeker dat je je school afmaakt en zo?'

Sanne op het schoolplein, tussen andere meisjes, meisjes met paardenstaarten en wipneuzen, beladen met uitpuilende tassen waarop ze met viltstift de namen van hun popidolen hebben gekliederd. Ze is zelf nog een kind, ze slaapt waarschijnlijk in een bed vol knuffels. 's Avonds komt haar vader haar, in de roze met blauw behangen meisjeskamer, een nachtkus brengen.

Ze kijkt op haar horloge. 'Ik heb nog maar een halfuur, hoor. Ik heb in de stad afgesproken met een vriendin.'

'Maar dat kan niet!' roept hij en werpt een blik op zijn eigen horloge. De aanblik van zijn blote pols brengt een nu al verre herinnering bij hem boven. De piranha's. Van hen heeft hij ook gedacht: Het zijn maar kinderen. O, je vergist je zo gemakkelijk, met deze generatie. Die is in zekere zin volwassen geboren. Geen zee gaat hun te hoog. Hij buigt zich over

226

het tafeltje en grijpt Sannes hand. 'Nu moet je even rustig naar me luisteren. Ik ga je een voorstel doen. Misschien schrik je er eerst van, maar denk er toch even over na, alsjeblieft. Hou het kind. Toe.' Hij knijpt in haar vingers.

Haar ogen verduisteren. 'Ja, dag!'

'Nee, ik bedoel niet dat je het groot moet brengen, natuurlijk niet, dat zou helemaal niet kunnen, joh, dat zie ik ook wel.'

'O, ik dacht al.' Ze lacht ongemakkelijk.

Hij sluit zijn hand nog steviger om de hare. 'Je hoeft het alleen maar te krijgen. Franka en ik adopteren het. Wij voeden het op. Je hebt er geen omkijken naar.'

'Ja, daar zit Franka net op te wachten. Op de baby van een ander.'

'Mijn baby, zul je bedoelen. Het kind is van mij. En Franka wil dolgraag adopteren.' Een plotselinge gedachte: misschien is dat de reden waarom zij met geen woord over zijn misstap heeft gerept. Slapeloze nacht na slapeloze nacht heeft ze de tijd en de gelegenheid gehad haar standpunt te bepalen: veertien jaar lang heeft hij voor haar Jem gezorgd. Dus stel nu dat Sanne onverhoopt zwanger van hem zou zijn... dan is het haar beurt om even genereus te zijn, nee, dan krijgt zij een even groot geschenk.

'Wat zei je? Jouw baby?' Sannes stem klinkt schril. Ze rukt zich los. De asbak valt rinkelend op de grond.

'Ja, van mij! Van mij!' Hij probeert zijn kalmte te bewaren. 'Daarom zitten wij er hier samen over te praten, jij en ik.'

'Het is wel van jou, maar daarom heb je er nog niet iets over te vertellen! Het gaat om mijn leven, hoor! Ik bepaal het zelf wel!'

De meisjes aan het andere tafeltje houden hun hoofd schuin om niets te missen. Aan de bar haalt de ober een poetsdoek over de tap.

Zachtjes zegt hij: 'We kunnen hier toch gewoon redelijk over praten? Een abortus is niet niks. Daar kun je je hele leven spijt van houden. Jezus, meid, je bent nog zo jong!'

Ze slaat haar handen tegen haar oren. 'Ik luister niet meer naar je!'

'Sanne, toe nou! Ik ga wel met je ouders praten. Ik zal het ze uitleggen. En als ze er geen begrip voor hebben, kom je zolang bij ons wonen. Echt, elk obstakel kan worden overwonnen.'

Sidderend zegt ze: 'Geef me geld. Nu meteen. Ik regel het dinsdag zelf wel.'

'Geld.' Hij begint sneller te ademen. 'Vanzelfsprekend. Ik zal je er uiteraard goed voor betalen. Zeg maar hoeveel.'

Ze staart hem aan, alsof ze opeens ziet dat hij onder zijn Frygische muts ezelsoren heeft. *Wij accepteren geen creditcards. Maar wel pinpassen met code.*

Hij valt zowat over zijn woorden: 'Ik bedoel alleen maar dat we een keurig contract laten maken, bij de notaris. Zoals het hoort bij een draagmoederschap. Dus je hoeft niet bang te zijn dat iemand je een oor aannaait. En als je wilt' – hij zoekt wanhopig naar nog een extra bonus – 'als je dat nu of later zou willen, dat kunnen we voorlopig openlaten, dan kun je altijd nog aanspraak maken op je rechten als biologische moeder, we nemen immers niets van je af, we nemen alleen maar een last van je over. We zullen er, als jij dat wilt, tegenover het kind nooit doekjes om winden.' Uitgeput besluit hij: 'Precies zoals we bij Jem hebben gedaan.'

'Bij Jem?' Intense concentratie, opeens.

Hij knikt, aangemoedigd door haar ernst.

'Maar hoezo dan?'

'Hij was van Franka's eerste man, ik ben alleen maar...'

'Daar heeft Jem nooit iets over verteld!'

Op slag wordt het stil en kalm in hem. Verwonderd denkt hij: Het was blijkbaar de moeite van het vermelden niet waard. Het was geen punt voor Jem.

Ze zit verwezen met haar hoofd te schudden. Dan dringt het tot haar door. 'Dus jij bent zijn vader helemaal niet!' Ze kokhalst bijna. Ze springt op, pakt haar shagbuiltje en aansteker bij elkaar en propt ze in haar tasje. 'Wat ben je dan, engerd?' Haar stoel valt om. Ze is al bij de deur voordat hij in staat is overeind te komen.

'Hou haar tegen!' schreeuwt hij ontsteld tegen de ober.

Met een stalen gezicht poetst de man het zink van zijn spoelbak.

De deur slaat achter haar dicht.

'Hou haar tegen,' herhaalt hij mechanisch terwijl hij zich langs de tafeltjes rept.

'Qué? La cuenta?' vraagt de ober onnozel. Hij verspert hem de weg.

'Rápido,' smeekt hij, terwijl hij naar zijn creditcard grabbelt, 'rápido!' Hij stampt op de vloer, onmachtig om een urgenter woord te vinden. Zijn cursus Spaans dateert van tien jaar geleden. Het was zo'n ouderwetse Linguaphone-cursus, in loodzware kartonnen banden. Hij had hem gekocht in het jaar dat Franka, Jem en hij een zomer lang door Zuid-Europa zouden gaan trekken. Gekocht voor de vakantie die niet was doorgegaan omdat Franka op de dag voor het vertrek haar baarmoeder verloor, zomaar, als geld dat uit je portemonnee waait.

Wat Phinus bereikt

Heel de stad pulseert als een bloedvat dat op knappen staat. Lichtreclames knipperen. Trams en taxi's persen zich door de straten. Uit cafés waaieren vlagen muziek. Toeristen blokkeren de stoepen. Bioscopen stromen na de eerste voorstelling leeg, en bij iedere stap bots je tegen iemand aan. De stad is opeens als het speelbord van een gecompliceerd spel, waarin in elk vakje een nieuw obstakel wacht waarvoor je een dubbele zes moet gooien. Eén verkeerde zet en het is onverbiddelijk Ga Terug Naar Af.

Als deze kritieke fase was bereikt, zei tante Leonoor vroeger pertinent: 'Ik gooi niet meer.' Ze leunde achterover, de dobbelstenen in haar knuist geklemd. 'Ik kan het niet meer aan.'

Tante Irmgard trok dan een gezicht: 'Het is geen kwestie van leven of dood.'

Hij keek van de een naar de ander. Moest je een spelletje nu serieus nemen of niet? Hij kwam er niet uit. De tantes zetten alles op alles om te winnen, maar als ze verloren, dan was het ineens alleen maar een spelletje. Wat moest hij nu feitelijk geloven?

'Wat is het kind stil,' zei Irmgard.

'Hij bedenkt hoe hij ons gaat inmaken,' antwoordde Leonoor mistroostig.

Waarom bestond er eigenlijk niet een spel dat ook punten gaf voor pech, voor domme zetten, voor het morsen van melk op het bord? Een spel waarbij je meteen al voorstond als een van je tegenstanders je favoriete pionnetje voor je neus had weggekaapt. Een spel dat korte metten zou maken met alles waarvoor je doorgaans werd beloond en met alles waarvoor je meestal werd afgestraft. Iedereen zou winnen. Er zouden tientallen manieren zijn om te winnen!

Als hij zo'n spel uitvond, werd hij vast miljonair. Dan kon hij voor de tantes op hun verjaardag een limousine huren, met achterin drankjes met ijsblokjes, en voorin een chauffeur in een livrei. Als vorstinnen zouden ze in de leren kussens zitten, met hun vilten sloffen en hun kromme vingers waarmee ze iedere ochtend, met een beetje spuug, zijn haar achter zijn oren streken. Hij lachte hardop.

'Het kind lacht me uit,' zei Leonoor.

'Gooi, of je verspeelt je beurt,' zei Irmgard met rollende ogen. Zij won het vaakst van hun drieën. Haar pion (de zwarte) omzeilde zo onverstoorbaar In De Put en de Dood dat het was alsof die niet bestonden. Als een tank schoof ze ermee over het bord en gaf iedereen het nakijken. Gewoon omdat het haar allemaal geen barst – zelfs geen barstje, zei ze uitgestreken – kon schelen. Ze beweerde dat het Geluk nukkig werd als je het naar je hand probeerde te zetten. Het Geluk was een echte dondersteen: hoe meer je erachteraan holde, des te rapper maakte het zich uit de voeten. Bovendien bestond het bij de gratie van het Ongeluk – over donderstenen gesproken! – en hengelde je naar het een, dan kreeg je het ander vanzelf ook gratis thuisbezorgd.

Leonoor legde haar handen om Phinus' oren. Pas toen Irmgard was uitgeraasd, nam ze haar handen weer weg. Luister, het Geluk was een elf met een wit jurkje aan, het woonde 's winters in een sneeuwklokje en 's zomers in het hart van een madelief, waar het voortdurend de oortjes gespitst hield om te horen of er ergens iemand riep. Als iemand het nodig had, dan kwam het meteen aangevlogen, reken maar. Het Geluk, fluisterde Leonoor, kon je zelf oproepen. Als je het tenminste echt verdiende. Daar zat 'm de kneep. Je moest heel zeker van je zaak zijn. Voor een zuiver hartje had het Geluk altijd alle tijd en alle aandacht.

Midden in de menigte staat hij stil op straat. Heeft hij soms geen zuivere motieven? Of wil hij het onmogelijke, vraagt hij te veel? Zijn handen jeuken alleen maar om het koordje van een kindercapucon te strikken en er een warme sjaal omheen te knopen. Hij hunkert ernaar een nog blanco koppie uit te leggen hoe het zit met eb en vloed, de rechtspraak in het oude Rome en het Geluk. Hoe zou dat te veel gevraagd kunnen zijn?

In een winkel met toeristische prullaria die ondanks het late uur nog open is, koopt hij een piepklein T-shirt met tulpen erop. Met het shirtje in zijn zak gepropt gaat hij weer naar buiten. Aan de overkant doemt een telefooncel op. Hij knippert even met zijn ogen. Hij is bij toeval in een nieuw vakje van het spel beland. Het vakje Wie-Niet-Waagt-Die-Niet-Wint.

Hij wringt zich de cel in en haalt een telefoonkaart uit zijn nu vrijwel lege portemonnee. Hij neemt de hoorn van de haak en toetst het nummer in. De telefoon gaat over. Twee keer, drie keer, vier keer. Dan komt met een klik in zijn oor de verbinding tot stand. Hij heeft een fractie van een seconde om te hopen dat het de moeder is, en niet de vader, die hij die avond op het politiebureau zo heeft geschoffeerd.

Het is de moeder.

'Met Vermeer,' zegt hij.

Een moment blijft het stil. 'O, de vader van Jem.'

Hij is even van zijn stuk.

'Hallo? Meneer Vermeer?'

Jem heeft in haar keuken gezeten, of bij haar op de bank. Ze hebben gepraat. 'Mijn vader zit de hele dag te ganzenborden en te dominoën, en daar wordt hij nog voor betaald ook.' Hij drukt zijn voorhoofd tegen het glas van de telefooncel. Hij kan geen woord uitbrengen.

'Is Sanne nog bij u?' Haar stem stijgt. 'Er is toch niet iets met Sanne?'

'Nee. Nee, ze had na het eten nog een andere afspraak en daar is ze nu naar toe.'

Ze wacht. Ze denkt misschien: Waarom belt die man? En wat wil hij toch van mijn dochter? Sanne zit ook al om de haverklap bij zijn vrouw. Ze annexeren haar helemaal, het is ongezond. Sanne moet verder met haar eigen leven, ze mogen haar niet als een surrogaat-kind beschouwen, ze hoort hier, bij ons.

Snel stoot hij uit: 'Daarom bel ik juist.'

'Waarom? Wat bedoelt u?'

'Sorry, ik ben een beetje buiten adem, want ik ben achter haar aangerend toen ik merkte dat ze zonder haar tasje uit het restaurant was vertrokken, het was opeens veel later dan we dachten, zij moest er al vandoor terwijl ik nog op de rekening wachtte, dus als u toevallig weet waar ze heeft afgesproken, dan reik ik haar die tas even aan, anders zit ze de hele avond zonder... geld en zonder...'

'Lieve help,' zegt ze, 'u denkt toch niet dat iemand van bijna zestien haar moeder nog vertelt waar ze uitgaat?' Of was die Jem van u soms zo'n doetje? We vonden hem altijd al een zacht ei. Veel te jong, in alle opzichten, voor onze Sanne. Dat is zo'n zelfstandige meid. Die redt zich vanavond ook zonder geld heus wel. Haar vriendinnen lenen haar wel wat. Ze heeft natuurlijk met Irene afgesproken bij de Heineken Hoek, en daarna naar Gigi's, om de anderen te treffen, of naar Dansen bij Jansen.

'Het spijt me, meneer Vermeer. Ik heb geen idee. Ik kan u niet helpen. Een prettige avond nog.' Een klik en daarna de zoemtoon.

Hij kan er niet bij. Iemand wie het niet kan schelen of haar eigen dochter wel een strippenkaart op zak heeft, of de middelen om er een te kopen, om vannacht weer veilig thuis te kunnen komen. Of droop de leugen van zijn stem en had ze door dat hij Sannes tas helemaal niet heeft? Ze kijken stuk voor stuk door hem heen, die vrouwen. Het geeft hem een onveilig, opgejaagd gevoel.

Als hij uit de telefooncel stapt, lijkt het op straat nog drukker dan daareven. Het is tien uur. Het uitgaansleven begint op gang te komen. Jongens met rechtopstaand haar en meisjes op hooggehakte laarzen lopen in drommen langs. Alles aan hen wijst omhoog, alsof ze zich hebben voorgenomen door te gaan met groeien en groeien, net zo lang totdat ze de hele wereld onder hun achteloze tred kunnen vermorzelen. De stad is al van hen, die hebben ze compleet in hun zak. Op alle muren en rolluiken hebben ze hun brandmerk aangebracht: in kolkende arabesken knallen de graffiti druipend van elk denkbaar oppervlak. In iedere straat, op ieder plein brengen ze hun onomwonden boodschap over. Wij maken hier de dienst uit. Wij, met onze soepele spieren, onze snelle reflexen, onze smetteloze, gereguleerde gebitten, wij die niet krom zijn, niet gelooid of geplooid zijn, laat staan gevlekt of verkleurd, wij met onze scherpe ogen, scherpe oren en scherpe tong, wij de onvermoeibaren, de onbevreesden, de onsterfelijken: de rechtmatige erfgenamen van deze planeet. Wij zullen er nog zijn als jullie allemaal dood en vergeten zijn, neem daar nota van, we gedogen jullie met je verkalkte botten, rimpelnekken, opvliegers en opkruipend tandvlees, jullie worden gedoogd, maar zonder veel geduld of genade, aangezien jullie in feite al geschiedenis zijn. Het veld ruimen jullie toch.

Onder een lantaarnpaal wacht Phinus af. Drie meiden passeren, de haren vol kammetjes, clips, speldjes en glitters, de spijkerbroeken adembenemend strak. Ze praten alledrie in een mobiel telefoontje. Alleen het feit dat ze steeds tegen elkaar opbotsen van het lachen, verraadt dat ze gezamenlijk op stap zijn.

Een veilige afstand in acht nemend loopt hij achter het drietal aan.

Gierend in hun telefoontjes gaan ze een café in.

Binnen is het zo rokerig dat zijn ogen al op de drempel beginnen te tranen. Half op de tast zoekt hij zijn weg door het overvolle lokaal, zich stotend aan tafelhoeken, gedesoriënteerd door de herrie van monotoon dreunende muziek en schetterende stemmen. Er hangt een zwoele hasjgeur, of misschien is het een mengeling van parfums, haarolie en warme, jonge lichamen. 'Sanne?' roept hij.

Gezichten draaien in zijn richting. Blonde en donkere meiden kijken hem een kort moment aan. For-se en tengere. Drukke en rustige. En even trekt er iets verontrustend bekends langs hun gladde snuitjes: de vrouwen van morgen kijken hem aan, de vrouwen van straks, vrouwen met sproeten en vrouwen met een wiskundeknobbel, vrolijke vrouwen, slome vrou-wen, nuchtere, wanhopige en vastberaden vrouwen, vrouwen met haar op hun tanden en vrouwen met lak aan alles, slimme, sportieve, verstrooide en pietlutti-ge vrouwen, vrouwen met pit en vrouwen die slissen, gewetenloze vrouwen, depressieve vrouwen, vak-vrouwen, stille vrouwen, inhalige, slordige, luie, han-dige en hartelijke vrouwen, vrouwen met gevoel voor humor en vrouwen zonder, heerszuchtige vrouwen, tomeloze vrouwen, bodemloze vrouwen, oeverloze vrouwen, ernstige, flinke, zachtmoedige, weerbarsti-ge en originele vrouwen, vrouwen zonder een centje pijn en vrouwen zonder hart, onderdanige vrouwen, vrouwen als kastelen of juist als kathedralen, vrouwen die naar kaneel ruiken of naar hooi, gezellige, moe-derlijke, avontuurlijke, verlegen en rondborstige vrouwen, verpletterende vrouwen, castrerende vrou-wen, vrouwen met een roeping en vrouwen met een koel verstand, strenge vrouwen, domme, hoogharti-ge, truttige, egoïstische en altruïstische vrouwen, vrouwen van je ha en van je ho en van je reldeldel, godvruchtige vrouwen, armzalige vrouwen, wraak-zuchtige, serieuze, ontvankelijke, hardhandige, on-nozele en goedlachse vrouwen... en allemaal kijken ze dwars door hem heen.

Heel even daalt er iets als een stilte neer in het café. Intuïtief peilen ze met al hun sensoren de diepte van zijn wanhoop, en het scheelt maar een haar of iets wat ouder is dan zijzelf maakt zich in hen los. Dan gaat het nijdig roezemoezen voort. Het glimpje mededogen dat op het punt van ontwaken stond, wordt meteen weer gesmoord: wat is er de lol van om de wereld te erven, als je in een flits voor je ziet dat je dan de hele tijd begrip voor anderen zult moeten opbrengen?

Ze wenden zich af, ze pakken hun mobieltjes en toetsen nummers in.

Hij staat bij de bar, terzijde geschoven. Om zich een houding te geven doet hij een greep in een van de bakjes met pinda's die uitnodigend gereedstaan. Zijn mond is zo droog dat het is alsof hij op zand kauwt. Hij slikt tevergeefs. De nootjes blijven als een prop tegen zijn verhemelte kleven.

'Nee, maar nu moet ik echt naar mijn date! Stel je voor dat hij...'

'... dus wat denk je dat ik zei? Ik zat er niet mee, ik zei gewoon...'

'Twee baco's!'

'En echt, het was geen gezicht.'

'Nou nee, eerder Leonardo. Dezelfde wenkbrauwen. Heel intens.'

Ze kruien tegen hem aan, opzij, opzij, wij zijn hier om gezamenlijk de toestand te analyseren, wij zijn hier om te oefenen hoe je dat doet, mens zijn. Hij vraagt, terwijl hij het dichtstbijzijnde meisje bij de arm pakt, een klein dikkerdje: 'Ken jij Sanne Hendrikse?'

'Nee,' antwoordt ze perplex.

Het is geen aantrekkelijk meisje. Zo te zien zit alles haar tegen. Het kransje mee-eters om het bleke neusje. Het slappe haar, verkeerd geknipt. De kilo's

kettingen om haar hals en polsen, die haar huid smoe-
zelig maken, al dat onappetijtelijke ijzerwerk... *Jem
met zijn fonkelnieuwe beugel, zijn mond opengesperd, erop vertrouwend dat papa wel wist hoe de elastiekjes vervangen moesten worden.*

'Hoezo? Bent u haar vader?' vraagt ze zenuwachtig.
Hij recht zijn stramme rug. 'Wil je wat drinken?'

Met een verrast gezicht klimt ze op de kruk naast
hem. 'Witte wijn, graag.'

Hij bestelt twee witte wijn.

Onzeker zegt ze: 'O, maar u bent natuurlijk de vader van...' Ze knipt met haar vingers. Op zijn leeftijd ben je automatisch iemands vader. Het is ook zo
logisch als wat.

De wijn, voorzien van ijs, is mierzoet. Niettemin
drinkt hij het glas in drie, vier grote slokken leeg. Pas
dan is zijn tong weer soepel genoeg om aan het uit-
horen te kunnen beginnen. Waar gaat zo'n leuk meisje als zij op zaterdagavond meestal nog meer naar toe?
Zijn er nog andere cafés die net zo cool zijn?

Er komt kleur op haar wangen. Gretig begint ze uit-
gaansgelegenheden op te sommen. Daar is de entree
een geeltje, daar een tientje. Consumptiebonnen zus,
portiers zo. Dat is meer house, dat vooral heavy me-
tal. 'Alleen zijn de plees daar een rampgebied, echt te
goor,' zegt ze. Ze klinkt net zo deskundig als Jem, die
wist dat het 's nachts na vieren het veiligst op straat
is. Hij probeert de herinnering meteen weg te drukken, maar opnieuw rijst Jem bijna tastbaar voor hem
op. De slungelachtige gestalte, de dikke brillenglaze-
zen, de grote voeten, de ongemakkelijke motoriek van
een lichaam stampvol veranderingen en hormonen.
Hoe hadden zijn leeftijdgenoten hem gezien? Had hij

er eigenlijk maar een beetje bij gebungeld, zo'n jongen aan de rand van de kring, net niet hip en vlot genoeg, met precies de verkeerde gel in zijn haar? 'Die knoopt de veters van zijn Diesels! O man!' Had Jem eronder geleden? Had hij 's nachts wakker gelegen, plannen verzinnend om in de gunst te komen, en zich daar meteen voor schamend?

Phinus denkt: Hij zei er nooit iets van. Maar dat bewees niets. Zulke dingen besprak je thuis niet. Thuis hadden ze er geen idee van hoe nauw het allemaal luisterde, thuis zat iemand met zó weinig verstand van de juiste kledingmerken en hoe het hoorde, dat hij je ooit doodleuk met een plastic diadeem had laten rondlopen.

Hij drukt zijn nagels in zijn handpalmen. *Probeer het je maar niet aan te trekken, knollebol van me. Laat ze maar stikken en denk aan je sterke kanten! Wie bakt er nou zo'n sublieme appeltaart als jij? Zeg! Weet je wat? We geven een Mr Bean-feestje! Dat is het. We halen de hele videotheek leeg, we doen een 24-uurs Mr Bean-marathon, Bean vinden ze allemaal gaaf, die flitsende binken en hun meisjes, en dan geven we ze jouw taart, haha, en Franka maakt popcorn, en ik... okay, okay, ik blijf achter de schermen. Van mij merkt niemand iets. Ik zorg in de keuken voor schone bordjes en glazen. Maar kom op, joh, het gaat uiteindelijk gewoon voorbij. Zeker weten. Voordat je het beseft, binnen een jaar, hooguit twee, ben je opeens...*

'... in de Escape,' zegt het dikkerdje met een stem die trilt van verlangen. 'De Escape is het absolute einde.'

Hij verslikt zich. 'Nog twee witte wijn,' roept hij tegen het meisje achter de bar. 'O, en ik kan hier straks toch wel pinnen?'

'Nee,' zegt het blondje. Haar piercings zien er nog dreigender uit dan die van Astrid. Geroutineerd vult ze de glazen.

'Accepteren jullie creditcards?'

Ze schudt haar hoofd.

'Ik bedenk me namelijk net dat ik geen geld bij me heb.' Hij moet zijn stem verheffen om zich boven het bonken van de muziek verstaanbaar te maken.

'Had u eerder moeten bedenken. Vier glazen wit, dat is achttien gulden,' zegt ze ontoeschietelijk.

Hulpzoekend kijkt hij naar het dikke meisje naast zich. Haar gezicht is ingezakt. Ze zegt: 'Achttien piek, daarvoor moet ik ruim twee uur achter de kassa bij de Aldi zitten.' Ze staat op, pakt haar glas en verdwijnt ermee in de menigte.

De blonde zet haar handen in de heupen. 'Nou?'

Hij is beduusd. 'Er is vast wel een geldautomaat in de buurt?'

'Ja, om de hoek. Maar wie garandeert me dat je terugkomt?'

'Ik zal je een onderpand geven.' Hij voelt in zijn zakken. Hij heeft niets van enige waarde bij zich. 'Hier, mijn creditcards.' Hij steekt haar zijn portefeuille toe, na er het bankpasje uitgehaald te hebben.

Ze weert zijn hand af. 'Daar trap ik niet in.'

'Loop dan even met me mee naar buiten.'

'En hier de hele zaak in de steek laten?'

Hij voelt zijn tic tekeergaan. 'Je bent niet erg behulpzaam, hè?'

'Nee, waarom zou ik? Had je maar moeten zorgen dat je geld bij je had. Het is mijn probleem niet.'

'Als je kas straks niet klopt, heb je wel een probleem. Dan zul je...'

Zonder haar blik van hem af te wenden steekt ze twee vingers in haar mond en fluit schel. Meteen dringt er een zwarte jongen in een leren jack naar voren. 'Meneer hier kondigt net aan dat hij zonder betalen wil vertrekken,' roept zij luid terwijl ze achter de bar vandaan komt.

Demonstratief houdt Phinus zijn bankpasje omhoog. Op zijn rekening staat wel een tikkeltje meer dan achttien gulden, het is bijna lachwekkend.

De jongen geeft hem een onverwacht felle stomp tegen zijn borst. 'Wij willen hier geen problemen.'

'Hoho,' zegt Phinus geschrokken. Wat is nu de beste zet? *Ga twee vakjes terug.* Boven het gedreun van de bassen roept hij uit: 'Ik ook niet. Ik moet alleen maar even geld gaan halen.' Hij zwaait met zijn pasje.

'Ja, die kennen we.' Bliksemsnel treedt de jongen naderbij en laat zijn handen over Phinus' jasje glijden.

'Echt, ik heb niets bij me.'

De jongen trekt het T-shirtje met de tulpen uit zijn zak. Het meisje graait ernaar en houdt het smalend omhoog. 'O kijk nou, wat snoezig.'

Er wordt nieuwe muziek opgezet, de decibels gaan omhoog.

Het meisje schreeuwt: 'Hij is zeker net vader geworden!'

'Nou ja! Moesten ze eigenlijk verbieden, op die leeftijd nog een kind maken!'

'En dan hier ook nog meiden komen oppikken!'

'Wat?'

Ze gilt: 'Meiden oppikken!'

Sla een beurt over. Hij doet een stap achteruit, maar

ze grijpt hem bij zijn revers. In haar hals worden aderen zichtbaar als ze uit alle macht boven de muziek uit schreeuwt: 'Zeg, ben je soms een pedo?'

Sla een beurt over!

'Een pedo zonder een cent te makken!' De jongen grijnst laatdunkend.

De bezoekers drommen samen, ze kijken toe. O, het is die indringer. Maak gerust gehakt van hem, dit is ons grondgebied, dit is een vrijstaat.

Het meisje zwaait met het tulpenshirtje boven haar hoofd, als een trofee. 'Daar is die kleine klaar mee! Misschien moeten we de politie maar eens inlichten. Ze kunnen je zo uit de ouderlijke macht ontzetten, weet je dat, vieze vuile...'

'Maar eerst betalen, vader!'

'Nou, blij dat het de mijne niet is!'

En in dezelfde reflex die ook Marius H. op die fatale avond niet kon onderdrukken, heeft hij ze opeens allebei te pakken. Hij grijpt ze in hun nekvel. En terwijl er van alle kanten luid gegil opstijgt, slaat hij ze met de koppen tegen elkaar, hij slaat en hij slaat, hij slaat ze regelrecht naar de hel.

De duivel wacht hen op. Uitnodigend houdt hij de deur van een van zijn grootste ovens open. Beetje confuus, kiddo's? Het is me ook wat: het ene moment nog een hele Piet, geen centje pijn, en het volgende ogenblik zo dood als een pier.

Maar zo is het leven: de aarde is geboren uit chaos en toeval, en chaos en toeval zullen jullie erfdeel zijn zolang jullie daar rondkruipen. Jullie eigen ontstaan weerspiegelt het al: het is stom geluk, als zo'n slome duikelaar van een spermatozoïde een nuffig juffertje eicel weet te vinden. Hele volksstammen zijn daar hartstochtelijk opuit, tevergeefs, terwijl andere tot hun schrik de ene voltreffer na de andere maken. Inzetten, gokken maar, rien ne va plus! Het is maar net hoe het balletje rolt. Generatie op generatie is de mensheid afhankelijk van deze roulette. Zie het onder ogen: ieder van jullie bestaat bij de gratie van het toeval.

Dus niet mekkeren als de dood een al even grote willekeur tentoonspreidt. Dit is nu eenmaal jullie lot: onderdeel te zijn van een schepping die als wezenskenmerk heeft dat zij onvolmaakt en onbeheersbaar is. Heel de natuur is één groot lopend buffet, elkaar opvreten is het parool. Verwacht vooral geen gerechtigheid, samenhang, betekenis of genade.

Maar kom, laten we naar binnen gaan voordat we hier op de stoep bij de ketel kouvatten.

Een agent voert Phinus een kleine kamer zonder ramen binnen. 'Gaat u hier maar zitten. We komen zo bij u voor het verhoor.'

Er staat een oud stalen bureau met een computer erop en drie stoelen eromheen. Het ruikt er doordringend naar een schoonmaakmiddel. Op de gang roept iemand: 'En ik heb die kale netenkop nog zó gewaarschuwd!' Dan valt de deur dicht en wordt het stil.

Hij trekt een stoel naar achteren en gaat zitten. Hij legt zijn handen op het tafelblad en kijkt ernaar. Zijn knokkels zijn kapot. Dus. Dus wat al die maanden onzichtbaar is geweest, is nu eindelijk voor iedereen te zien: hij heeft bloed aan zijn handen.

Na een tijdje sluit hij zijn ogen. Hij denkt aan niets. Een verwarmingsbuis tinkelt zachtjes. Het is heet, maar hij kan zich er niet toe zetten zijn jasje uit te trekken. Tot zijn verbazing wordt hij zich langzaam bewust van een gevoel van rust zoals hij in geen halfjaar heeft gekend. Hij is precies in het juiste vakje beland, in het vakje waar het hele spel steeds om heeft gedraaid: hier, tussen deze vier verveloze muren zal zijn verhoor straks eindelijk beginnen. De balans zal worden opgemaakt. Het recht zal zijn loop hebben.

De agent komt terug, met een bekertje thee en een asbak. 'Mijn collega is nog even bezig.'

Hij knikt, zich verbazend over de beleefde toon. Het is net alsof de wereld haar angstaanjagende gedaante van de laatste tijd heeft afgelegd. Alsof alles op slag is bedaard, nu er ten langen leste recht gedaan zal worden, schuld bekend kan worden en door boete vereffend.

'Moeten we iemand bellen om te waarschuwen dat u vannacht niet thuiskomt?'

'Nee. Dank u.'

De man draait zich om en verlaat de kamer.

Waarschijnlijk zegt Franka op dit ogenblik net tegen haar vriendin: 'Toen ik met Phinus trouwde, kreeg ik er een kind bij. Ik wil nou eindelijk weleens uit de luiers.'

Er valt een barst in zijn vredige stemming. Hij gaat staan, loopt wat op en neer, gaat weer zitten. Hij had, toen zijn rug weer in het gareel was, meteen in zijn auto moeten stappen en naar haar op zoek moeten gaan! Hij kent haar vriendinnen stuk voor stuk, hij zou haar snel hebben gevonden.

Maar toen kwam Sanne. *'Jem zei altijd dat ik de langste wimpers van Amsterdam heb. Hij zei dat hij ze zou afknippen als ik vreemd ging.'*

De deur gaat open. De agent die hem heeft opge-bracht, komt samen met zijn collega binnen. De collega neemt plaats achter het bureau. Hij haakt zijn vingers in elkaar en laat ze knakken alvorens hij de computer aanknipt. 'Het ziet er niet best uit voor u. U hebt geluk gehad dat er genoeg omstanders waren om u te overmeesteren. Anders was er niets van die twee jongelui overgebleven, zo ging u tekeer.'

De ander zegt op zonderling begane toon: 'U was finaal over de rooie.'

'Meneer Vermeer? Dringt het wel tot u door? Be-seft u wat de gevolgen waren geweest als u de dood van een minderjarige op uw geweten had gehad?'

Phinus kijkt op. 'Ja,' zegt hij schor. 'Dat weet ik.'

Met een zucht klikt de man op zijn computer een programma open. Hij tikt iets in. Dan vouwt hij zijn handen over zijn maag. 'Nou, waar zullen we eens beginnen?'

Achter in de tuin stond een knoestige kastanje met takken zo dik en zo sterk dat ze zelfs de tantes zouden kunnen houden. Het was een stokoude boom: Leonoors vader had hem geplant toen hij nog een kleine jongen was, ja echt, net zo oud als jij nu bent, schat.

Op broeierige zondagmiddagen zochten de tantes de schaduw ervan op. Irmgard met het kraagje van haar bloes los, Leonoor op blote voeten, haar tenen wriemelend in het gras. Ze zaten in gestreepte stoe-len, het hoofd achterover, weerloos. Als je pal boven hen op een tak zat, was de verleiding soms bijna on-weerstaanbaar om iets naar beneden te gooien, een twijgje of zo, maar je mocht niets afbreken van de na-tuur die onze leermeesteres was.

Leunend in de oksel van zijn lievelingstak luisterde hij naar het kwetteren van de mussen. Hij keek naar de torretjes en spinnen die in de nerven van de bast rondkrioelden. Als er iemand door het laantje achter de tuin liep, stak hij zijn hand op en riep: 'Dag buurman.' Het was geweldig dat iedereen kon zien hoe prinsheerlijk hij hier bij zijn tantes zat, in de boom die Leonoors vader had geplant. Dat moest een fantastische vader zijn geweest. Hij voelde zich een beetje jaloers.

'Stel je daar maar niks van voor,' antwoordde Leonoor meteen. 'Een iezegrim, dat was het. Altijd kankeren, nondeju dit, nondeju dat, en op zijn poot spelen.'

'Als Leonoor hardop om iets lachte, moest ze voor straf zonder eten naar bed,' vulde Irmgard aan. 'Ik bedoel maar.'

'Het werd ook vaak het kolenhok.'

'Heb je het kind verteld over die keer bij de waterput?'

De keer bij de waterput. De keer op het ijs. En o, die keer van het schoolrapport met de drie negens! Dat was de allerergste keer geweest. Als je tenminste die keer niet meetelde van de geruite strik in het haar. Nee heus, we spelden je niets op de mouw. Waarom zouden we? Kind toch, en dan hebben we het nog niet eens over Irmgards moeder gehad.

'Dat was een helleveeg,' zei Irmgard. 'Ze béét me als haar iets niet zinde. In mijn hand. Of mijn wang. En dan deed ze er daarna azijn op. Dat het goed gemeen prikte.'

Leonoor kwam overeind uit haar stoel. Terwijl ze haar ogen tegen de zon afschermde, keek ze omhoog naar Phinus, in de boom. 'Wat ben jij toch een bofferd, hè liefje?' Toen liep ze naar de keuken om boterhammen te gaan smeren.

Hopelijk zou ze er banaan op doen.

Na een moment vervolgde Irmgard op stuurse toon: 'Ik voor mij heb het nut van ouders nooit zo ingezien. Ze denken dat hun kinderen hun bezit zijn. Ze spelen er ongegeneerd de baas over. Ze hebben er geen enkel respect voor. Ze zijn altijd in de weer hun kinderen te vórmen, eerlijk waar, en naar hún evenbeeld, vanzelf. Ze willen dat hun kinderen als twee druppels water op hen lijken.'

Er was een naar gevoel in zijn buik gekomen, net als bij jokken. Zenuwachtig friemelde hij aan een tak.

'Alsof je niet van jezelf zou zijn! Alsof je niet gewoon zou zijn wie je bent.'

Maar louter van jezelf zijn was helemaal niet fijn. Met alleen maar een paar dikke, ouwe tantes.

'Dus stel het je maar niet te ideaal voor. Ouders, pfff! Als wees ben je natuurlijk geneigd ze te idealiseren, maar heus...'

Ophouden! De tak knapte tussen zijn vingers. Heel even was het alsof zijn hand werd tegengehouden. Toen gooide hij uit alle macht de tak naar beneden. Met een gebaar dat hem door niemand was geleerd, krachtig en feilloos, smeet hij zijn wapen naar tante Irmgard.

Ze gaf een gil. Ze sloeg haar handen voor haar gezicht.

Leonoor, die net naar buiten kwam, liet de schaal met boterhammen vallen. Ze rende geschrokken naderbij.

Schielijk trok hij zich op aan een hogere tak. Zijn

hart bonsde terwijl hij zich dieper in de boom nestelde.

'Niet aankomen!' riep Leonoor. 'Dan maak je het
alleen maar erger!' Ze greep Irmgards handen en
hield ze stevig vast. 'Phinus, ga de dokter halen! Waar
zit je? Phinus!'

Hij hield zich muisstil. Hij verroerde geen vin.

'Phinus? O jee, dan ga ik zelf wel. Beloof me dat je
niet probeert hem eruit te trekken.'

Door de dikke bladeren kon hij niet veel zien. Hij
stelde zich zijn dikke, ouwe tante voor, met de tak
midden in haar oog. Het was haar verdiende loon.
Dat was echt zo.

De dokter kwam en nam zijn tantes in de auto mee
naar het ziekenhuis.

Hij wachtte nog een hele poos. Toen liet hij zich
uit de boom zakken. Hij keek of er bloed bij de stoelen lag. Geen spatje. Hij stak zijn handen diep in zijn
zakken en ging naar binnen.

Op zijn kamertje kon hij niets verzinnen om te
doen. Landerig pakte hij zijn lego. Een kasteel! Maar
het lukte hem niet. Bedrukt slofte hij naar beneden,
naar de doodstille woonkamer waar op het dressoir
Leonoors verzameling porseleinen herdersmeisjes
stond. Meisjes, dacht hij. Een meisje zou nooit zoveel narigheid hebben veroorzaakt. Toen ging hij
met ingehouden adem in Irmgards stoel met de ribbeltjesstof zitten en deed zijn hand voor zijn ene oog.
Meteen was het alsof de kamer in tweeën was geknipt.

'O lieverd!' riep Leonoor uit. Ze kwam binnenge-
hold, met Irmgard in haar kielzog. 'O, dat we zomaar
zijn weggegaan en jou alleen thuis hebben achterge-

laten! Jij hebt voor de schrik wel een glas limonade verdiend.'

'Er zat een takje in mijn oog,' zei Irmgard droog. 'Vandaar.'

In de keuken dronken ze met z'n drieën ranja. De tantes babbelden over de rit naar het ziekenhuis, over hoe aardig de dokter was geweest, en wat de verpleegsters hadden gezegd. Het zou allemaal goed komen, het was maar een oppervlakkige beschadiging, het enige risico was een infectie, maar daarvoor hadden ze druppeltjes gekregen, waar was dat flesje nou, o ja, in Leonoors zak, en in de tussentijd moest het oog ademen, gewoon ademen.

Het klonk alsof ze onder water praatten. Hij durfde niet naar Irmgard te kijken.

'Je tante kan wel een kus gebruiken,' zei Leonoor. Bijna begon hij te huilen.

Irmgards hand streek over zijn gebogen hoofd. 'Hoeft niet, hoor. Ga maar een mooie tekening voor me maken.'

Er werd die avond niet gekookt. Ze gingen naar de Chinees met de draken en de lantaarntjes om de goede afloop te vieren. Maar hij kreeg zijn bami niet naar binnen. Hij keek naar hoe de ober naar Irmgard keek, alsof hij iets smerigs zag.

Leonoor zag het ook. 'Je moet maar een paar weken uit de buurt van de spiegel blijven. Het is echt een akelig gezicht.'

'En, vind jij dat ook?' Irmgard pakte hem bij zijn kin. Hij schrok zo dat hij vergat tegen te spartelen. Voordat hij het wist, staarde hij in haar kapotte oog. Het puilde als een rare, rode prop uit de kas. Toch was het minder eng dan hij had gedacht.

Ze liet hem los. 'In je fantasie is het vaak erger dan in het echt,' zei ze vriendelijk. 'Altijd je best doen alles maar gewoon onder ogen te zien.'

Ze kon zijn gedachten lezen! Dat was natuurlijk een truc uit het handboek voor tantes. Maar als ze daar zo goed in was, waarom had ze dan vanmiddag niet gemerkt wat hij in de boom had gedacht? Dat ze moest ophouden met dingen zeggen die niet waar waren! Of had ze het juist wel doorgehad? Maar dan wist ze ook... met een ruk hief hij zijn hoofd.

Ze zat hem rustig aan te kijken.

Hij dacht: Ik heb het gedaan, en ik deed het expres.

Ze trok een wenkbrauw op en knikte bijna onmerkbaar.

'Doet het licht je zeer?' vroeg Leonoor. 'Misschien moeten we een zonnebril voor je kopen. Hoe is het toch mogelijk, zo'n stom ongeluk!'

'Nou, het was ook wel een beetje mijn eigen schuld, geloof ik.' Met haar goede oog knipoogde ze naar hem.

Hij kreeg er een kleur van. Snel begon hij van de hoek van zijn papieren placemat een muizentrapje te vouwen.

'Eigen schuld? Hoezo?'

'Ach, dingen gebeuren nooit zomaar. Er is altijd sprake van oorzaak en gevolg. Zelfs' – Irmgard glimlachte minzaam – 'als jij het verband niet ziet.'

Leonoor legde haar vork neer. 'Maar je schuldig voelen als je pech hebt? Nou wordt-ie helemaal mooi! Luister je, jochie? Laat ik nooit merken dat jij dat doet.'

'En als hij wat op z'n geweten heeft? Mag het dan wel?'

Verhit zei Leonoor: 'Wie iets op zijn geweten heeft, Phinus, moet gewoon, hup, zijn aandeel erkennen, en proberen de zaken weer recht te zetten. En als de situatie onherstelbaar is, dat kan per slot van rekening óók, dan zul je daarmee in het reine moeten zien te komen. Voor louter schuldgevoel en verder niks koopt niemand wat. Bah. Het zet geen zoden aan de dijk. Het leidt nergens toe. Het is de dood in de pot. Snap je? Je moet het leven omhelzen in plaats van ervoor weg te kruipen.' Met een dramatisch gebaar strekte ze haar armen en spreidde ze boven de borden met bami en foeyonghai.

'O god,' zei Irmgard. 'Ze krijgt het weer, je tante.'

Leonoor draaide haar handpalmen naar boven en maakte een beweging alsof ze alle borden en glaasjes in één zwiep tegen haar borst wilde knellen. 'Heerlijk,' zei ze met een voldane zucht.

'Nemen we nog iets toe?' vroeg Irmgard. 'Ik heb wel zin in een dame blanche.'

Hij wordt naar een cel gebracht, een verdieping lager. Het is er stil, want de nacht is nog jong. Of is het na zijn bekentenis soms gewoon een stuk minder gevaarlijk geworden in de stad, en ver daarbuiten, tot in Aduard aan toe? Heeft de werkelijkheid zichzelf teruggevonden nu Phinus Vermeer eindelijk is gezien en gewogen? Misschien maken alle barmeisjes en uitsmijters nu weer geintjes met hun klanten, hebben alle jongens en meisjes in de disco's en cafés opeens weer fatsoen en een hart in hun lijf, en zitten Astrid en Melanie onschuldig op hun brugleuning met een nieuwe lippenstip hartjes op de rug van hun hand te tekenen. Want blijkt uiteindelijk ook niet iedere krokodil onder elk kinderbedje in feite een kameel te zijn, *de vriendelijke leemak die op zijn glimmende hoefjes door de woestijn loopt, op zoek naar iemand die hij kan helpen?* De chaos is opgeheven, de genade weergekeerd. De alledaagse, simpele genade van de wetenschap dat er zoiets als gerechtigheid bestaat. Al moet je er soms lang naar zoeken. Al moet je die soms eigenhandig wrochten.

Zijn hoofd is kalm en helder terwijl hij de cel in zich opneemt. De beslagen ruit van gewapend glas, de barst in de betonnen vloer die op de afdruk van een reuzenkippenpoot lijkt, de zoemende tl-balk, wit in het midden en blauwig aan de uiteinden. Drie dagen zal hij hier in verzekerde bewaring blijven, voordat hij wordt voorgeleid aan zijn oude bekende, de Officier van Justitie. Met een paar passen meet hij de omvang van zijn voorlopige biotoop. Om een of andere reden maken de muren hem bewust van de ruimte die hijzelf inneemt. Het is alsof hij eindelijk weer voelt waar hij begint en waar hij ophoudt, alsof iemand zijn contouren heeft aangegeven met zo'n lichtgevende markeringsstift.

Hij gaat op de stalen brits zitten en bestudeert nadenkend beurtelings zijn schouders, zijn heupen, zijn knieën, zijn voeten. Binnen deze begrenzingen bestaat hij. *Dit ben ik.* En dat is nog maar net afgebakend of hij constateert, met een schok van verrassing, dat er ook ruimte ín hem is gekomen. Door zijn schuld te bekennen is die opgelost, een lichte, open plek achterlatend, die hij kan opvullen met wat hij maar wil. Met wat hij maar weet.

Hij kijkt naar zijn kapotte handen. Al toen hij vijf jaar oud was, leerde zijn tante Leonoor hem dat je de verantwoordelijkheid voor je daden moet nemen, zeker, maar ook dat je in het reine moet komen met wat onherstelbaar is. Is het inmiddels niet eens hoog tijd voor dat laatste? Wat heeft hem al die maanden toch weerhouden en hem naar de vluchtheuvel van het schuldgevoel gedreven? 'Vooruit,' zou tante Irmgard zeggen, 'zie het maar onder ogen, dan wordt het minder erg.'

Hij staat op, zijn gewrichten kraken, en hij voelt zich opeens oud. Aan alles in het leven, heeft hij Jem altijd voorgehouden, zit een andere kant, net zoals aan Rubiks kubus. Draai de vlakjes om, en nieuwe mogelijkheden openen zich terstond voor je. Maar dat is niet waar.

Want dood blijft d-o-o-d. Er valt niets aan om te keren. In welke bocht je je ook wringt, van welke kant je het ook bekijkt, de dood krijgt daardoor niet een nieuwe, andere, hoopvolle gedaante. De dood kan niets anders zijn of betekenen dan zichzelf, onvermurwbaar alles afkappend, met genadeloze hand. Is het tot Jem doorgedrongen toen hij in de loop van het pistool keek? Dat hem door Phinus maar wat op de mouw was gespeld? *Jij met je spelletjes. Je hebt me bedrogen.*

Radeloosheid welt in hem op. Hij laat zich weer op de brits zakken.

Maar op je vijftiende ben je meer dan slechts één enkele pennenstreek op een verder nog onbeschreven blad papier. Je gelooft niet meer voetstoots in wat ze je thuis vertellen. Get real, pa! Jem had de bakens allang verzet. Hijzelf is de enige die in zijn eigen sprookjes is blijven geloven en die daarom op de loop is gegaan voor de onomkeerbaarheid, de ontzagwekkende onomkeerbaarheid van het gebeurde. Voor het bewuste besef dat duizenden terloopse, dagelijkse kussen nu voor altijd ongekust zullen blijven. Voor de zekere wetenschap dat vriendschappelijke porren in zijn zij voortaan zullen uitblijven, net zoals robbedoezerige stoeipartijen. Voorbij, definitief voorbij, is de verbijsterende intimiteit van het gewone, van het vertrouwde, de woordeloos gewisselde blikken, het samen lachen om niks, heel die fenomenale zekerheid dat er een bestemming is voor zijn liefde, liefde die nu voortaan retour afzender zal komen, adres onbekend.

Wat lijkt het oneindig veel draaglijker om je door andere gevoelens, hoe kwellend ook, op sleeptouw te laten nemen dan machteloos het onstilbare, het onstelpbare, te moeten ondergaan: het verdriet, dat het enige antwoord is dat de dood recht doet. Diploma's die niet zullen worden uitgereikt. Idealen die niet meer kunnen worden verwezenlijkt. Ongekochte brommers, ongehuurde kamers. En nooit ook, zal er nu meer een nacht komen waarin hij zich met sloten koffie op de been houdt in koortsachtige afwachting van het verlossende telefoontje: 'Het is een jongen, papa, en we noemen hem Phinus.'

Het slot van de deur knarst. Een jonge agent kijkt naar binnen. 'We hebben uw vrouw gelokaliseerd en haar op de hoogte gesteld.'

'Waar…'

'Ze verblijft op het tweede adres van uw lijstje.' De man draalt nog even voordat hij de deur weer vergrendelt. Er ligt een trek van minachting op zijn gezicht: jij verdient zo'n vrouw niet.

Misschien is dat waar. Maar misschien ook kunnen Franka en hij de weg naar elkaar nog terugvinden, nu hij bereid en in staat is eindelijk te delen in haar verdriet. Het is immers ook zijn verdriet. Onder alle puinhopen van schuld en schaamte is het geduldig op hem blijven wachten. Hij hoeft het alleen maar toe te laten.

Hij sluit zijn ogen.

Hij vouwt zijn handen.

Jem is dood. Jem met het gulle hart is dood. Jem met de lachende ogen is dood. Jem Jem Jem is dood, Jem die de optelsom was van zichzelf en zijn biologische ouders, maar die veertien jaar lang ook ontelbare deeltjes Phinus indronk en zorgvuldig opsloeg. Jem, tot in al zijn genen een vreemde, en toch eigener dan eigen. Jem die door geen ander kind te vervangen zou zijn. Onze Jem.

Hij denkt aan het meisje met de langste wimpers van Amsterdam, het meisje dat uit de zee van beschikbare jongens hun zoon koos. Bijna glimlacht hij even. Jem met die kanjer.

Jem met zijn hele leven nog voor zich.

Onverhoeds persen atomen zich onder in zijn luchtpijp samen. Ze stapelen zich op, ze dringen door zijn keel zijn mond in, ze wringen zijn lippen vaneen, en zomaar schreeuwt hij het uit. *Jem.* Het is een schreeuw zonder einde. Als vanzelf strekken zijn armen zich en zo blijft hij zitten, met gespreide armen, terwijl de schreeuw doorgaat zich naar buiten te persen, doorgaat af en aan te zwellen als in weeën. De vliezen die zijn ogen al die tijd droog hebben gehouden, breken nu. Hij zit op de rand van de brits en hij huilt en zijn armen vinden zijn dode kind en hij omhelst het, hij klemt het aan zijn borst, vervuld van bodemloos gemis en verlangen.

Het kan eindelijk beginnen.